Karl Kases

AF204325

DER MALLORCA - JOB

DER MALLORCA-JOB

Ein Krimi
von

Karl Kases

©2020 Karl Kases
Umschlaggestaltung: Karl Kases
Verlag: tredition GmbH Hamburg
ISBN: 978-3-347-19951-4 (Paperback)
     978-3-347-19952-1 (Hardcover)
     978-3-347-19953-8 (e-Book)

Verlag & Druck: tredition GmbH, Halenreie 40-44, 22359 Hamburg

Bibliografische Informationen der Deutschen Nationalbibliothek: Die Deutsche Nationalbibliothek verzeichnet diese Publikation der der Deutschen Nationalbibliografie; detaillierte bibliografische Daten sind im Internet über http://dnb.d-nb.de abrufbar

Mallorca ist nicht nur eine Urlaubsinsel.

Zwischen endlosen Stränden und rauen Bergen, Kirchen, Klöstern und Ruinen finden manch dunkle Geschäfte statt. Kleine Gauner und große Schieber, schöne Frauen und halsbrecherische Aktionen halten Leon in Atem. Der Berliner Polizist ist angetreten, um seine spanischen Kollegen von der Guardia Civil den Sommer über bei ihrer Arbeit zu unterstützen. Darüber hinaus wird er bald in dunkle Machenschaften, abseits von Strand und Urlaubern, verwickelt. Die Einschläge kommen näher, aber bald weiß auch Leon „las conexiones especiales", die speziellen Beziehungen, für seine Zwecke zu nutzen.

Karl Kases (www.karl-kases.com) ist ein österreichischer Regisseur und Drehbuchautor.

Der Mallorca - Job ist sein erster Roman.

Für alle, die Mallorca lieben.

Für alle, die Mallorca noch nicht kennen.

Und für die, die Mallorca bisher nicht kennen wollten,
aber dringend kennenlernen sollten.

Danke Susanne

Happy Birthday

Wham, Wham, die harten Schläge dreschen auf den roten Helm ein, der aber duckt sich weg, ist schnell, wendig und katzenhaft. Die feine Art des Kickboxens ist das nicht mehr. Der Blaue schlägt jetzt mit größter Wucht auf den Gegner ein. Die Halle hallt. *Punch, Hook, Cross.* Schweißperlen prallen in Zeitlupe von den beiden Körpern ab und landen auf dem glatten Parkett. Die Gummisohlen der tänzelnden Turnschuhe pfeifen ein dissonantes Konzert. *Highkick* trifft auf *Round-House.* Ein letzter *Uppercut* des Roten bevor Blau endgültig zu Boden geht. Der Rote hilft ihm mit ausgestrecktem Arm wieder auf die Beine, der Blaue reißt sich den Helm vom Schädel. Ein gegerbtes Gesicht mit knallharten Zügen kommt zum Vorschein, schmerzverzerrt, aber lächelnd. Eine Adonis-Figur, welcher der Schweiß in Strömen übers Gesicht läuft. Mit graziler Leichtigkeit nimmt nun der rote Gegner den unförmigen Schädelschutz ab, löst elegant ein Haarband. Die schulterlangen, blonden Haare fallen akkurat auf Länge und umschmeicheln das makellose Gesicht einer sehr zarten, bildhübschen Frau. Sie lächelt durch zwei perfekte, blendend weiße Zahnreihen. Ihre Stimme klingt angenehm tief, belegt vom kalten Berliner Sommer.

„You look so much better without your Beretta, wer hat das nochmal gesagt?"fragt sie und posiert dabei so sexy, dass Leon nur noch an das Eine denken kann.

„Na wer wohl."

Leon ist andererseits auch ein bisschen genervt, dass er ausgerechnet von seiner Trainerin hat Saures einstecken müssen, doch Arianne geht einen Schritt auf ihn zu und gibt ihm einen schnellen Kuss - ein wenig zu distanziert und nur auf die Backe. Das ist ihm heute zu wenig, er hat sich mehr erwartet.

„Alles Gute mein Liebster, ist ja Dein großer Tag heute", lenkt sie ab und dreht sich im Weggehen nochmals um.

„Übrigens, es wird leider nix mit 'nem gemeinsamen Urlaub auf Malle, ich habe da gestern so einen Typen im Berghain kennengelernt, da würdest sogar du abschnallen."

Leon scheint nicht überrascht zu sein. Das war es also, er hat es sofort gespürt. Ihre Schläge waren diesmal härter gewesen als jemals zuvor.

„Wahrscheinlich auch besser so", murmelt er in sein nasses Handtuch, gerade als die erbsengrüne Eisentür der "Bundespolizei-Sport- und Trainingshalle Berlin Marzahn" aufgestoßen wird und im Gänsemarsch an die zwanzig Bullen in Uniform plus etliche Zivilbeamte einmarschieren. Der erste Beamte trägt feierlich eine Geburtstagstorte mit brennenden Kerzen, und auf das Kommando „Stillgestanden!" schlagen sie synchron die Hacken zusammen. Alles Leon zu Ehren, denn er ist der Liebling der Truppe und hat heute Geburtstag. Plastikbecher mit Rotkäppchen-Sekt werden gefüllt und herumgereicht und dann stimmen die Kollegen ein mehr oder weniger gut klingendes *cumpleaños feliz, cumpleaños para Leon"* an. Holger Kamm löst sich aus der Gruppe, die zahlreichen Streifen auf seiner Uniform verraten den Rang eines Polizeioberrats. Er wendet sich an Leon wie an einen alten Freund.

„Herr Kriminalhauptkommissar Hebler, mein lieber Leon, alles Gute! Das Lied hat die Fahrbereitschaft für Dich mehr oder weniger gut einstudiert, übersetzt soll es wohl heißen - zum Geburtstag viel Glück - oder so ähnlich, aber morgen wirst Du es ja selber sehen und sagen, also das kommt mir alles ein wenig Spanisch vor. Hahaha."

So gut war der Witz nun auch wieder nicht, denkt Leon, macht aber seinem Vorgesetzten zuliebe ein äußerst vergnügtes Gesicht. Die Gruppe hingegen biegt sich vor Lachen. Jemand legt den Sommerhit vom letzten Jahr auf und Jürgen Drews, der König von Mallorca, dröhnt jetzt krächzend aus dem Lautsprecher. Holger Kamm, schon ein wenig beschwipst geht auf Leon zu und lallt ihm ins Ohr.

„Ich muss Dich noch ein wenig einweisen in deinen Sommerjob, damit Du mir nicht auf dumme Gedanken kommst. Die Uniform wird Dir wieder mal gut stehen nach all den Jahren in Zivil. Ein paar hübsche Bienen werden da sicher auch rumfliegen aber Achtung - Du hast als Polizist in erster Linie die Interessen der Bundesrepublik Deutschland zu vertreten."

Damit knufft er Leon kollegial in die Rippen und muss selbst über seinen gutgemeinten Rat lachen. Leon prostet allen nochmal zu und stellt den vollen Becher Sekt ab. Holger Kamm ist jetzt ganz Macho.

„Aber ein bisschen Spaß darfst Du schon haben Kollege, bist ja dem Vergnügen nicht gerade abgeneigt, wie man soeben sehen konnte."

Schön ist anders

Flughafen BER, Außenposition, Nieselregen. Das Gruppenfoto der Mitglieder des Fußballvereins „Lokomotive Zwickau" ist obligat.

„Selfie", schreien sie alle ganz laut. Es ist 5:52 Uhr am Morgen und die Jungs sind nicht mehr ganz nüchtern oder sie sind noch nicht wieder nüchtern. Selbstsicher haben sie vor und auf der Gangway des Billigfliegers Aufstellung genommen und halten ihre Bierdosen hoch.

„Haste die Maschine ooch im Bild?" ruft einer der Chaoten dem Fotografierenden zu, der mit dem Handy herumfuchtelt.

Es bildet sich ein Massenstau von ungeduldigen, grauen Frühfliegern, die alle ins Trockene wollen, aber keiner kommt mehr durch. Eine Stewardess vom Bodenpersonal eilt mit wehenden Armen herbei. Der Captain deutet vom Cockpit aus nervös auf seine Uhr.

„Maaalllooorcaaa, Maaalllooorcaaa, zwicke zwacke zwicke zwacke!", grölen die Zwickauer. Manche haben das T-Shirt mit dem Namen des Vereins bereits ausgezogen und wedeln damit wild durch die Luft. Die nachdrängenden Passagiere werden angepöbelt.

„Verpiss Dich, du Pissnelke", sagt einer der Zwickau-Fans, als sich eine ältere Dame an ihm vorbeidrücken will.

„Meine Herren, Sie müssen jetzt sofort einsteigen!" ruft die Stewardess durch ein Megaphon. Der kleinste und dümmste Ganzkörpertätowierte unter ihnen kreischt laut auf.

„Oh hört hört, sie sagt meine Herren zu uns, die Schickse, det schaffisch nich. Ey, bring uns lieba noch'n kühles Bier hier raus, Alde. Wir vatrocknen grad, trotz'm Regen."

Leon steht geduldig in der Schlange und schämt sich für das Verhalten seiner Landsleute. Einen Moment länger und seine Schmerzgrenze wäre erreicht. Es kommt glücklicherweise Hilfe in Form einiger bärenstarker Männer von der Airport Security welche die Randalierer schnell aussortieren.

„Den Flug könnt ihr knicken", sagt ein bulliger Airport-Offizieller.

„Ick hab doch bezahlt for det Digged", schreit der Letzte, der unter Zwang zurück in die Halle geschleust wird.

Mit qualmenden Reifen setzt der Flieger endlich auf dem kochenden Asphalt von Palmas International Airport auf. Pepe Diaz, ein Polizist der Guardia Civil wartet an der Ausgabe für übergroßes Gepäck. Er vergleicht das Handyporträt Leons mit der Masse der Ankommenden. Ein breites, herzliches Grinsen bildet sich endlich auf seinem runden Gesicht.

„Herzlich willkommen auf Mallorca, Señor Hebler, mein Name ist Josep oder Pep, oder besser Pepito, oder am besten Pepe."

„Leon, con mucho gusto", antwortet Leon, während er einen Hightech-Fahrradkoffer in Empfang nimmt. Pepe rollt Leons zweiten Koffer neben sich her. Ein ungleiches Pärchen, Leon schlank und rank, sportlich bis zum Abwinken und sein dicklicher, gemütlicher spanischer Kollege, der gerne lacht, gerne trinkt und wahrscheinlich gerne in der Kneipe sitzt. Mit bewunderndem Blick auf Leons Koffer staunt er.

„Bicicleta? Fahrrad auf Deutsch, mhh?"

„Si", antwortet Leon geduldig und wünscht sich, er hätte ein Taxi genommen. Ihm ist nicht nach Konversation, der Flug war rumplig und zu essen oder trinken gab es sowieso nichts. Der peinliche Applaus nach der Landung klingt ihm noch jetzt in den Ohren nach.

Die beiden hieven den unförmigen Koffer in den SUV der Guardia Civil, Pepe macht das Blaulicht an und auf diese Weise schaffen sie es in wenigen Minuten zur Gästewohnung der Polizei, in der Leon seine nächsten Wochen verbringen wird.

„Kennst du Mallorca?" fragt Pepe und betätigt dabei unentwegt die Sirene.

„Hauptsächlich vom Fahrradsattel aus, dreimal den Mallorca Rad-Marathon mitgemacht."

„Dios mio. Respeto, respeto."

Die Dienstwohnung ist einfach, aber hübsch, das Beste ist der Blick über den langen Strand von El Arenal, dem deutschen Urlaubsparadies.

„Hast nicht weit in die Arbeit Leon", grinst Pepe, als sie schwitzend im sechsten Stock ankommen und die Fahrradbox abstellen.

„Morgen geht's los mit dem Ernst des Lebens. Mañana por la mañana, Punkt acht an der Playa."

Pepe spielt auf betont amtlich. Als Leon nichts erwidert, guckt er ihn an und lacht lauthals los.

„War nur ein Scherz, musst Du nicht ernst nehmen. Nicht acht Uhr, besser a las diez, um zehn unten an der Bar Los Alemanes Numero 6, kurz LA6 genannt, aber mallorquinische 10 Uhr, verstehst Du? Das heißt nämlich frühestens um halb elf, comprende, companero? Und um 11.00 sind wir bei El Presidente vorgeladen, sehr harter Tag morgen." Abermals prustet er los.

„Ok, hab verstanden, erklärst Du mir dann auch noch die anderen Dienstvorschriften, ich meine die, die sich außerhalb der Bars befinden?"

Aber da läuft Pepe schon fröhlich pfeifend die Treppe herunter.

„Si, am Abend erklär ich sie dir, in der LA6. Te llamaré, ich ruf Dich an."

Eine Etage unter Leon öffnet eine elegante alte Dame, gekleidet in ein weißes Strandkleid und mit Strohhut die Wohnungstür. Ihr kleines Hündchen, ein Rato Mallorquin, kläfft heftig. Sie schaut neugierig hoch zu Leon.

„Buenas Señora Stella, va be? Geht es ihnen gut? Sie haben einen neuen Nachbarn, Señor Leon", ruft ihr Pepe im Vorbeilaufen zu.

„Va be, Pepe, va be", brummt sie etwas verschlafen.

Das Paradies

Der heutige Montag ist noch jung, der Frühflieger hat die Verspätung leicht einholen können, die wegen der blöden Trottel entstanden ist. Da es sein letzter freier Tag vor Dienstantritt ist, schraubt Leon mit ein paar Handgriffen sein Rad zusammen. Und nichts wie los. Er kennt die besten Radtouren auf der Insel und nutzt den morgendlichen Südwestwind, um sich wie in Trance durch die Pla y Llevant tragen zu lassen, wo der Wein schon weit gediehen ist. Llucmajor, Campos, Ses Salines. Die schönsten Landstriche der Insel fliegen links und rechts an ihm vorbei, gelb blühender Riesenfenchel wechselt sich mit duftenden Wildblumen ab. Jede Finca ist ein Zeugnis perfekt funktionierender Landwirtschaft. Oliven, Mandeln, Feigen, Getreide und Schafzucht. Die uralten Bauernhöfe sitzen mitten drin in fetter, dunkelroter oder brauner Erde. Leon winkt dem Hirten zu, der seinen kläffenden Pastor Mallorquin scharf zurückpfeift, bevor der ihm das Vorderrad zerbeißen kann.

Eine letzte Steigung noch und dann die schnellen drei Kilometer ruppigen Feldwegs runter zur Cala Marmols, seiner Lieblingsbucht. Hier geht schlichtweg der Wunschtraum eines jeden Radlers in Erfüllung.

Das Mountainbike war doch die bessere Entscheidung. Mit seinem Hightech-Rennrad wäre die Tour schon hier zu Ende, inklusive zweier platter Reifen. Leon hat gut Kilometer gemacht, unter zweieinhalb Stunden für die gesamte Strecke, und jetzt freut er sich auf den intensiven Geruch des Mittelmeers.

„Wat mach ick da in Marzahn", albert Leon laut vor sich hin und nimmt einen schnellen Schluck aus der Powerdrink-Flasche.

Das smaragdblaue Meer ist zum Greifen nahe. Das Tosen der Brandung wird lauter. Eine zungenförmige Playa mit grellweißem Sand liegt tief unter ihm. Er lehnt das Rad an einen uralten Olivenbaum, greift sich einen Energieriegel zur Trinkflasche und klettert bergab in Richtung des blauen Horizonts. Das ist nicht bloß einfaches Blau, das sind sämtliche Blautöne, die zwischen Himmel und Wasser vorstellbar sind. Eine schneeweiße Wolke verstärkt den Kontrast, während eine mallorquinische Llaüt unter Segeln weit draußen die Wellen durchpflügt.

Licht! Er liebt das Licht über alles, und so wie hier hat er es vielleicht erst einmal auf seiner Gewalttour über die Zentralalpen erlebt. Zwischen Großvenediger und Großglockner. Ziemlich hart war das.

Die Klippe vorne ist geeignet für eine längst fällige Rast. Ein Mönchsgeier zieht reglos seine Runden in der aufkommenden Thermik. Was für ein prächtiger Vogel. Schon bald stößt ein zweiter hinzu und die Kreise werden enger. Sie gleiten auf der steifen Südwest-Brise, die gleichzeitig auch eine sehr starke Brandung erzeugt. Wahrscheinlich erspähen sie eine schwächelnde Bergziege, denkt Leon. Doch da steigen die beiden schon wieder hoch hinauf und verschwinden hinten in den Bergen der Sierra Tramuntana.

Die letzten Tage in Berlin waren richtig stressig. Er hatte einen äußerst kniffligen Mordfall aufgeklärt: Eine Frau hatte ihren Mann getötet und war verschwunden. Nach mehreren Tagen hatte ihr kleiner Pudel damit begonnen, sein totes Herrchen anzuknabbern. Leon hatte sich am Tatort, einer asozialen Plattenbauwohnung nahe der Wuhlheide ein schreckliches Bild geboten. Die Frau hatte sich schließlich gestellt und vor Leon ein umfangreiches Geständnis abgelegt.

Seine Erinnerungen daran verschwinden beim Anblick dieser perfekt ausgeloteten Mischung aus Flora und Fauna. Einfach paradiesisch hier.
Leon will gerade einen weiteren Schluck aus der Trinkflasche nehmen, als sich der Donner der Wellen mit einem Geräusch vermischt, das er nicht zuordnen kann. Ein Schlagen auf Stein, aber anders als das Bersten von Brandung. Ist es das Brechen von Holz? Nein, zu metallisch. Das Schlagen von Metall auf Stein? Schon eher.
„Aidez moi, aidez moi, s´il vous plait. Aidez moi, m´aidez , m´aidez!"
Mayday, das klingt für ihn, den ausgebildeten Kampfschwimmer vertraut. Leon vernimmt die zischenden, leisen Rufe, kaum hörbar, doch sie werden lauter und deutlicher. Vorsichtig, auf allen Vieren kriecht er auf den Abgrund zu. Wie eine Blende schieben sich am Ende des Kliffs die Strudel des tosenden Wassers in seinen Blick. Wasser mit der Wucht ungebremster Energie, das nach einer unendlich langen Reise frontal auf den nackten Felsen stößt. Und da sieht er etwas auf einem muschelbewachsenen, mit scharfen Zacken bewehrten Brocken hängen. Dem Ertrinken nahe, blutüberströmt, offene Wunden am ganzen Körper, flehend und bitterlich weinend – ein abgemagerter Junge, höchstens dreizehn Jahre alt. Die Überreste der zerfetzten Planken eines viel zu kleinen Bootes drohen ihn mehr unter Wasser zu ziehen, als sie ihm helfen könnten. Die Reste einer Schwimmweste hängen in Fetzen an ihm, sie könnte ihn nicht mehr über Wasser halten. Er blickt verzweifelt hoch, wo Leon kauert.
„M´aidez, Monsieur, m´aidez!"

„Halte durch, ich komme!"

Leon ist entschlossen, den Sprung zu wagen. Für ihn gibt es gar keine Alternative. Die Klippe ist überhängend. Er checkt die Wassertiefe auf zwei Meter fünfzig. Eigentlich viel zu wenig für die Absprunghöhe. Ohne langes Nachdenken hechtet er voll durchgestreckt von dem Felsvorsprung in die tosenden Fluten. Er zielt mit seinem Kopf auf eine kleine ringförmige Öffnung zu, da wo die Wasserfarbe etwas tiefer blau ist. Bei der Landung berührt er den felsigen Grund mit seinen ausgestreckten Armen und stößt sich sofort wieder ab. Die Strömung arbeitet gegen ihn und mit allergrößter Anstrengung kämpft er gegen sie an. Als er den Jungen endlich fassen kann, versucht er ihn von der bedrohlichen Felswand loszureißen, bevor der nächste Brecher kommt. Doch der Junge sträubt sich aus purer Angst und klammert sich an einer genagelten Bootsplanke fest. Endlich gelingt es Leon mit einer ruckartigen Bewegung, ihn loszubekommen. Er merkt sofort, dass der Schiffbrüchige nicht schwimmen kann.

„Hol tief Luft, Du musst tief Luft holen. Atme! Respirar!"

Leon macht es ihm vor, und schon werden sie unter Wasser von der Strömung hinausgezogen, das panische Strampeln des Jungen macht den Rettungsversuch schier unmöglich. Fest krallt er seine Fingernägel in die Haut seines Retters. Der Strand liegt bloß ein paar hundert Meter linksherum, aber die Strömung ist verdammt stark. Viel zu weit draußen kreuzt die kleine Llaüt hart am Wind und kann die Handzeichen nicht erkennen die Leon macht.

Nach einer gefühlten Ewigkeit mit Zwangspausen mehrmaligen Luftholens schafft es Leon endlich und spürt den feinen Sand unter den Füssen. Die beiden tauchen auf einem weißen, flachen Sandstrand auf, den Schiffbrüchigen hat er dabei fest im Arm. Wimmernd liegt nun ein Bündel Mensch direkt vor ihm in der sanften Brandung. Leon blickt in die halbtoten, pechschwarzen Augen eines dunkelhäutigen Jungen, der wahrscheinlich noch nie in seinem Leben größere Angst verspürt hatte als in den letzten Stunden. Zitternd und am ganzen Körper blutend beginnt er endlich, halbe Sätze zu stammeln.

„Monsieur, nom est Omar, et ...votre nom?"

„Leon", sagt Leon.

Dabei hält er Omar am Handgelenk, fühlt seinen Puls. Der scheint in Ordnung zu sein.

„Leon, Leon merci... merci", schluchzt Omar und die Tränen fließen in Strömen, dabei tastet er suchend an Hals und Brust. Leon entdeckt ein Medaillon, das Omar an einer Kette am Rücken klebt. Er nimmt es und legt es ihm in die zitternden Hände. Omar beginnt, das Medaillon zu küssen.

„Merci Leon, merci, c´est ma mere." Er öffnet das Medaillon und zeigt Leon ein vollkommen verschwommenes, aufgeweichtes Schwarzweiß-Foto einer Frau im Hijab. Jetzt lächelt Omar zum ersten Mal.

„Ma mere, est en Algérie."

Leon zieht sein Telefon aus der durchnässten Kleidung, aber es hat den Rettungsversuch offensichtlich nicht überlebt. Er versucht es immer wieder zu starten, aber das Display bleibt schwarz. Weit und breit keine Menschenseele, nur Natur. Wenigstens haben die starken Schürfwunden auf Omars Gesicht aufgehört zu bluten. Leon versucht, ihn hochzuhieven. Sehr unsicher richtet sich Omar auf. Vom einfallenden Landwind getragen, schweben die beiden Mönchsgeier abermals heran und ihre Augenpaare scheinen sie zu fixieren.

„Kannst Du gehen?"

Leon stützt ihn und unter Stöhnen macht Omar die ersten Schritte. Nach nicht enden wollenden, schmerzhaften Metern kommen sie endlich bei Leons Mountainbike an, wo er Omar mit den restlichen Vorräten füttert, der alles in sich hineinschlingt und den restlichen Inhalt der Trinkflasche hinterherstürzt.

Leon versucht abermals, sein Telefon zum Leben zu erwecken – nichts. Er entfernt sich einige Schritte, um sich einen Überblick zu verschaffen. Keine Menschen, zu weit entfernt von der Zivilisation, Mallorca ohne Touristen, ein Wunder, aber gar nicht gut in diesem Moment.

Omar hat sich auf den Stumpf eines alten Olivenbaumes fallen lassen und atmet schwer. Leon wünscht, er hätte irgend etwas zum

Desinfizieren dabei. Zu Blut und Schweiß mischen sich immer wieder Tränen in Omars Gesicht.

„Baby-Schwester Fatima Zohra ist ertrunken, sie hat im Boot gespielt, ist reingefallen. Mein großer Bruder Sihab ist ihr nachgesprungen und auch ertrunken, alle zwei im Meer ertrunken. Bruder Sihab hat Schwimmweste nicht angelegt und kann nicht schwimmen, Wind hat das Boot weitergetrieben, weiter und immer weiter. Er gestrampelt und gerufen mit Fatima Zohra im Arm, immer kleiner geworden, dann ich sie nicht mehr gesehen."

Weinkrämpfe schütteln ihn erbärmlich.

Leon hält ihn fest im Arm und versucht, ihm etwas Trost zu geben. Omar beruhigt sich, er ist ein tapferer Bursche, doch sein Leben steht immer noch auf dem Spiel. Leon erhebt sich, aber Omar will seine Hand nicht loslassen. Zu groß ist seine Angst, wieder allein gelassen zu werden.

„Bleib bei mir, Leon, bitte nicht weggehen. Mama hat uns ins Boot gesetzt und gesagt, wir kommen ganz sicher in eine schöne Welt. Sie ist lange gestanden am Strand, bis sie auch ganz klein war und dann war sie weg, das ganze Land war auf einmal weg."

„Ich bleib bei Dir, versprochen", sagt Leon, während er einen kleinen Felsen besteigt. Er dreht sich langsam und konzentriert um die eigene Achse, versucht jede Auffälligkeit zu registrieren – nichts.

Doch plötzlich sieht er über den Baumwipfeln die Umrisse einer Struktur, ein Kreuz etwa? Er steigt etwas höher auf den kleinen Felsen und erkennt weit oben, am Gipfel des Berges Teile eines Turms. Als ein dünnes Bimmeln einsetzt weiß er, dass dies die Rettung sein könnte.

Omars Wunden haben wieder zu bluten begonnen.

„Omar, komm, *vite!"*

Die beiden folgen einem schmalen Steig, der eher für Ziegen geeignet ist als für Menschen, aber immerhin führt er sie in die Richtung des Geläuts. Schritt für Schritt, extrem langsam bahnen sie sich ihren Weg durch die schier undurchdringliche Macchia.

Die Nummer

Ein grüner, zerbeulter Pick-Up parkt versteckt im Wald hinter einem Hügel am Ende eines Wegs, der eigentlich unbefahrbar ist. Der Fahrer beobachtet das seltsame Pärchen schon länger durch ein Fernglas. Immer wieder verschwinden sie zwischen den Büschen, tauchen aber wieder auf. Seine etwas verlotterte Beifahrerin macht es sich gerade zwischen seinen Schenkeln bequem.

„Dimitri Honey, ready?"

Sie grinst ihn billig an.

„Halt die Schnauze, ich muss mich auf was anderes konzentrieren."

Dimitri beginnt leise zu stöhnen, lässt dabei aber den verletzten Jungen und seinen Begleiter nicht aus dem Blick.

„Ja, Du bist gut, Schlampe", stöhnt er und nimmt sein Telefon zur Hand.

„Manolo? Dimitri hier. Sag, haben wir heute Bewegung auf dem Radar, sind irgendwelche Illegalen im Boot gesichtet worden, oder werden erwartet?"

Dimitri beginnt zu Keuchen.

„Nein? Nein, ich keuche nicht, wieso fragst Du? Also... ah, ahhhh, ahhhh... ha, keine offiziellen Neuzugänge, gut, Ende".

Die junge Frau kommt vom Nebensitz hoch und strahlt ihn an, Dimitri nickt ihr zufrieden zu.

„Kleenex?" fragt sie und leckt sich die Lippen.

„Njet, musst Du Dir selber mitbringen nächste Mal, aber okay honey, du hast den Job."

Sie scheint überglücklich zu sein und Dimitri gibt Vollgas. Kiesel spritzt auf, über die Landschaft legt sich langsam gelber Saharasand.

Gerettet

Erschöpft erreichen Leon und Omar endlich das Portal einer abgelegenen Eremitage. Die letzten paar Hundert Meter musste Leon ihn Huckepack tragen.

Dem Himmel so nah, beinahe unerreichbar für normale Erden-menschen – das war wohl die Philosophie der Erbauer vor 400 Jahren. Leon schlägt beharrlich auf die riesige Holztür ein. Er befürchtet, dass man sein Pochen mit dem schweren Eisenring in den Tiefen des Gebäudes nicht hören wird und schlägt stärker. Endlich öffnet eine zierliche Nonne um die zwanzig.

„Buenos dias, sprechen Sie Deutsch, English? Agua, Wasser bitte. Der Junge braucht Wasser."

Die Schwester nickt nur abwesend und Leon beginnt seine Situation zu schildern.

„Ich benötige dringend ein Telefon, ich muss Hilfe holen, er ist ein Schiffbrüchiger. Ich arbeite bei der Guardia Civil, mein Handy ist ins Meer gefallen, bitte lassen Sie mich telefonieren. Sie sehen doch, er ist schwer verletzt."

Die Nonne nimmt Omar am Arm und verschwindet mit ihm in den dunklen Tiefen der verwinkelten Klostergänge. Leon folgt ihnen. Von außen hat die Eremitage nicht den Eindruck dieser immensen Größe gemacht. Fackeln und Petroleumlampen an Wänden und auf Tischen lassen ihn vermuten, dass es hier weder Strom noch Telefon gibt. Die Nonne verschwindet hinter einer Tür und deutet Leon zu warten. Alles erscheint ihm ein wenig unheimlich.

Leon wird nach einer gefühlten Ewigkeit des Wartens unruhig, öffnet die angelehnte Tür und findet sich in der Dunkelheit kaum zurecht. Hier und da eine brennende Fackel, ganz hinten erkennt er einen Raum mit Tageslichteinfall. Drei Nonnen sind um einen Tisch versammelt, auf dem Omar liegt. Zwei jüngere und eine alte Nonne im Rollstuhl. Es riecht intensiv nach Kräutercreme, mit der die beiden jungen Nonnen ihn salben. Die Ältere beginnt nach einer Weile, ein Gebet zu murmeln. Omars Wunden sind fast vollständig gesäubert. Leon tritt näher an den Behandlungstisch ran. Die zweite junge Nonne wendet sich nun an ihn.

„Ich bin Schwester Isolde von den Franziskanerinnen hier auf Santa Magdalena. Wir übten gerade unsere Schweigepflicht aus als Sie kamen, entschuldigen Sie bitte. Der junge Mann, oder besser gesagt das Kind hier befindet sich in einem Schockzustand. Außerdem ist er unterkühlt und dehydriert. Wir wollen ihn gesund pflegen. Sie können heute beruhigt nach Hause gehen. Er bleibt hier. Holen sie ihn morgen früh bei mir ab, wir reden dann über die Nachbehandlung. Ich übernehme die Verantwortung."

Omar scheint eingeschlafen zu sein. Leon ist froh über den Verlauf der Dinge, dankt den Nonnen und kündigt sich für den nächsten Morgen an.

Eine Tretmühle

Die Fahrt fällt ihm leicht, er hat ein Leben gerettet, was für ein gutes Gefühl ist das denn. Die Sonne taucht majestätisch ins Mittelmeer ein und zeichnet einen farbenprächtigen Horizont aus Magenta und Cyan, als Leons Telefon plötzlich schrillt. Der Fahrtwind hat die Platine getrocknet.

„Buenas tardes Pepe, Du hast mein Telefon erfolgreich wiederbelebt. Nein, nein, alles gut, ich habe so einiges erlebt. Lass uns treffen. Na wo, in der Bar Los Alemanes 6, Du kennst doch nix anderes, hahaha, claro."

„Sag mir sofort, was passiert ist." Pepe und sein grässlicher Bullen-Instinkt. Er will alles wissen und das natürlich sofort. Leon tritt fester in die Pedale und schildert ihm dabei die Eckdaten der vergangenen Stunden.

Er fühlt eine innere Erleichterung, als er sich im Schein seiner starken LED-Lampe dem abendlichen Palma nähert, er kommt sich vor wie ein Pfadfinder, der eine gute Tat vollbracht hat. Morgen wird er mit Pepe die nötigen Behördenwege beschreiten, das ist das Beste, was er für den kleinen Omar im Augenblick tun kann.

Das Treten wird anstrengender, fast zur Qual. Der Fallwind aus der Tramuntana nimmt an Geschwindigkeit zu und wächst zum Sturm an. Gnadenlos bläst es jetzt Leon ins Gesicht, aber genau das spornt seine Gedanken an. Gedanken, die nichts mit den Dienstpflichten eines Gastpolizisten in Spanien zu tun haben.

Ist das denn wirklich das Beste, was er für den jungen Flüchtling tun kann? Ihn bei der Behörde abgeben und sich nicht weiter zu kümmern? Im Geiste recherchiert er, was der heutige Tag für Omars Schicksal bedeutet. Wie wird es weitergehen mit ihm? Gut oder schlecht? Wie stehen die Chancen für einen minderjährigen Flüchtling ohne Begleitung?

Vor Leons Augen tun sich die schrecklichen Bilder von hilflos und verloren herumirrenden Jugendlichen auf, zusammengetrieben auf Zeltplätzen, ohne Heimat, vor Nato-Stacheldraht und anderen Absperrungen weinend, wartend, nach endlosen Fußmärschen, die sie durch halb Europa zurückgelegt haben, Hitze, Kälte, Hunger, ohne Freunde, ohne Ausbildung, ohne Zukunft, ohne Chance.

Leon tritt hartnäckiger in die Pedale, er ist jetzt mitten in einem ausgewachsenen Sandsturm. Seine Augen schmerzen, aber das Leben ist nun mal eine Tretmühle. Er wünschte, er könnte auf Omars Schicksal Einfluss nehmen. Aber wie?

Vorwürfe

Eine Stunde später betritt er frisch geduscht die überfüllte Bar, Pepe hat schon einige Biere mit grünen Kräuterschnäpsen - Hierbas – intus und blickt seinen Partner mit vorwurfsvollem Gesichtsausdruck an.

„Leon, wir müssen den Waldbrand eindämmen, bevor er groß ausbricht. Spanien ist sehr strikt, die Behörden verstehen in Flüchtlings-angelegenheiten überhaupt keinen Spaß. Mallorca ist immerhin die direkte Grenze zu Afrika, da ist nur Wasser dazwischen. Wir müssen das morgen sofort mit der Hafenbehörde klären."

Leon versteht, erkennt mehr und mehr den Ernst der Lage. Pepe setzt seinen Vortrag unverdrossen fort.

„Ich kenn da jemanden, der jemanden kennt, der uns bei Fragen zu *refugiados* – Flüchtlingen helfen wird. Es kann aber sein, dass sich das Blatt gegen Dich wendet. Wir hier sagen: mejor no tocar, besser nicht anfassen, wenn es um dieses Thema geht."

Leon reagiert jetzt schärfer, als es ihm im spanischen Ausland zusteht.

„Und, was hätte ich Deiner Meinung nach tun sollen? Den Jungen in der Brandung am Fels hängen und ersaufen lassen?", fragt Leon gereizt.

Pepe lenkt ein, als er merkt, wie sensibel Leon reagiert.

14

„Is ja schon gut, mein Freund, alles gut, wir behaupten morgen einfach, wir haben ihn gerade erst gefunden, wenn wir ihn bei der Hafenpolizei, also der Grupo Servicio Marítimo abliefern. Okay? Okay? Nix von Kloster und so. Gerade gefunden, gleich abgegeben und keine Fragen. Claro? Nicht einmischen. No tocar, claro".

Leon starrt vor sich hin, langsam wird ihm klar, dass er gegen das Gesetz verstoßen, dadurch aber ein Leben gerettet hat.

„Claro", sagt er in Richtung wild tanzender Partygäste und erhebt sich, er will jetzt nur noch ins Bett. Pepe würde ihn gerne zum Bleiben überreden, doch für Leon war der Tag schon viel zu lang. Er dreht sich noch einmal um.

„Morgen um acht bei mir, aber deutsche Zeit. Dann sind wir um elf vom Kloster zurück für die Angelobung durch den Präsidenten, und danach vergessen wir das alles, Claro?"

„Claro", sagt Pepe und weiß, dass er Leon ziemlich arg beleidigt hat. Er hatte kein Lob für ihn parat, obwohl dieser heldenhaft ein Leben gerettet und sein eigenes aufs Spiel gesetzt hat. Pepe schenkt sich noch einen Letzten ein und ist auf sich selbst ziemlich stinkesauer.

Leon flucht, während er die zwei Blocks zu seiner Bleibe zurücklegt.

"Korinthenkackender-Besserwissender-Langweiler-Arschloch-Bulle", brummt er vor sich hin.

Neuer Wind

Am nächsten Morgen um Punkt acht fegen Pepe und Leon mit Blaulicht Richtung Osten. Autobahn, engste einspurige Nebenstraßen, endlose Serpentinen und 400 Meter Geröllweg. Sie sprechen kein Wort miteinander, bis endlich das Kloster Santa Magdalena auftaucht. Leon hechtet aus dem Auto und streckt sich, froh darüber, dass die wilde Schaukelei ein Ende genommen hat. Nach einer schlaflosen Nacht voller Sekundenträume ist er mental vollkommen erledigt. Der Sprung von der Klippe, das blutende Gesicht Omars, die schweigenden Nonnen. Immer wieder diese Horrorbilder von Kindern an versperrten Grenzzäunen.

Pepe pocht mit dem eisernen Ring gegen das Holztor. Die junge Nonne vom Vortag öffnet ganz langsam. Sie hat einen wesentlich ruhigeren Puls als die beiden aufgeregten Polizisten in Uniform.

„Señores?", fragt sie, als würde sie nicht verstehen, warum die beiden hier sind. Leon reagiert ungeduldig.

„Schwester Isolde, wir suchen Schwester Isolde."

Leon will jetzt alles schnell hinter sich bringen und dazu passt diese verlangsamte Nonne gar nicht. Pepe versucht zu vermitteln.

„Monja, Schwester, como te llamas?"

Die junge Nonne errötet, bevor sie ihren Namen sagt.

„Soy Luzdivina. Ich heiße Luzdivina."

Das klingt für Pepe wie eine warme Sommerbrise.

„Was für ein schöner Name, ich bin Pepe. Also Luzdivina, wir haben eine Verabredung mit Schwester Isolde."

Pepe ist augenblicklich von Luzdivinas unschuldiger Erscheinung betört, aber er darf nicht einmal daran denken – mit einer Ordensfrau. Nein, das geht gar nicht. Außerdem haben Ordensfrauen doch bekannter Weise überhaupt kein Privatleben. Und er, er leidet gerade sehr schwer unter seinem Singledasein.

„Um diese Uhrzeit ist sie in der Kapelle, en la capilla", antwortet Luzdivina schnell.

„Molts be, gracies", sagt Pepe auf Mallorquin und hat damit sofort freien Zutritt.

Luzdivina lächelt jetzt sogar und bedeutet ihnen, ihr zu folgen. Die langen Gänge erscheinen Leon diesmal noch unübersichtlicher. In den scharfen Sonnenstrahlen, durch die Luzdivina ab und zu schreitet, kann Pepe die klaren Umrisse ihres Körpers erahnen. Leon merkt das sehr wohl. Er muss lachen als er beobachtet, wie sich Pepe mehrmals selbst ohrfeigt, um seine unanständigen Gedanken zu vertreiben. Sie durchqueren den Kreuzgang und landen endlich vor der Kapelle. Vorsichtig öffnet Luzdivina die ächzende Holztür, während die Sonne langsam an dem dreifarbigen Bleiglasfenster hochkriecht. Reste von Weihrauch formen einen scharfen Strahl, der direkt auf Schwester Isolde trifft. Sie sitzt bewegungslos da und schweigt. Leon flüstert Pepe zu, dass es sich hier um das bei Franziskanerinnen übliche Schweigegelübde handelt.

„Sie dürfen oft stundenlang nicht sprechen, also warten wir besser."
Pepe rollt ungeduldig mit den Augen.

„Cuánto tiempo se tarda Luzdivina? Wie lange wird das noch dauern?"

„No lo sé, ich weiß nicht. Kann man nie genau sagen."
Pepe lässt sich stöhnend in die hinterste Kirchenbank fallen, Leon tut es ihm gleich. Nach einigen Minuten wird Pepe ungeduldig. Luzdivina merkt das und will sich nützlich machen.

„Dos cafés por los Caballeros?" fragt sie.

Ein Wunder scheint zu passieren, ja – natürlich Kaffee, das wäre es jetzt.

„Si, con mucho gusto, sehr gern", nickt Pepe begeistert und Luzdivina macht sich sogleich auf den Weg in die Küche.

„Sie bringt uns gleich zwei Kaffee, Du willst doch sicher auch einen, oder?"

Pepe haucht seine Frage aus, um Isoldes Andacht nicht zu stören, will sich aber auch gleichzeitig bei Leon rehabilitieren. Die Unstimmigkeit des letzten Abends steckt ihm immer noch in den Knochen. Gerade will er dazu etwas sagen, als ihm Leon ebenfalls flüsternd dazwischen grätscht.

„Pass mal auf, gestern in der Bar warst Du ein absoluter Arsch, aber das ist jetzt vergessen, claro? Du musst dich nicht mehr bei mir einschleimen. Es ist vergessen und vorbei."

Worte, die Pepe versteht. Leon streckt ihm versöhnlich die Hand hin und Pepe schlägt zufrieden ein.

„Si Señor. Claro."

Hier sitzen sie nun und warten, bis das Schweigegelübde ein Ende nimmt. Ein Windstoß weht durch die karge romanische Kapelle. Mit lautem Krach fällt die Tür hinter ihnen ins Schloss und lässt die brennenden Kerzen am Altar zunächst erzittern und dann endgültig erlöschen. Leon erstarrt. Er kann nicht glauben, was er da sieht. Langsam wie in Zeitlupe, wahrscheinlich ausgelöst von der heftigen Böe, kippt Schwester Isolde nach vorne um und schlägt mit dem Kopf auf der Kirchenbank vor ihr auf, driftet nach links weg, sackt in sich zusammen und kommt auf den Steinplatten wie hingegossen auf dem Rücken zum Liegen. In ihrem Herzen steckt ein langes Fleischermesser. Sie ist tot. Pepe sprintet sofort zu ihr hin, ohne sie zu berühren winkt er ab. Er blickt in matte, starr aufgerissene Augen.

„Keine Chance", ruft er in Richtung Leon und schließt der Toten die Augen. Mit einem lauten Knall lässt Leon einen Plastiksack aufspringen, zieht seine Gummihandschuhe an und geht an den Tatort. Mit dem I-Phone sind schnell ein paar Fotos gemacht, bevor er das lange Pata Negra Messer vorsichtig aus Isoldes Körper zieht.

„Alte Gewohnheit, bevor ein anderer auf schlechte Gedanken kommt."

Das ist sein Job und den führt er jetzt mit großer Präzision aus.

Scheppern und Klirren tönt vom Eingang her. Luzdivina sieht die Tote und lässt vor Schreck die vollen Kaffeetassen fallen, stößt einen gellenden Schrei aus. Leon packt sie am Arm und wird jetzt lauter.

„Omar! Wo ist Omar? Luzdivina, wo hat Omar die Nacht zugebracht? Sein Zimmer? Wo?"

Luzdivina beginnt verwirrt mit bloßen Händen die Scherben aufzuklauben, starrt dann orientierungslos umher.

„Omar wurde heute früh schon abgeholt, er ist nicht mehr hier."

Vor dem Kloster stehen wenig später etliche Guardia Civil-Autos. Die Beamten rennen eifrig hin und her, Leon übergibt dem Chef der Spurensicherung die Tatwaffe. Pepe ist am Telefon damit beschäftigt, immer wieder diese seltsame Geschichte zu erklären.

„Vale, Colonel, ein Mann mittleren Alters hat Omar, den jungen, wahrscheinlich minderjährigen Flüchtling sehr früh heute Morgen aus dem Kloster abgeholt. Nein, eigentlich wollten wir beide, Comisario Leon Hebler und ich den Jungen abholen, aber da war es schon zu spät. Ja, er wurde bereits von jemandem abgeholt, der sich als Polizist ausgab. Ja, nein ich weiß, das ist nicht gut, Colonel. Vale, venga."

Leon checkt sein Handy, 10 Uhr 20. Er wird nervös.

„Wir müssen, komm Pepe. Entschuldigt uns, Kollegen. Aus unserer Sicht ist alles getan."

Der Boss

Unter Blaulicht und Sirene rasen sie davon. Der Wagen hält 30 Minuten später vor dem Polizeipräsidium in Palmas Altstadt. Pepe und Leon, beide in den Uniformen ihres jeweiligen Landes, stürmen die Treppe des königlichen Prunkbaus hinauf. Ein Beamter bewacht die barocke Tür und bittet sie, leise zu sein. Pepe öffnet die Tür einen Spalt und sieht einen blumengeschmückten Festsaal voll mit uniformierten Polizisten. Der Polizeipräsident Rafel Miralles tritt in diesem Moment ans Mikrofon. Es herrscht absolute Stille. Man könnte eine Stecknadel fallen hören, würde Pepe nicht gerade in diesem Moment die Tür einen Spalt öffnen, so dass sich beide durchmogeln können. Die alten Scharniere quietschen mächtig und Rafel Miralles quittiert das mit hochgezogenen Augenbrauen.

„Señor Hebler, Señor Diaz auch schon da, na wie schön."

Verhaltenes Gelächter kommt aus dem Publikum, bevor er fortsetzt.

„Liebe Kolleginnen und Kollegen. Ich will heute unsere deutschen Freunde und Kollegen begrüßen und möchte ihnen mitteilen, dass sie auf Mallorca herzlichst willkommen sind."

Applaus, zustimmende Pfiffe.

„Ihre Aufgabe wird es sein, auf besonders freundliche und diplomatische Art das Einhalten der Benimmregeln in den touristischen Ballungszentren zu überwachen oder zumindest auf diese hinzuweisen."

Wieder Bravo und Applaus von den Kollegen.

„Besonders begrüße ich unsere schon zum zweiten Mal Diensttuende Traudl Unterberger, Herrn Günther Bayer und last but not least Herrn Kriminaloberkommissar Leon Hebler, der wie ich höre unter anderem auch ein masochistischer Radsportler ist und den Aufenthalt auf unserer schönen Insel bestimmt auch für sein Hobby nutzen wird."

Die drei deutschen Polizisten erheben sich und machen mehr oder weniger faxen hafte Verbeugungen. Die anwesenden Guardia Civil-Beamten applaudieren ziemlich gelangweilt.

„Danke sehr, das war's dann. Ach, und Herr Hebler und Herr Diaz, kommen Sie doch bitte noch kurz in mein Büro."

Genau das, zum Rapport erscheinen zu müssen, haben Leon und Pepe bereits befürchtet.

Das Büro des Polizeipräsidenten ist das unmittelbare Nebenzimmer des Festsaals und nicht weniger prunkvoll ausgestattet. Freundlich lächelnd schließt Rafel Miralles die meterhohe Tür hinter sich und redet nicht lange um den heißen Brei herum.

„Guten Morgen, die Herren. Hier ist was ich weiß und ich denke es ist ziemlich komplex."

Die drei nehmen an einem kleinen Kaffeetisch Platz und der Polizeipräsident beginnt den ihnen schon bekannten Inhalt herunterzubeten.

„Schwester Luzdivina von den Franziskanerinnen in Santa Magdalena hat Sie, die Herren Hebler und Diaz, heute früh um 8.30 h empfangen. Sie beide wollten einen illegalen Einwanderer abholen. Der wurde aber davor, genauer gesagt um 6.30 h früh bereits von einem Mann entführt, der sich als Kriminalpolizist ausgab. Zurück bleibt die Leiche von Schwester Isolde aus Hannover, 26 Jahre alt, mit einem großen Küchenmesser erstochen. Der Flüchtling wurde am Abend zuvor schwer verletzt von einem Mann in Radler-Outfit im Kloster abgegeben. Die Personenbeschreibung trifft ziemlich genau auf Sie, Señor Leon zu. Waren Sie gestern mit dem Rad unterwegs, Señor Leon?"

Leon nickt zerknirscht. Rafel Miralles fährt fort, es scheint, als höre er sich selbst gerne beim Reden zu.

„Der Abholer von heute morgen sprach mit russischem Akzent, wie Schwester Luzdivina aussagt. Weiß ich alles oder fehlt mir noch ein Steinchen im Puzzle?"

Leon schluckt. Ihm ist klar, dass er ein Gesetz übertreten hat und dafür kann er sogar in Deutschland belangt werden. Er hätte unmittelbar und ohne Verzug den Vorfall melden müssen, notfalls von der nächsten Telefonzelle oder Tankstelle aus.

„Ein Junge namens Omar, ich fand ihn gestern in der reißenden Brandung an ein Bootswrack geklammert. Ich rettete ihn unter dem Einsatz meines Lebens. Mein Telefon funktionierte danach nicht mehr. Ich entdeckte in einiger Entfernung ein Kloster und schleppte ihn hoch. Die Nonnen kümmerten sich vorbildlich um Omar und versorgten ihn medizinisch. Ich konnte ihn guten Gewissens allein im Kloster zurücklassen. Heute früh wollten wir ihn abholen und der zuständigen Dienststelle übergeben." Leon ist ziemlich cool geblieben während seines

Vortrages. Trotzdem hat er ein ungutes Gefühl. Es kann durchaus sein, dass der Vorfall das Ende seiner kurzen Mallorca-Karriere bedeutet - wenn nicht noch mehr. Rafel Miralles greift nach der Zigarrenkiste, gekonnt knipst er das Ende einer Havanna ab und zündet sie an. Durch den aufsteigenden Qualm fixiert er Leon.

„Gar nicht gut, Señor Leon."

Er deutet auf einen Umschlag.

„In diesem Bericht steht, dass Comisario Leon Hebler die direkte Informationskette nicht eingehalten hat. Du weißt, was das bedeutet?"

„Ja, das bedeutet, dass ich wahrscheinlich nicht länger Dienst tun werde, hier auf Mallorca, Señor presidente ..."

Rafel Miralles drückt auf die Telefonanlage.

„Maria, tres cortados por favor, si, con musica."

Er reicht die Zigarrenbox zunächst Leon und dann Pepe, der freundlich ablehnt. Leon setzt zögernd den begonnenen Satz fort.

„...und nicht mehr für Sie arbeiten werde."

Der Kaffee kommt mit der obligaten Flasche Kräuterschnaps, musica genannt. Rafel veredelt alle drei Kaffees damit. Die Spannung ist unerträglich geworden. Leon dreht die noch kalte Zigarre nervös in den Fingern hin und her. Und endlich beginnt sich die Lage zu entspannen. Rafel Miralles hustet seinen Rachen frei und schaut durch zugekniffene Augen auf Leon.

„Also Leon, ich finde, Du hast genau das Richtige getan. Du hast dem jungen Mann einfach das Leben gerettet. Und das ist das Wichtigste. Was weiter mit ihm passierte, ist uns bisher ein Rätsel und deswegen übertrage ich Dir und dem kleinen Dicken hier...",

er deutet auf Pepe,

„...die Übernahme des Falles *Flüchtlingskind*."

Leon atmet tief durch. Die Dinge scheinen soeben eine gute Wendung genommen zu haben. Leon und Pepe schauen einander erleichtert an und Leon zeigt schüchtern seine gute Erziehung.

„Vielen Dank, Señor presidente."

Rafel knüllt den Bericht zusammen und wirft die Papierkugel quer durch sein Büro. Treffsicher landet sie im Papierkorb, Rafel erhebt sich und streckt Leon die Hand hin.

„Sag Rafel zu mir, wir sind doch ab sofort ein Team.

La Dulce Vida

Es wird Nacht über Palma. Ganz oben im Nobelviertel Son Vida ist die Party von Sonja Möllemann voll im Gange. Livrierte Kellner reichen Fingerfood, hübsche Servierdamen bieten vollmundigen Syrah Negre und Calo Blanco Ø von Miguel Oliver an. Kleine Grüppchen der Upper Class Mallorcas genießen auf der Terrasse der Prunkvilla die Aussicht über die im Lichterglanz strahlende Bucht von Palma. Sonja Möllemann, in einem Prada-Outfit aus der aktuellen Mailänder Sommerkollektion, parliert charmant und höchst unterhaltsam mit potentiellen Immobilienkunden ihrer Firma „GIB", Green Inmobiliares Baleares.

„Queens Necklace View nennen wir den Ausblick von hier oben", strahlt sie und erheischt damit Anerkennung von der bunten Gruppe, die sie umgibt.

„Unsere Insel bietet für Jeden etwas. Es gibt nichts, was es nicht gibt. Sie nennen mir Ihr Budget und ich verwirkliche für Sie Ihren Traum. Die Preise ziehen jedenfalls bald wieder an, faites vos jeux, zu langes Warten kann Sie Geld kosten, meine Damen und Herren", strahlt sie mit einem so charmanten Lächeln, dass es beinahe Glas sprengen könnte.

Ein gutaussehender Herr in seinen 50ern, Golfkleidung, Poloshirt und locker über die Schultern gelegtem Jackett, sowie rötlich gefärbtem Haar steht mit seiner viel zu jungen attraktiven Begleitung in blond nahe bei Sonja.

„Liebe Frau Möllemann, darf ich ihnen eine Frage stellen?"

Sonja hat gehofft, dass er mit dem Gespräch beginnt, das bringt sie in eine vorteilhafte Position. Sie weiß von Insidern, was Herr Von Eschke will und sie ist darauf vorbereitet.

„Wie sieht es denn mit einem größeren Grundstück aus, mit Meerblick und einem schönen alten Herrensitz zum Renovieren? Aber nichts Verschandeltes, ein echtes Rustico muss es sein. Was mir ihre Konkurrenz bis dato servierte, hat mich eher unglücklich gemacht."

Er schnaubt wie ein Ross, was auch als Lachen interpretiert werden könnte. Sonja pariert elegant.

„Herr Von Eschke, da sind sie bei mir genau richtig. Ich bin dieses Jahr die Vorsitzende des Interessenverbandes "Green Mallorca" und daher nehme ich das Problem der allgemeinen Respektlosigkeit gegenüber alten Bausubstanzen sehr ernst. Unser Credo lautet schon immer - *wir erhalten und verbessern, wir verbessern und erhalten.*"

Von Eschke stößt jetzt ein überdimensionales Lachen aus.

„Funktioniert in beide Richtungen, sehr geschickter Slogan", sagt er, worauf ihm Sonja ein umwerfendes Lächeln schenkt. Herr Von Eschke hält Sonja sein Champagnerglas zum Anstoßen hin. Sie weiß, dass sie ihn bereits auf ihrer Seite hat und nimmt lächelnd ihr Glas hoch.

„Sehr zum Wohl. Kommen Sie doch morgen einfach kurz bei uns im Büro vorbei, da zeige ich Ihnen die wenigen Filetstücke, die es noch gibt."

Von Eschke fühlt sich bereits sehr gut aufgehoben bei Sonja.

„Wann darf ich Sie abholen lassen?"

Ohne seine Antwort abzuwarten, winkt Sonja Alessandro herbei, ihren jungen, schnittigen Assistenten.

„Alessandro, Herr Von Eschke möchte morgen abgeholt werden, koordinieren Sie bitte alles nach Herrn Von Eschkes Terminkalender."

Alessandro steht stramm.

„Sehr wohl, Frau Möllemann."

Herr Von Eschke ist fasziniert von Sonjas Geschäftstüchtigkeit.

„Eine wirklich seriöse Firma", sagt er bewundernd zu seiner Begleiterin.

„Und g'fallen tät sie Dir wahrscheinlich auch, die Chefin, oder vielleicht net?" meint die blonde Katzie, die sich an ihn anschmiegt und der Gastgeberin eifersüchtig nachschaut, wie sie davonstöckelt.

Sonja geht durch den schummrig beleuchteten Patio ihres Anwesens und will sich gerade eine Zigarette anzünden, als hinter ihr ein Feuerzeug aufflammt. Sie fährt nervös herum. Dimitri lächelt sie aus der Dunkelheit in seiner unangenehmen Art durch seine dunklen Zähne an.

„Darf ich Dir Feuer geben?"

Der russische Akzent ist unüberhörbar. Sonja ist alarmiert.

„Was suchst Du hier?"

„Sonja, Schatz, wir haben noch so viel Geschäftliches zu besprechen, aber das weißt Du ja selber besser. Ich dachte hier oben, in Deinem wunderschönen Haus kannst Du ein wenig Zeit für mich lockermachen."

Unsicher blickt sich Sonja um, weit und breit keine Security. Sie zückt ihr Handy.

„Lass doch stecken, ich habe diesmal etwas wirklich ganz Großes für Dich und Du wirst es mögen, denn es ist ganz und gar legal, mein Schatz. Und ich glaube, Du kennst es auch schon."

„Fick Dich und nenne mich nie wieder Schatz. Ich habe Dir schon mehrmals gesagt, dass ich mit Euch keine Geschäfte mache und wenn Du jetzt nicht sofort mein Haus verlässt, lasse ich Dich rauswerfen."

Dimitri lacht schelmisch in sich hinein.

„Heute nicht gut drauf, oder? Aber eine Sache habe ich noch für dich, einfach nur zum Nachdenken. Wie Du weißt, habe ich noch etwas gut bei euch und wir erwarten gerade wieder eine ganze Menge Cash. Es sollte zwar wie immer durch die Hände deines lieben Ex-Mannes Ramon fließen, aber der hatte nichts Besseres zu tun, als sich nach Panama abzusetzen. Jetzt musst also Du herhalten, ob Du willst oder nicht. Wir nennen das Sippenhaftung, kapiesch?"

Sonja platzt der Kragen.

„Warum erzählst Du mir den ganzen Dreck, ich habe den Kontakt zu Euch doch längst abgebrochen, und zwar für immer. Verschwinde gefälligst. Hau ab!"

Dimitri lässt sich nicht so leicht aus der Ruhe bringen.

„Ich und meine sehr einflussreichen Freunde haben gedacht, Du beerbst deinen Ramon einfach ab sofort, in guten wie in schlechten Dingen. Oder ein anderer, besserer Vorschlag: Sag Ramon einfach, er soll wieder hier auftauchen, und zwar rasant, kapiesch? Buenas tardes."

Er versucht, sie zum Abschied an sich zu ziehen, aber sie reagiert schneller und gibt ihm eine schallende Ohrfeige. Dimitri reibt sich die Backe und geht, scheint es aber gleichzeitig zu genießen. Sonja läuft ins Bad und benetzt ihr Gesicht mit kaltem Wasser, dann greift sie zum Handy.

„Rafel, Du musst mir helfen, er war wieder hier. Ja, der Stalker, Dimitri, der Typ von der Russenmafia."

Ein Anfang

Ein geschäftiges Treiben beherrscht die mediterrane Altstadt Palmas. Elegante Spanier im morgendlichen Schlendrian auf dem Weg zur Arbeit. Die Touristen schlafen noch. Das Präsidium liegt in der strahlenden Morgensonne. Sonja Möllemann sitzt an einem Besprechungstisch vor dem Polizeipräsidenten Rafel Miralles.

„Du musst offen zu mir sein Sonja und mir alles sagen, sonst kommen wir nicht weiter."

Rafel zündet sich die morgendliche Zigarre an. Sonja kennt die alte Leier, er nutzt jede Gelegenheit, um von ihr Neuigkeiten über seinen Sohn Ramon zu erfahren. Sie aber hat diesbezüglich eine Sperre eingebaut, sie will ihn nicht kränken. Immerhin ist Rafel ihr ehemaliger, vom Gefühl her aber immer noch Schwiegervater. Für ihn ist es einfach unvorstellbar, dass sein eigener Sohn Ramon weltweit in krumme Geschäfte verwickelt sein soll. Doch niemand weiß es besser als sie. Ramon und Sonja, das einstige Traumpaar - er der Erfolgsimmobilien-makler, Segler, Social Butterfly, stets polyamourös unterwegs, einfach großartig aussehend - und sie, die wunderschöne Touristin aus Österreich, Hotelfachabschluss auf Schloss Fuschl mit Auszeichnung in der Tasche und mit einem guten Auge auf die besten Kavaliere im königlichen Yachtclub von Palma, außerdem nicht aufs Maul gefallen und das mochte Ramon besonders. Und schon hat es gefunkt bei den beiden.

„Dieser Dimitri stalkt mich, seit der Scheidung sehe ich ihn fast täglich irgendwo in meiner Nähe herumlungern. Seinetwegen bin ich hier und nicht wegen deines Sohnemanns. Gestern hat Dimitri sich auf meine Sommerparty eingeschlichen und bedrängt. Es wird Zeit, dass Du dagegen was machst, Oberbulle."

Dabei muss sie schmunzeln und sie sieht wie immer umwerfend dabei aus. Dies bringt Rafel beinahe ein wenig aus der Ruhe.

„Sonja, nachdem Dimitri zum Inner-Circle Deiner, wie soll ich sagen, ehemaligen "Familie" gehört hat, fällt es der Polizei äußerst schwer, ihn zu belangen. Er ist oder war der beste Freund meines Sohnes. Und über den wollte ich eigentlich mit Dir sprechen. Sage mir, hast Du irgendetwas von Ramon gehört?"

Sonja wusste schon als sie hierherkam, dass er es darauf anlegen würde. Sie schüttelt ungeduldig den Kopf.

„Nein, nada. Am Tag der Scheidung ist er abgehauen. Seine letzte Nachricht kam aus einem Internet-Café in Panama City."

Rafel macht einen tiefen Zug an der Zigarre.

„Und ich dachte immer, der Apfel fällt nicht weit vom Stamm. Aber das ist ja wohl in meinem Fall ein Irrtum."

Er wirkt auf einmal sehr traurig. Sonja geht um den Tisch herum und streicht ihm zum Trost über den Nacken. Ein kurzes Klopfen an der Tür und Leon steckt den Kopf herein. Er hält verlegen inne.

„Entschuldige, ich wusste nicht, dass Du Besuch hast Rafel, ich wollte, ich dachte ... "

Leon würde sich jetzt am liebsten sofort in Luft auflösen, überrascht er doch seinen Vorgesetzten mit einer sehr attraktiven Frau in vermeintlich intimer Pose. Andererseits ist er augenblicklich von Sonja beeindruckt und kann seine kurze Verwirrung nicht leugnen.

„Quatsch nicht, setz Dich doch zu uns. Leon, das ist Sonja. Sonja, das ist Leon aus Alemaña, er ist so etwas wie unser Hilfs-Sheriff hier am Balla-Balla-Strand oder wie ihr S´Arenal nennt."

So billig kann Leon das nicht stehen lassen. Er weiß, dass der erste Eindruck, den man hinterlässt, ausschlaggebend sein kann. Zum Glück trägt er schicke Zivilklamotten und nicht diese langweilige Polizei-uniform.

Sonja kommt hinter Rafels thronartigem Stuhl hervor. Leon ist augenblicklich geblendet von ihrer Schönheit und streckt ihr etwas verlegen seine Hand hin.

„Gestatten, Leon Hebler und zurzeit im Polizeiaustausch-programm der Bundesrepublik Deutschland." Sonja wirft ihm einen fragenden Blick zu.

„Und das bedeutet?"

„Ich soll unter anderem spätpubertierenden Urlaubern gutes Benehmen beibringen."

Sonja findet offensichtlich ebenfalls Gefallen an Leon.

„Da bin ich leider nicht ganz Ihre Zielgruppe." Sie lässt sich in den freien Stuhl fallen und überkreuzt ihre langen Beine. Leon möchte diese Unterhaltung um jeden Preis am Leben erhalten.

„Habe ich mir gedacht, obwohl das sehr schade ist."

Sie hält ihm ihre Hand hin und er ergreift sie, stark elektrisiert.

„Ja wirklich schade. Sehr erfreut, Sonja Möllemann."

Rafel bemerkt das gegenseitige Interesse, welches den Raum füllt und unterbricht kurzerhand das Techtelmechtel.

„Leon, ich erinnere Dich jetzt nur ungern an Deinen Job, aber mir liegt alles daran, dass Du den Mordfall und die Entführung des jungen Afrikaners aufklärst, was Du beides ganz sicher mit Links lösen wirst. Aber vorrangig möchte ich, dass Du ein Auge auf Sonja wirfst. Sie hat das Gefühl, dass sie gestalkt wird. Den Rest kann sie Dir selbst erzählen. Tausch einfach Telefonnummern aus oder so ähnlich. Immerhin seid ihr beide schon erwachsen."

Damit steht er auf und geht. Er findet es besser, nicht länger zu stören. Ein Mann mit Erfahrung eben.

„Vale Papa, gracias", ruft ihm Sonja mit ihrer sexy Stimme nach und sie weiß, wie sehr sie ihm damit schmeichelt. Danach folgen einige peinliche Momente des Schweigens zwischen den beiden Zurück-gelassenen.

„Also Señor Leon Hebler, unten gibt es eine hübsche Bar, dürften Sie die aufsuchen? Während der Arbeitszeit, meine ich?"

Leon zögert einen Moment, sie macht ihn gerade mehr als nervös.

„Ja, eigentlich schon, ich meine eigentlich nicht, ich wollte Señor Miralles noch über meinen Plan informieren und dann muss ich wegen des Mordfalles dringend zum Tatort, ich meine - müsste ich zum Tatort, aber jetzt, unter diesen neuen Umständen ..."

Sie lächelt ihn sehr frech an und er spürt, dass er ab sofort Vollgas geben kann.

„ ... brauche ich eigentlich noch wichtige Informationen über Sie. Sie sind sozusagen mein neuester Fall. Ich verstehe auch, dass es eine gewisse Dringlichkeit hat. Ist das so?"

Leon flirtet. Das Leben auf Mallorca beginnt ihm zu gefallen.

„Vorrangig hat Ihr Vorgesetzter gesagt, vorrangig", lächelt Sonja ihm verschmitzt zu.

„Ja, stimmt, vorrangig, und das werde ich tun."

Eine Sache will er aber noch klären, bevor er sich zu weit aus dem Fenster lehnt.

„Entschuldigen Sie diese eine private Frage noch. Sagten Sie eben "Papa" zu meinem Vorgesetzten?"

Höflich hält er ihr die Tür auf und die beiden stoßen beinahe mit Pepe zusammen, der hereinstürmt und drauf los plappert.

„Vamos companero, rapido! Wir müssen zum Tatort, schnell", sagt er zu Leon und ist gleichzeitig äußerst erstaunt über dessen charmante Begleitung. Die beiden behandeln ihn jedoch wie Luft. Wie selbstverständlich hakt Sonja sich bei Leon unter und sie gehen einfach weiter.

„Rafel ist mein Ex-Schwiegerpapa, er wird nur sehr gerne Papa von mir genannt. Also keine Angst."

Geschäfte

Dimitris grüner Pick-Up parkt vor einer verfallenen Finca, direkt an der Stadtautobahn des ziemlich herunter-gekommenen Viertels Son Gotleu im Osten Palmas. Eine Horde Halbwüchsiger aller Hautfarben bolzt mit einem Ball aus zusammengebundenen Fetzen durch den Staub. Verrostete Eisenstangen dienen als Tor. Ein Feuer lodert aus einem löchrigen Fass und der schwarze Rauch mischt sich mit dem Gold des Sonnenuntergangs. Tief im Schatten kauert Omar und schluchzt. Er hält sein Medaillon mit dem Bild seiner Mutter vor der Brust. Carmen, eine echte Roma in einen schwarzen Sari gehüllt, melkt eine Ziege. Dimitri steht über ihr und spielt auf zornigen Mann.

„Jetzt ist der schon fast 24 Stunden im Dienst und Du hast ihn noch immer nicht unter Kontrolle? Was soll das, warum glaubst Du liefere ich bei dir fast wöchentlich neue Arbeitswillige ab? Die Kohle, die der Kleine bringen sollte, kann ich mir für diese Woche wohl in die Haare schmieren, oder?"

Carmen ist hilflos.

„Ich kann ihn nicht auf den Strand schicken, der heult doch den ganzen Tag und redet Französisch. Wie soll er da den Touristen was verkaufen? Niemand kauft, die denken Kinderarbeit, deutsche Touris ganz besonders, denken ist illegal, auch Policia denkt ist illegal,

Kinderarbeit, illegal nix gut, ich will nicht Bullen im Haus haben. No bien."

Dimitri kocht vor Wut. Er wischt sich den triefenden Schweiß mit seinem T-Shirt wieder einmal aus dem Gesicht.

„Verkaufen kann er nicht, ha? Na, dann eben nicht verkaufen, sondern stehlen, diese afrikanischen Fratzen sind doch Weltmeister als Taschendiebe. Geh mit ihm in die Altstadt. Er muss die Kreuzfahrer ausnehmen. Er muss irgendwas heimbringen, sonst nehme ich ihn Dir wieder weg, ich habe genug von Eurem ewigen Geheule. Ich komme bald wieder und dann will ich was sehen, Knete, kapiesch?"

„Ja Caballero, entschuldigen Sie, mein Herr. Ich alles werde tun für Sie."

Verächtlich spukt er vor ihr in den Sand. Ein Hengst brüllt hinten auf der Koppel, als Dimitris zerbeulter Pick-Up beim Beschleunigen eine Staubwolke aufwirbelt.

Der Kommissar

Sonja und Leon sitzen vor einer sehr belebten Bar beim Santa Catalina-Markt. Leon plaudert aus der Kriminalschule.

„Ich hatte schon mal diese Art von Einsatz, in Berlin bei den Filmfestspielen. Hollywoodstar wird gestalkt. Der Vorteil war, dass sie sich das Stalken nur eingebildet hat und ich bei ihr im besten Hotel der Stadt wohnen durfte."

Die zweite Runde Aperol Spritz hat die beiden aufgelockert.

„Bei ihr oder mit ihr?"

Leon versucht das zu ignorieren.

„Ich habe meiner Kundin, also dem Filmstar, damals ein paar Polizei-Codes eingebläut, wie sie mich schnell und effektiv und jederzeit erreichen kann."

„Na denn, bläuen Sie mal drauf los, guapo comisario, prost."

Jetzt flirtet sie ganz offensichtlich mit mir. Das darf doch nicht wahr sein, denkt er.

„Also erste Regel ist meine Kurzwahl, die sende ich Ihnen jetzt, wenn Sie mir bitte Ihre Nummer geben würden."

„Bikini oder Abendkleid?"

Er sieht sie an, als hätte er nicht richtig verstanden und sie hakt nach:

„Siehst Du mich lieber im Abendkleid oder im Bikini?"

Sie zeigt ihm auf welche Art sie ihre zwei Fotos versenden kann, Fotos, bei denen Leon beinahe das Herz in die Hose rutscht. Sie kennt die Wirkung dieser Fotos bereits und ist nicht überrascht.

„Die hat mein alter Freund Peter auf Ibiza gemacht. Magic, oder?"

„Peter?" fragt Leon in einem höchst sinnlosen Anfall von Eifersucht und würde sich am liebsten auf die Zunge beißen.

„Ja, der alte Lindbergh, leider auch schon tot. Den kanntest Du doch, oder? Hatte bis zuletzt immer noch was drauf, da kann man nicht meckern."

Dabei streichelt sie sanft Leons Hand. Beide merken, dass sie sich einer Grenze nähern, die sie besser nicht überschreiten sollten.

Leon muss plötzlich an all seine verflossenen Beziehungen denken, von denen die meisten als Schnellschuss begannen und genauso schnell wieder endeten, bis auf die eine, die besonders harte. Warum war das eigentlich so? Hat er sie nicht ernst genug genommen und schon von Anfang an bloß als „vorübergehend" eingestuft? Aber das hier, das ist der reale Ausnahmezustand, Sonja ist für ihn vom ersten Moment an der absolute Wahnsinn. Er weiß, dass einem so etwas nicht oft im Leben passiert. Er will sie berühren, jetzt und sofort, ihre zarte Haut ganz aus der Nähe riechen, ihr streng nach hinten gekämmtes Haar lockern oder zumindest ihr diese süße Strähne aus dem linken Auge wischen, aber er versucht trotzdem immer noch sachlich zu bleiben.

„Sonja, wir machen hier einen Polizei-Schnellkurs, so etwas könnte Ihr Leben retten, ich meine, Dein Leben retten, und das meine ich ernst", stottert er und schämt sich wegen seiner plumpen Art.

„Ich ja auch", schnurrt sie zurück.

Und jetzt nimmt sie ihn nicht bloß irgendwie an der Hand, nein, sie streichelt seine Finger mit ihren Fingern. Er sieht auf ihre wunderschönen Lippen, ihre smaragdgrünen Augen, ihr Lächeln. Leon ist verblüfft und verlegen über diese direkte Annäherung. Ihr wird es heiß, ihm ist schon längst heiß. Sie drückt das kalte, beschlagene Glas gegen ihre Stirn, er würde sie am liebsten hier an Ort und Stelle ablecken. Das spürt sie auch, als Leon sie bewundernd mit seinen Augen abtastet. Er nimmt einen tiefen Beruhigungsschluck, um endlich wieder zum eigentlichen Thema zurückzukommen.

„Wenn es ganz dringend bis lebensbedrohlich ist, musst Du deinen Standort senden und dahinter „911", so habe ich das programmiert, das ist der Polizei-Notruf in den USA. Das hat sich mein Filmstar gut merken können. Aber wenn es bloß ein Rückruf werden soll, quasi ohne Notfall, dann ... "

Sonja wird es schwindelig, zu viele Informationen. Drinks, Flirts, Hitze. Alles geht zu schnell.

„Ach lass es, das ist mir zu kompliziert. Schreib mir doch eine Gebrauchsanweisungs-WhatsApp. Und ich glaube, ich gehe jetzt besser."

„Schade" sagt er.

„Ja, schade."

Sehr zögernd steht sie auf, Kuss auf die Wange und weg ist sie.

Pepe hat das alles längst vom Dienstfahrzeug aus beobachtet und hupt jetzt ungeduldig vor dem Café. Leon zahlt, springt zu ihm ins Auto und sie preschen los.

Luzdivina

D er Tag scheint wie gemacht für Touristen. Die Landschaft flirrt vor Hitze. Die Sicht ist unendlich weit, die Insel spielt sämtliche Reize aus. Der Polizei-SUV schneidet in rasendem Tempo durch die engen, nicht enden wollenden Haarnadelkurven hinauf zum Kloster Santa Magdalena. Pepe und Leon sitzen stumm nebeneinander und fixieren die Fahrbahn. Leon betet, dass ihnen bei der Geschwindigkeit auf den engen Straßen weder Mensch noch Tier oder Fahrzeug begegnen. Mal ganz abgesehen von den dahin schleichenden Traktoren oder kurvenschneidenden Rennradlern. Pepe aber scheint seine Insel zu kennen.

„Sag mal, das war doch die Schwiegertochter vom Boss oder irre ich mich?" fragt Pepe neugierig. Leon will dringend das Thema wechseln.

„Schau auf die Straße und beide Hände aufs Lenkrad."

Pepe lässt sich so einfach nicht abwimmeln.

„Also nochmal, Schwiegertochter vom Boss? Oder irre ich mich?"

„Du irrst dich, Sie ist die Ex-Schwiegertochter."

„Sehr gute Wahl."

Wenn Blicke töten könnten, wäre Pepe jetzt tot. Er nervt Leon.

„Und Du willst um eine Ordensfrau rumschwänzeln. Das nenne ich keine sehr gute Wahl." Er hofft, dass er ihn damit schwer getroffen hat.

Schwester Luzdivina zupft im Gemüsegarten herum, als der Polizeiwagen vor ihr zum Stehen kommt. Leon hat sich geistig schon auf ein kriminalistisches Verhör vorbereitet, aber Pepes Testosteron schießt ein und er beginnt unaufhörlich auf sie einzuquasseln. Leon will den Aperol Spritz Pegel noch ein wenig abbauen und schenkt Pepe etwas Zeit. Der merkt das und nutzt es schamlos aus.

„Was für ein wundervoller Tag, Schwester Luzdivina. So wunderbar duftende Kräuter haben Sie in ihrem Garten. Salbei wohl und Minze. Werden Sie damit heute ihre Suppe zubereiten?"

Leon verdreht genervt die Augen. Er setzt sich auf eine alte Holzbank und wartet, bis Pepe endlich eine Atempause einlegt, doch Pepe hört nicht auf. Er muss ihn schließlich unterbrechen und bringt ihn wieder in die Realität zurück.

„Pepe, sei jetzt endlich ruhig und lass uns unseren Job tun."

Pepe hält sich widerwillig zurück. Leon stellt die unvermeidliche Frage.

„Schwester Luzdivina, was genau geschah am letzten Montag um 6:30 h morgens?"

Luzdivina schneidet gerade eine rote Rose ab und ordnet sie in einen hübschen Strauß ein. Sie erschrickt derartig über die Frage, dass sie sich in den Finger sticht. Einige kleine Blutstropfen verteilen sich auf ihrer weißen Kluft.

„Oh, ich blute", kreischt sie und läuft schnurstracks ins Kloster.

In ihrer Kemenate versorgt sie sich mit Jodtinktur und Pflaster, alles geht sehr schnell und effizient. Die beiden Männer warten geduldig vor der halboffenen Tür. Pepe hat schon längst für Luzdivina Partei ergriffen, Leons harscher Polizeiton beleidigt ihn persönlich bis tief in die Magengrube. Leon klopft vorsichtig.

„Schwester Luzdivina, ich muss Sie das nochmals fragen. Montag, 6:30 h, wo waren sie da?"

Doch die Klosterglocke ruft ausgerechnet jetzt durch mehrmaliges Schlagen zum Gebet.

„Entschuldigen Sie mich, jetzt ich muss zum Vormittagsgebet."

Und wieder ist sie weg. Luzdivinas Verhalten ist Leon nicht geheuer. Die beiden Männer folgen ihr in die Kapelle, doch diese ist leer. Klappernde Geräusche von Holzpantoffeln lassen die beiden Polizisten herumfahren als die Oberin Schwester Apolonia die Kapelle zügig durchquert. Leon und Pepe stehen von ihr unbemerkt im Schatten einer hohen Säule. Sie scheint vollkommen mit sich beschäftigt zu sein. Ihr Blick ist starr nach vorne gerichtet, als sie sich direkt vor dem Altar hinstellt und sich mehrmals bekreuzigt, um sich endlich krachend in der ersten Reihe niederzulassen. Sofort verfällt die Oberin in ein stilles Gebet. Luzdivina schiebt Schwester Kasimira in einem Rollstuhl herein. Als die beiden an den Polizisten vorbeikommen, nicken sie ihnen freundlich zu. Kasimira ist wesentlich älter als Apolonia und wird von einer nervösen Schüttellähmung in ständiger Bewegung gehalten. Dabei macht sie eigenartige Gurrlaute. Die beiden Polizisten verlassen aus Respekt andächtig die Kapelle. Pepe bekreuzigt sich unentwegt. Draußen vor der Tür flüstert Leon ihm etwas zu.

„Luzdivina weicht uns ständig aus. Hat sie oder hat sie nicht - Dreck am Stecken?"

Pepe schüttelt energisch den Kopf.

„Bist Du verrückt? Nein, sie ist bloß schüchtern."

„Das habe ich aber deutlich anders verstanden, mein Lieber."

Pepes Blauäugigkeit fällt Leon sehr auf die Nerven.

„Weißt Du, ich mag so etwas, Schüchternheit. Und außerdem ist sie sehr, sehr, sehrsehr hübsch", flüstert Pepe.

Leon muss an sein eigenes Verhalten denken, noch vor wenigen Stunden in der Bar. Er muss sich eingestehen, dass die Situation mit Sonja fast aus dem Ruder gelaufen wäre, auf jeden Fall hat er sich höchst unprofessionell verhalten.

„Sie regt meine Fantasie an", seufzt Pepe.

„Pepe, es reicht! Hör endlich auf, den tanzenden Gockel zu spielen! Wir brauchen eine neutrale Zeugin und keine die sich in Dich verknallt".

Die immer noch halb offenstehende Tür von Luzdivinas Kemenate erweckt Leons Neugierde. Er blickt sich mehrmals um, ob noch andere

Nonnen herumschwirren, aber die Luft scheint rein zu sein. Sie treten ein. Die frisch gepflückten Rosen stecken in einer Vase.

„Einen Klosterdurchsuchungsbefehl kann nur der liebe Gott erteilen" scherzt Pepe.

Auf dem Bett liegt die Soutane mit frischen Blutstropfen, daneben ein Papiertaschentuch mit eingetrocknetem Blut. Leon trennt ein Stück ab und steckt es vorsichtig in einen Plastiksack.

„Alte Gewohnheit, ich kann es einfach nicht lassen."

Pepe steht Schmiere, während Leon vorsichtig die Schublade des Nachtkästchens öffnet. Er zieht ein paar Zwanziger und fünf hundert Euro Scheine aus der Lade, wedelt damit vor Pepes Gesicht rum.

„Das wird sie uns irgendwann erklären müssen."

Pepe kontert sofort mit einer Schutzbehauptung.

„Das sind sicher irgendwelche Spenden, ist doch claro."

Die gurrenden Laute von Schwester Kasimira werden lauter, das Gebet scheint zu Ende gegangen zu sein.

„Leon, rapido, abhauen."

Leon legt rasch alles zurück auf seinen Platz und sie eilen davon.

Entlang des historischen Wandelganges sind Skulpturen alter Mönche und sonstiger wichtiger Mallorquiner in Reih und Glied aufgestellt. Pepe spielt angesichts der herannahenden Nonnen den Fremdenführer für Leon.

„Dies hier ist Juniper Serra aus Petra, ein Missionar aus den 1770er Jahren, er hat den Bau etlicher Missionen Kaliforniens geleitet, hat aber die Ureinwohner wie Sklaven behandelt, gar nicht gut. Das hier ist der alte Ramon Llull, geboren 1232, der große Denker und wahrscheinlich der neue Namensgeber des Flughafens von Palma."

Leon muss sein Lachen unterdrücken.

„Lull-International, kurz Llulli, das kommt in Alemaña sicher gut an."

Luzdivina schiebt Kasimira vor sich her, Apolonia ist nicht mehr dabei. Pepe ergreift die Gelegenheit beim Schopfe, Luzdivina kann ihm nicht mehr ausweichen.

„Schwester, wir warten vor dem Kloster auf Sie, sagen wir in fünf Minuten, geht das? Wir würden Sie sehr darum bitten."

Pepe ist außerordentlich höflich und sie ist davon beeindruckt, nickt ihm sogar lächelnd zu.

Die beiden Polizisten warten geduldig vor dem überdimensionierten Portal von Santa Magdalena. Was für ein Kraftakt muss das gewesen sein, diese monumentalen Bögen, Säulen und Steinquader hier heraufzuschaffen, ohne Maschinen, bloß Eselskarren und Manneskraft.

Als Luzdivina endlich erscheint, setzt sie sich zu ihnen auf die Holzbank. Leon ergreift sofort das Wort, bevor Pepe es tun kann.

„Erzählen Sie uns nochmal, wer den jungen Omar abgeholt hat. Wie sah der Mann aus? Waren Sie nicht verwundert, dass er sich als Polizist ausgab? Jede kleinste Beobachtung könnte uns helfen."

„Es kommen so wenige Menschen hier vorbei, wir Nonnen sind nicht geübt im Umgang mit Männern, äh, mit Menschen."

Luzdivina scheint mit ihren Gedanken sehr weit weg zu sein.

„Wissen sie, Schwester Isolde war so ein lieber, aufopfernder, ehrlicher Mensch."

Die beiden Polizisten erkennen, dass im Augenblick nicht viel aus ihr herauszuholen ist. Ihre Trauer ist echt.

„Beschreiben Sie uns doch bitte den Mann, der sich als Polizist ausgegeben hat, Schwester Luzdivina", hakt Leon noch einmal nach.

Luzdivina springt auf und setzt sich auf die Steinmauer, hinter der eine Felswand senkrecht in die Tiefe abfällt. Pepe ist sofort neben ihr und hält sie am Arm fest, es scheint als würde sie es darauf angelegt haben, dann reißt sie sich aber sogleich von ihm los. Offensichtlich befindet sie sich in einem ständigen Kampf gegen sich selbst. Leon versucht das Gespräch zumindest auf Sparflamme weiterzuführen.

„Wie ist die finanzielle Situation im Kloster? Wer regelt das mit dem Geld?"

Sie wird unruhig.

„Luzdivina, haben Sie Bargeld im Kloster?"

Luzdivina antwortet vorsichtig.

„Wir leben sehr enthaltsam und sind besitzlos. Wir bekommen Spenden auf unser Konto, davon hole ich regelmäßig Geld aus dem cajero automatico, dem Geldautomaten, um die Gärtner zu bezahlen und kleine Einkäufe zu machen. Die Gärtner bekommen pro Monat 500 Euro und der Lohn ist morgen fällig."

Pepe atmet auf, ein Verdachtsmoment weniger. Aber immer noch sitzt sie auf der Mauer, die hinter ihr steil abfällt.

„Wenn Sie wollen, kann ich ihnen die Kontonummer geben und Sie können uns auch unterstützen. Auch kleine Beträge helfen uns."

Sie zieht einen Zettel hervor, Pepe nimmt ihn an sich.

„Danke schön, wir werden es uns überlegen, aber vorher kommen Sie bitte runter von der Mauer, das ist sehr, sehr peligroso – gefährlich."

Luzdivina gefällt es ganz offensichtlich, dass man sich um sie sorgt, sich um sie kümmert. Pepe merkt, wie gut ihr seine Zuneigung tut. Als er sie von der Mauer nehmen will, hält sie sich mit beiden Armen an ihm fest. Er tut dies ebenfalls, er packt sie und lässt sie länger nicht los. Das ist mehr als eine bloße Rettungsaktion.

„Macht es Ihnen etwas aus, uns noch ein wenig durch die heiligen Hallen zu führen?", fragt Leon und beendet damit diese kurze Romanze zwischen Luzdivina und Pepe. Während sie ein paar Schritte auf das Gebäude zugehen, merkt er, dass sich kalter Schweiß auf Luzdivinas Stirn bildet. Dann sprudelt es plötzlich aus ihr heraus.

„Ja, Ich habe mich schuldig gemacht." Mit einem Geständnis hat Leon zwar noch nicht gerechnet, aber es könnte interessant werden.

„Ich habe dem Mann zunächst vertraut. Ich stand vor der Puerta und habe versucht, ihn nicht hereinzulassen, aber er hat mich mit Gewalt weggeschoben und ist einfach hineingegangen. Ich konnte ihn nicht aufhalten. Es ist meine Schuld, dass Isolde tot ist."

„Sind sie ihm gefolgt?"

Luzdivina schüttelt sofort energisch den Kopf.

„Ich habe es nicht gewagt. Er hat böse ausgesehen. Keine Haare, dick, klein, Schnauzbart. Entschuldigen Sie, ich muss jetzt gehen, ich muss für den Jungen beten. Bitte sorgen Sie dafür, dass ihm nichts zustößt."

Und schon ist sie wieder im Kloster verschwunden. Hinter ihr fällt dumpf die Tür ins Schloss, mehrere Riegel rasten von innen ein.

„Raubmord können wir ausschließen, sonst wäre die Kohle weg", sagt Leon beim Einsteigen.

„Die Nonnen können wir auch ausschließen", sagt Pepe und fährt los.

Schwester Luzdivinas Verhalten stimmt Leon einerseits nachdenklich, aber feststeht, dass er selbst auch eine Mitschuld am Verschwinden des Bootsflüchtlings trägt. Wofür wird Omar benutzt und wer hat die junge Nonne erstochen und warum? Es sieht für ihn entweder nach Affekthandlung aus oder es tut sich noch ein Geheimtürchen auf mit dem bis jetzt keiner gerechnet hat. Leon kennt das aus seinen vergangenen Fällen als Ermittler.

Schlechtes Benehmen

Der Nachmittag ist ruhig, da der Spanier zwischen eins und drei Siesta hält. Nur auf dem Lieblingsstrand der Deutschen, den sein Vorgesetzter Rafel den Balla-Balla-Strand nannte ist alles anders. Leon und Pepe gehen Streife zwischen den Bars Los Alemanes 6 und Los Alemanes 15, Strandkneipen, die für viele hier das eigentliche Urlaubsziel sind. Die Sonne brüllt und die Lautsprecher tun es ebenso. Captain Hollywood gibt mit *"More and more"* den Rhythmus an. Halbnackte männliche Teenager aus dem Berliner Osten beugen sich gruppenweise über halbleere Plastikeimer und saufen mithilfe von Strohhalmen um die Wette. Als einer der Rowdys beginnt, den Strand vollzukotzen, setzt sich Pepe in Bewegung, um seinen Job zu tun. Dazu zieht er einen Zettel aus der Tasche und liest auf Deutsch vor:

„Perdon, Entschuldigung, por favor, bitte benehmen Sie sich. Ich möchte Sie darauf aufmerksam machen, dass Sie sich sehr unzivilisiert verhalten. Wie Sie sicher wissen, ist das Trinken aus Eimern am Strand verboten."

Leon ist sehr beeindruckt. Er hält sich aber noch im Hintergrund und wartet, was jetzt passiert. Der Dickste mit den meisten Pickeln baut sich, ganz Macho vor Pepe auf und grölt im breitesten Berlinerisch.

„Jetz kickma dassde vaschwindest sonst machickdir Beene, Olivenfressa. Wir sind hier uff Urlaub, vastehste, U R L A U B. Und außadem derhalten wa Dir und Deine janze Mischpoche finanziell mit unsam Kampfsaufen. Ooch wennde mir nich vastehst, sachick dir nochma..."

Dies scheint für Leon ein guter Moment, aus der Deckung zu kommen und sich der Gruppe, um Pepe zu nähern. Die Jungs erkennen die deutsche Polizeiuniform und werden nervös. Leon übernimmt den Slang des Dicken.

„Jetzt mach ma halblang, vastehn tun wa Dir schon fablhaft, ick schätze ma Du kommst aus der Jegend rund umm Hermannplatz oda so, wahscheinlich Hasenheide, oda?"

Die Kumpels können nicht glauben, was sie da erleben. Sie ziehen die Schwänze ein und machen betroffene Gesichter.

„Und jetzt nehmt Ihr mal schön Eure Becher und trinkt sie entweder auf Eurem Zimmer oder Ihr kommt mit. Und ich sag Euch jetzt schon, die Nacht im Knast von Palma ist alles andere als Urlaub, also ab durch die Mitte."

Im Gänsemarsch, Plastikeimer unterm Arm, trippeln die Jungs durch den heißen Sand davon und jammern dabei wehleidig, weil sie sich die Füße verbrennen. Pepe salutiert anerkennend vor Leon.

„Na wenn das nicht gut war Mensch, Du kennst eben deine Landsleute. Immer feste auf die Fresse. Das wird gefeiert, komm."

Leons Nachbarin Stella, die alte elegante Dame, hat alles sehr genau von ihrem kleinen Balkon aus beobachtet.

Sie gehen ein paar Schritte zum LA6, wo Pepe gönnerhaft für beide alkoholfreies Bier und Bocadillos bestellt.

„Aber auf meine Rechnung", grinst Leon.

„Sehr gut, du verdienst ja auch doppelt so viel wie ich", sagt Pepe und stöhnt dabei Mitleid heischend,

„Ach Deutschland, du schönes, reiches Land", fügt er noch hinzu.

Es ist ihre wohlverdiente Mittagspause. Unten am Strand ziehen zwei afrikanische Wanderhändler vorbei und versuchen billigen Schmuck und gefälschte Markenhandtaschen loszuwerden.

„Hast Du ne Ahnung, wo die Typen sich aufhalten, ich meine, wenn sie nicht gerade Geschäfte machen?" fragt Leon.

„Nirgendwo, die wohnen überall und nirgends – oder besser gesagt schlupfen überall unter. Aber meist nur für eine Nacht, dann müssen sie weiterziehen zum nächsten Markt oder zum nächsten Touristrand. Wenn Du ihnen als Bulle zu nahe kommst sind sie weg. Futsch."

„Verstehe."

„Alles durchorganisiert, höchst mafiös, Finger weg!"

„Klingt nach Menschenhandel."

„Ist es auch, Prost."

Pepes Telefon schnurrt eine SMS herbei. *Dringend Verstärkung, LA 15"*, liest er Leon vor.

„Na denn vamos, Schwimmen oder Auto?" witzelt Pepe. Leon ist schon auf den Beinen, legt einen Zehner auf den Tisch.

„Zu Fuß ist es am schnellsten." Er sprintet los.

„Komm schon Dicker, sind doch weniger als fünfhundert Meter."

Die beiden Polizisten kämpfen sich durch einen menschlichen Ameisenhaufen. Die Luft ist gesättigt von Sonnenöl und frisch aufgetragenem Deo. Ziemlich einheitlich aussehende Mädels und Jungs mit gelangweilten Gesichtern fummeln ohne Unterlass an ihren Smartphones oder imitieren roboterartig Tanzbewegungen aus schrecklichen TV-Shows. Jeder versucht, einen Platz im Mittelpunkt des Volksfest-Geschehens zu finden. So mancher hat einen C- oder D-Promi entdeckt und postet gerade ein Selfie mit ihm.

Nur noch hundert Meter. Von Weitem sichtbar erkennen Leon und Pepe einen dichten Kreis, durch den sie sich durchkämpfen müssen. Willkommen bei der mega angesagten LA15-Bar. Traudl Unterberger, Leons deutsche Kollegin, kauert auf den Knien im Sand, mit ihren eigenen Handschellen an einen Schirmständer gefesselt. Sie ist aufgelöst in Angst und orientierungslos vom Schweiß der sich in ihren Augen gesammelt hat. Der Sand tut den Rest. Eine Gruppe junger Breakdancer performed rund um Traudl eine bizarre Hip-Hop Session zur Neonazi-Band *„Landser"*, die aus 100 Watt Bluetooth Speakern dröhnt. Zwei Vollglatzen schieben mit verschränkten Oberarmen Wache neben der Polizistin. Die monströsen Armmuskeln sind jeweils mit Hakenkreuz-Tattoos geschmückt.

Vollglatze Eins raunt dem Hip-Hopper etwas zu.

„S' reicht jetzt Alda, hör auf mit dem Affentanz", während Vollglatze Zwei kein Ende finden will.

„Ey Alder. Vier Nummern war'n abgemacht Landser", brüllt er, danach versagt aber seine rauchige Stimme kläglich.

Ein anderer Spaßvogel steuert eine Drohne dicht über den Köpfen der Schaulustigen hinweg.

„Aus, Ende Gerd, das verwenden die Bullen doch alles gegen Dich Du Arsch."

Doch Gerd geht auf in seinem Element, die eine Hand am Steuerpult der Drohne, die andere am schicken Hintern einer Siebzehnjährigen.

Leon ist plötzlich da und feuert spontan einen Warnschuss ab. Der ohrenbetäubende Knall der Heckler & Koch lähmt alle, auch die beiden Naziglatzen. Sie sind mit einem Male sanft wie Schmusekatzen und nehmen gewohnheitsgemäß gleichzeitig die Hände hoch. Die Musik ist aus. Kein Ton ist zu hören. Gespenstische Stille am deutschen Strand.

„Auf die Knie", brüllt Leon, während er die Pistole mit sicherer Hand in seinem Halfter verschwinden lässt.

Der Rest ist Routine, die Verstärkung hat sich bereits durchgekämpft und nimmt wahllos ein paar Chaoten fest. Die meisten davon sind stockbesoffen. Traudl Unterberger geht es den Umständen entsprechend schlecht.

„Traudl, alles klar?"

Leon erlöst sie von den Handschellen. Sie reibt sich die Handgelenke und nickt erschöpft. Schließlich sagt sie:

„Ich will nach Hause, Kollege. Bitte, ich will nach Hause."

Leon hilft Traudl in das Polizeiauto. Ein Notarzt versucht, sie zu beruhigen. Der Auslandseinsatz ist absolut scheiße gelaufen für sie.

Auf dem Weg nach oben

Von der flirrenden Hitze ist hier oben nichts zu spüren. Der Tag ist klar wie Glas, Die Berge sind so nah, dass man sie anfassen möchte. Die absolute Stille wird jäh unterbrochen, als ein Helikopter über die Costa Norte hinwegfegt. Die dunklen Umrisse der Tramuntana wechseln sich rasend schnell mit dem unglaublichen Türkis des Mittelmeers ab. Aus dem Onboard Soundsystem klingt kristallklar Mick Jagger mit "Woo Who" aus "Sympathy for the Devil".

„Fast alles Naturschutzgebiet", raunt Sonja in das Intercom. Herr Von Eschke und seine blonde Begleiterin Katzie sitzen hinter ihr und wippen begeistert im Takt. Diese Landschaft kennen sie sonst nur aus Werbefilmen.

„Außer dieser kleinen Perle hier."

Sie bedeutet dem Piloten, auf einem bestimmten Finca Grundstück zu landen, aber nicht, ohne vorher eine beachtliche Steilkurve über dem alten Herrenhaus hinzulegen.

„Woo Who ", schreien die potenziellen Fincabesitzer synchron zu den Stones auf der Rückbank.

Assistent Alessandro, im Firmen-SUV angereist, steht bereits erwartungsvoll unten auf dem Boden und signalisiert mit wedelnden Armen den idealen Landeplatz. Von Eschke und Katzie sind froh, als sie wieder festen Boden unter den Füßen spüren. Sonja ist in ihrem Element und beginnt unverzüglich das Grundstück zu erklären.

„Herr Von Eschke, Sie stehen hier auf einem 60.000 Quadratmeter großen Grundstück innerhalb eines rundum sondergeschützten Naturschutzgebietes von 141 Cuarteradas, wie man hierzulande sagt oder, schnallen Sie sich bitte fest, das sind dann insgesamt mas o menos 1.000.000 Quadratmeter, die so bleiben werden wie sie sind, nämlich unberührt. Und daher besteht für Sie ein unverbaubarer, unbezahlbarer Blick bis Barcelona."

Von Eschke und Katzie sind begeistert von dem kleinen Scherz.

„Ihr Grundstück hat durch den Bestand einer jahrhundertealten Finca eine Baugenehmigung zur Restaurierung und Modernisierung der vorhandenen Gebäude - plus 10 Prozent, die Sie als Bauherr an versiegelter Fläche hinzufügen können. Daher könnten Sie den Pool da hinter dem Felsen anlegen lassen. Und jetzt schauen Sie sich mal in Ruhe diese alte Bausubstanz an, Wohnhaus, Gesindehaus und Stallungen. 1.400 Quadratmeter Wohnfläche, original erhalten aus dem Jahre 1793."

Sie zeigt auf die Zahl, die über dem Portal eingraviert ist.

„Alles trocken und bestens in Schuss. Der Grundriss und die Substanz müssen weitgehend erhalten bleiben. Brunnen ist vorhanden, Strom kommt noch nicht aus der Steckdose, Solaranlage kann problemlos installiert werden."

Die beiden Interessenten kommen aus dem Staunen gar nicht mehr heraus.

„Dieses Objekt können unsere Architekten und Bauleiter mit besten Materialien in 1A-Qualität und nach ökologischen Richtlinien für Sie restaurieren." Sie betreten das Haus.

„Und sehen Sie mal hier aus diesem Fenster, das ganze Jahr über haben Sie den perfekten Sonnenuntergang. Wir stehen genau in Ihrem zukünftigen Wohnzimmer und da drüben ist der Kamin."

Neugierig klopft Herr Von Eschke an eine Wand, prüft die Böden, öffnet Türen, alles scheint in Ordnung. Katzie ist freudig erregt.

„Ja Friedrich, genau das wünsch ich mir von Dir zum Geburtstag."

Von Eschke wird auf einmal ganz blass.

„Geht es Dir nicht gut Schatzi?" fragt Katzie besorgt.

Er schnappt nach Luft, lässt sich auf ein paar Europaletten fallen. Das alles ist etwas zu viel für ihn, vor allem der wilde Helikopterflug. Seine Begleiterin scheint da wesentlich fitter.

„Jetzt hat er es wieder, sein schwaches Herz."

Von Eschke erhebt sich geschwächt, sucht den Weg ins Freie und verschwindet eiligst hinter dem nächsten Wacholderbusch. Assistent Alessandro erkennt den Ernst der Situation, hört die deutlichen Kotzgeräusche und eilt mit einer Rolle Toilettenpapier zu Hilfe. Alles ein bisschen viel für Von Eschke. Bald kann er sich aber wieder mit besserer Farbe im Gesicht zu der Gruppe gesellen.

„Wir haben Aspirin an Bord, soll ich den Piloten bitten...". Sonja ist jetzt ganz die fürsorgliche Immobilienmaklerin.

„Es geht schon wieder. Danke für Ihr Mitgefühl, Frau Möllemann. Aber sagen Sie doch mal, wie teuer würde so etwas denn sein?"

„Mit oder ohne Renovierung? Wir würden Ihnen natürlich ein Package anbieten mit einem Architekten, der die Richtlinien von Green Mallorca genauestens kennt. Alles inklusive." Sonja hat alle Zahlen klar im Kopf. Sie gehen ein Stück weiter in den Garten.

„All inclusive sozusagen, so will ich's", unterbricht Katzie übermütig, gerade als Sonja zu einer ersten Preisvorstellung ausholen will.

Nicht weit entfernt startet ein Gärtner an einem abgestorbenen Baum seine Motorsäge. Sonja will schon Alessandro hinschicken, als sie erkennt, wer der Gärtner ist. Dimitri kommt auf sie zu. Im letzten Moment stellt er die Säge ab. Leise und ohne, dass es die anderen mitbekommen, zischt er sie an.

„Wie Du weißt, ist das hier alles im Besitz des Klosters, aber das kann sich schnell ändern. Ich habe Dich auf der Party gewarnt. Du bewegst

Dich auf gefährlichem Terrain. Freunde von mir müssen dringend mit Dir reden", sagt er zu ihr auf Katalan.

Sonja will, dass er sofort verschwindet.

„Deine Freunde können mich mal", sagt sie, als ihr Assistent Alessandro beschützend vor sie tritt.

Von Eschke steht mit Katzie immer noch aufgeregt diskutierend etwas abseits und sie merken von alledem nichts. Sonja gesellt sich jovial zu ihnen.

„Na wie sieht's aus, geht es Ihnen wieder besser, Herr Von Eschke?"

„Ja schon wieder vorbei, das ist alles sehr schön, extravagant, große Klasse, unser Haus in Sankt Moritz passt da richtig gut in die Sammlung. Katzie liebt diesen Platz schon jetzt so sehr, nicht wahr Katzie?"

Herr Von Eschke ist offensichtlich angetan von dem Projekt. Sonja hakt sich bei ihm unter. Sie will ihre Kunden elegant in Richtung Helikopter leiten, bevor Dimitri wieder dazwischen grätscht.

„Wenn Sie echtes Interesse haben, sprechen wir gerne bei einem schönen Abendessen weiter. Ich habe einen Tisch für uns im „Fera" im Herzen Palmas reserviert, das ist der Gourmet-Treffpunkt der besseren Gesellschaft. Und vergessen Sie bitte nicht, dieses Finca Projekt ist wahrscheinlich das letzte Schmuckstück auf der Insel. Vorsicht beim Einsteigen und halten Sie ihren Hut fest, Herr Von Eschke."

Das Jaulen des Rotors geht in ein schnelles methodisches Schwingen über und die illustre Gruppe hebt ab, hinein in einen pastelligen Horizont.

„Diesmal fliegen Sie bitte etwas sanfter, Sean", raunt Sonja dem Piloten zu und Mozarts "Kleine Nachtmusik" schmeichelt sich den Passagieren beruhigend ins Ohr.

Alessandro, ganz allein zurückgelassen, ist sich der Gefahr, in der er schwebt, wohl bewusst. Dimitri geht auf ihn zu und startet die Motorsäge wieder an. Er deutet mit dem Kinn in Richtung Kliff.

„Schau mal, da unten liegen schon sehr viele Leichen. Und Du kannst Dich gleich dazu legen, wenn Du nicht sofort abhaust."

Alessandro erkennt schnell, dass sein Handy hier oben gar keinen Empfang haben kann.

Der Teufel

Kasimira, Apolonia und Luzdivina sitzen im flackernden Kerzenschein des Speisesaales bei Tisch.

„Amen.", sagen sie wie aus einem Munde.

Luzdivina serviert die abendliche Klostersuppe. Kasimira, die ansonsten immer stumm ist, klopft unvermittelt mit dem Löffel auf ihr Glas. Luzdivina hält inne und spürt sofort, dass etwas Außergewöhnliches passieren wird. Kasimira hat mit Ausnahme des Wortes *„Amen"* noch nie gesprochen, soweit sich Luzdivina zurückerinnern kann. Ihre beruhigende, inbrünstige Bassstimme klingt daher überraschend angenehm für sie.

„Meine Beobachtungen beunruhigen mich in letzter Zeit sehr."

Kasimira spricht flüssig und sehr deutlich.

„Wir haben es in unserem Kloster neuerdings mit dem Einfluss des Teufels zu tun. Er erscheint hier immer öfter und versucht, die kleine heilige Gemeinde zu durchdringen und zu dezimieren. Gebt acht, noch sind wir zu dritt."

Kasimira hat damit genug gesagt und zieht sich wieder in ihr Schneckenhaus zurück, wer weiß für wie viele Jahre, wenn nicht sogar für den Rest ihres Lebens. Apolonia sieht sie teilnahmslos mit einem leichten Glanz von Hass in den Augen an und ist froh, dass wieder Ruhe eingekehrt ist. Luzdivina schlürft irritiert die Suppe, den Blick starr auf den Teller gerichtet. Ein kalter Schauer läuft ihr über den Rücken. Heute Nacht wird sie den Riegel in ihrer Kemenate vorschieben, was sie früher nie getan hätte.

„911"

Als Leon seine abendliche Trainingsfahrt antritt, hat sich das Licht über der Bucht von Palma bereits in ein dumpf leuchtendes spätes Orange verfärbt. Wenige Kilometer von seiner Dienstwohnung entfernt und einigermaßen warmgelaufen beginnt für ihn erst der wahre Genuss. Das Rollgeräusch der Reifen und das leise Surren der Kette beruhigen ihn. Die vorangeschrittene

Dämmerung verspricht ihm noch eine gute Stunde Fahrvergnügen. An der Stadtausfahrt kreuzen einige Straßenhändler seinen Weg und er muss kurz anhalten. Freundlich grüßen die Männer herüber, ehe sie durch ein Zaunloch schlüpfen und in einer ziemlich heruntergekommenen Finca Ruine verschwinden. Neugierig blickt ihnen Leon nach, bevor er wieder stramm lostritt. Nur durch körperliche Anstrengung kann er sich schnell abreagieren und diesen vergangenen Horrortag verarbeiten. Was bringt die Besucher aus einem hoch zivilisierten Land wie Deutschland dazu, sich in der Öffentlichkeit wie die letzten Arschlöcher zu benehmen. Ist es eine Art Inseleffekt? Hier könnt ihr uns mal alle, wenn ihr wollt? Sicher ist es eine Mischung aus Alkohol und Narzissmus, aus mangelnder Bildung, Geltungssucht und Frustration.

Für ihn spielen in diesem Augenblick aber ausschließlich die Farben des Himmels eine Rolle. Eine Mischung, die sich aus dem gesamten Farbspektrum vor ihm ausbreitet. Diese Insel ist so wunderschön, eine schillernde Perle im Mittelmeer. Im Augenblick scheint es, als wäre er ganz allein auf dieser Welt.

Leon hat jetzt schon eine gute Strecke hinter sich gelassen. Leicht ansteigendes Gelände liegt ihm sehr. Er hat seine Lieblingsstrecke gefunden, und die wird er ab jetzt allabendlich nach Dienstschluss absolvieren. Seine Gedanken kreisen immer wieder um die verlotterte Finca an der Stadtausfahrt. Was wäre, wenn Omar da versteckt worden ist. Naheliegend genug. Beunruhigt kehrt er spontan um und bremst schon bald wieder direkt vor der verwahrlosten Finca Ruine. Er schaltet die helle LED-Lampe aus, versteckt das Rad hinter einem undurchdringlichen Macchia Gebüsch und stellt sein Handy auf lautlos. Er klettert durch das Loch im Zaun. Im Schutz der Dunkelheit robbt er zu dem spärlich, nur von einem rötlich glosenden Blechfass erleuchteten Gebäude. Es stinkt nach verbranntem Gummi und Tierkadavern, wahrscheinlich toten Ratten, die von Wildkatzen erlegt worden sind. Durch eine kleine Fensterluke erkennt er die Männer von vorhin. In einem notdürftig eingerichteten Raum kauern sie rund um einen Fernseher, der an eine Autobatterie angeschlossen ist und schauen eine Soap auf Al Jazeera. Eine Frau stellt ihnen gerade einen Blechtopf mit Suppe hin. Sie bedanken sich in arabischem Dialekt und beginnen gierig zu schlürfen. Leon kriecht im Schleichgang weiter. Er kann jetzt deutlich das Scharren von Hufen und das Schnauben eines Pferdes hören. Oder war das doch menschliches Wimmern? Die helltönende Glocke einer Ziege und das eingespielte Lachen der Soap machen ihn unsicher. Die Umrisse der Stallungen zeichnen sich jetzt deutlich im vorbei wischenden Licht des nahen Verkehrs ab. Dennoch übersieht er einen Haufen Pferdeäpfel und tappt mit beiden Händen voll hinein.

„Scheiße", flucht er, als noch dazu gleichzeitig sein Handy vibriert.

Er zieht das leuchtende Telefon aus der Tasche. Es zeigt Sonja im Bikini, gewagt und sehr schön.

"911 - Turo-on-the-Beachclub".

Sein Stresspegel steigt immens. Ohne zu zögern, entscheidet er sich fürs Umkehren. Sonja in Gefahr, da sieht er rot. Der dichte, in der Dunkelheit unsichtbare Dornendschungel sowie der Stacheldraht bedeuten für ihn keinerlei Hindernis mehr. Er prescht einfach durch, ohne zu bemerken, dass er sich starke Kratzer im Gesicht und am Oberkörper zuzieht. Sein T-Shirt hängt nur noch in Fetzen an ihm. Er reißt sein Mountainbike aus dem Gebüsch auf die Straße und gibt Stoff. Im Fahren programmiert er sein Navi, hat im Nu den Passeig Maritimo erreicht, biegt links ab, fühlt rechts neben sich die salzige Meeresluft und schon bald sieht er auf zwölf Uhr in geschätzten sieben Kilometern Entfernung den noblen Schuppen leuchten. Er wirft das Rad direkt vor dem Eingang zwischen einem Bentley und einem Aston Martin hin und sprintet in die Lobby, als ihn der feste Griff eines Gorillas stoppt.

„Moment, das geht so gar nicht."

Der 120 Kilo schwere Bodyguard blickt drein, als gäbe es nur ihn und sein Laptop auf der Welt. Leon holt tief Luft und japst:

„Ich bin mit Frau Möllemann verabredet, es ist ein Notfall!"

Der Zwei-Meter-Mann hebt kurz kopfschüttelnd die Augenbrauen.

„Was denn für ein Notfall? Sie ist unten am Pool, aber vorher",
er winkt Leon zu sich zurück,
„ ...waschen Sie sich vorher das Gesicht, bitte."

Leon eilt quer durch eine Ansammlung von Mallorcas Reichen und Schönen. An der Treppe zum Strand wird es auf einmal ruhiger. Säuselnder Elektro-Pop mischt sich mit dem Takt der Wellen. Leon traut seinen Augen nicht - da treibt Sonja schwerelos auf dem Rücken,

nixenhaft in einem strahlend blau erleuchteten Pool in einem rosa-
farbenern Bikini, dahinter das tosende dunkle Meer, welches nur die
funkelnden Glanzlichter der Bucht von Palma reflektiert. Sie lächelt ihn
mehr als verführerisch an.

„Howdy Cowboy, spring rein, so wie Du aussiehst, hast Du gerade
eine Stampede überlebt und brauchst dringend 'ne Abkühlung!"

Ein langer Moment vergeht, doch dann wird Leon so richtig sauer auf
Sonja, will aber andererseits die freche Einladung nicht wirklich
ablehnen. Langsam entledigt er sich seiner Baggy Shorts, legt sie
gewissenhaft an den Pool Rand, reißt sich die letzten Überreste des
zerfetzten T-Shirts vom Leib und macht eine riesige Arschbombe ins
Wasser, welche Sonja nur knapp verfehlt. Im Auftauchen schnappt er sie
sich, um sie sofort wieder unterzutauchen.

„Jetzt erkläre ich Dir mal, was 911 bedeutet", prustet er sie an.

Sonja schreit und stöhnt, während seine Versuche sie zu ertränken
immer sanfter werden und schließlich in einen leidenschaftlichen Kuss
enden.

Ein perfekter Deal

Sonjas Porsche Cabrio parkt schräg in der Einfahrt ihres
Anwesens. Aus dem geöffneten Verdeck ragt Leons Mountain-
Bike. Begleitet von Vogelgezwitscher und dem ersten Licht der
Morgendämmerung reibt sich Leon die Augen. Er weiß weder, wo er ist
noch woher die Stimme kommt, die er hört Es ist jedenfalls eine sehr
fröhliche Stimme, fast jubilierend.

„Yes we can, and you have a good day Sir", flirtet Sonja auf der Terrasse
ins Telefon und legt auf.

Leon wird jetzt endgültig vom Knall eines Champagnerkorkens geweckt.

„Du hast mir Glück gebracht, Leon. Das war gerade London, der
Anwalt eines Klienten, er wird die Immobilie kaufen."

Sie macht eine dramatische Pause.

„Für dreizehn Mios."

Sonja sieht hinreißend aus im weißen lichtdurchlässigen Kimono. Leon fährt allerdings auf halber Kraft, er ist noch nicht ganz bei Bewusstsein. Die Nacht war zu schön. Das Liebesgestöhne klingt heftig in seinem Kopf nach.

„Was sind denn Mios?" fragt er gähnend und zieht sich die Decke über den Kopf. Sie zerrt sofort daran und reißt sie ihm vom Leib.

„Komm doch raus in die Sonne, dann erklär ich es Dir."

Sie hat bereits duftenden Café con Leche gemacht und dazu kleine Croissants aufgebacken. Leon ist geblendet von der noch tief stehenden Morgensonne. Die Reflexion des Mittelmeers schmerzt in seinen Augen.

„Mios? Du weißt nicht was Mios sind, na dann pass mal auf."

Sonja legt in theatralischer Art und Weise sechs Stück Würfelzucker hintereinander auf den Tisch, links davon legt sie zwei Croissants übereinander, um eine nahezu formvollendete Drei zu bilden, davor liegt bereits ein kleiner Eierlöffel aus Porzellan.

„Schau mal, der Löffel ist die Eins und dann kommt die Drei bestehend aus den Croissants, die sechs Zuckerwürfel sind dann bloß die Nullen, das sind dreizehn Mios. Oder wie wir im Immobiliengeschäft sagen würden, dreizehn Millionen."

Der Kaffee hilft ihm, sein Gehirn kommt wieder in Schwung.

„Ach ja? Du legst ja ein ziemliches Tempo vor. Dreizehn Millionen?"

Sonja geht um ihn herum und streichelt seinen Oberkörper. Sie muss dringend eine wichtige Sache loswerden.

„Leon, ich muss Dir etwas beichten, aber vorher möchte ich mich für den vorgetäuschten Notfall von gestern Abend entschuldigen."

„De nada, überhaupt kein Problem, meine Verletzungen sind beinahe wieder verheilt."

Übertrieben vorsichtig streicht er über die Kratzwunden, die er sich bei der gestrigen Odyssee zugezogen hat und macht dazu ein äußerst schmerzverzerrtes Gesicht.

„Also beichte endlich", stöhnt er. Sonjas Stimme wirkt auf ihn noch zärtlicher als je zuvor.

„Es war eigentlich gar kein vorgetäuschter, sondern ein echter Notfall, ich habe es nicht mehr ausgehalten ohne Dich." Leon wird neugierig. Sonja schaut ihm tief in die Augen und nimmt einen Schluck vom Champagner.

„Ich..."

Sie umrundet ihn wie eine läufige Raubkatze, während er versucht, den leidenden Ausdruck in seinem Gesicht beizubehalten. Nach einer endlos scheinenden Pause sagt sie endlich,

„ ... ich, ich glaube, ich habe mich in Dich verliebt."

Sonja lässt den weißen Kimono zu Boden fallen und setzt sich rittlings auf ihn. Leon blickt ihr tief in die Augen.

„Nein, ich glaube es nicht nur, ich weiß es, ich habe mich in Dich verliebt, und zwar schon, als wir uns zum ersten Mal trafen."

Sonja küsst ihn lang und intensiv, während Leons Arme sie fest umfassen und er ihr ins Ohr flüstert.

„Ich kenne Dich gar nicht und will jetzt alles von Dir wissen", säuselt er, während sie es sich auf hundert Kissen bequem machen.

„Woher kommst Du, wohin gehst Du... ." Sonja unterbricht ihn.

„Und wieviel Zeit habe ich noch? Ich weiß es nicht, Du beginnst."

„Na gut, ich bin 34 und ich habe neulich scheiße gebaut. Ein Junge, den ich vor dem Ertrinken gerettet habe, ist mir durch die Lappen gegangen. Eine Nonne wurde in diesem Zusammenhang ermordet und gestern Nacht dachte ich, eine heiße Spur tut sich auf, bis ..."

Sonja unterbricht ihn,

„ ... bis Dein Telefon losging und..."

„ ... und ich Dein Softporno-Poster angeguckt habe, verheddert in einem Dornengestrüpp vermischt mit Stacheldraht, nahe einer Finca Ruine an der Via Cintura, wo es nach toten Ratten stank, meine Hände verklebt mit Pferdescheiße."

Vor lauter Lachen schießen ihr jetzt Tränen aus den Augen. Leon wischt sie zärtlich weg.

„Sehr gut, den Rest kenn ich ja. Aber später mal musst Du mir erzählen, wie man Dich in den noblen Beach Club überhaupt reingelassen hat in Deinem verlotterten Zustand."

„Nichts einfacher als das. Ich habe dem fetten Typen ein Riesentrinkgeld zugesteckt und bin Deiner Fährte gefolgt, Löwe sucht Löwin – und findet sie. Kennst du doch."

Sie will Leon das Glas auffüllen, aber der winkt ab.

„Ich muss bald zur Arbeit, Spätdienst heute, um drei Uhr am Strand. Du solltest mich mal sehen in deutscher Polizeiuniform."

Sonja lässt sich in die Kissen zurückfallen und streckt sich verboten sexy hin, zieht ihren Kimono verführerisch hoch.

„Ja sehr gerne, ich steh auf Uniformen."

Leon aber will mehr wissen.

„Und Deine Geschichte? Ist sicher auch spannend."

Sonja wird harsch in die Realität zurückbefördert, zieht den Kimono schnell und keusch wieder runter.

„Meine Geschichte wird Dir wahrscheinlich nicht so sehr gefallen." Sie nippt am Champagnerglas.

„Also, ich habe eine ganz normale Ehe geführt, bis mein Mann eines Abends nicht mehr nach Hause kam. Wie Du weißt, habe ich einen sehr guten Draht zur Polizei. Meine Vermisstenanzeige wurde daher nicht besonders ernst genommen. Mein Schwiegervater wollte keinesfalls die Aufmerksamkeit der Presse darauf lenken. Er wusste, dass Ramon in nicht ganz stubenreine Geschäfte verwickelt ist. Die Scheidung fand dann in Ramons Abwesenheit statt, er hatte seine Anwälte eingespannt. Für die immense Steuerschuld, die er mir hinterlassen hat, werde ich vom Finanzamt in die Pflicht genommen. Sie stammt aus der Zeit, wo wir noch gemeinsam veranlagt wurden. So, und da bin ich jetzt, mit einer Riesenfirma am Bein, einem Haus, einem Boot, einem irgendwie alles, und alles kostet Geld. Seine letzte E-Mail kam aus Panama, es täte ihm leid, er war sich nicht im Klaren darüber, dass er so gefährlich lebt – blah blah blah."

Leon fühlt, dass das noch lange nicht alles ist.

„Aber? Das klingt doch sehr nach einem Aber."

Sonja verharrt für einen Moment.

„Aber es war gestern tatsächlich ein Notfall, allerdings nicht im Beach Club, sondern ..."

Der Kriminalist in Leon meldet sich, er stellt seine ganz feinen Fühler auf.

„ ...sondern, als ich gestern mit meinen Kunden bei einer Besichtigung per Helikopter landete, war mein Stalker Dimitri schon da – als Gärtner verkleidet. Er weiß mehr, als er wissen dürfte. Er flüsterte mir auf Katalan etwas zu, das mir nicht aus dem Kopf gehen will – *Todo es la posesiòn del monasterio, pero se puede cambiar rapido*, das heißt so viel wie – *das alles ist noch im Besitz des Klosters, aber das kann sich schnell ändern*

– und plötzlich bin ich dahintergekommen, was er gemeint hat. Nämlich, dass Ramon aus der Distanz immer noch gegen mich zockt."

Leon versucht, die Punkte zu verbinden, Kloster, Besitz, Dimitri, ein Russe. Kann es da irgendeine Verbindung zu Omar geben? Es ist ein absurder Gedanke, aber Leon verlässt sich auf seinen siebten Sinn. Und Sonja ist noch nicht einmal fertig mit ihrer Schilderung.

„Die Klöster besitzen Millionen von Quadratmetern Grund und Boden auf Mallorca. Ich bin im Besitz eines notariellen Vorkaufsrechts, das ich vor fünfzehn Jahren von der Klosterverwaltung in Palma erworben habe. Es gab eine Ausschreibung dafür und ich bekam den Zuschlag. Das Geld dafür habe ich mir damals von meinem Mann Ramon geliehen und ich habe es ihm nach und nach auf Heller und Pfennig zurückbezahlt. Dimitri wollte mir jetzt klarmachen, dass seine Verbündeten mir dieses Vorkaufsrecht streitig machen wollen. Wie und warum weiß ich nicht."

„Ramon und Dimitri sind befreundet? Ich glaube es ist an der Zeit, sich diesen Dimitri mal vorzuknöpfen. Es gibt irgendwo ein Leak, einen Informanten und den müssen wir finden. Dimitri ist Dir einen Schritt voraus."

Leon blickt auf die Uhr, küsst Sonja und macht sich bereit zum Gehen. In der Tür dreht er sich nochmals um.

„Eine Frage habe ich noch. Dein Vorkaufsrecht betrifft nicht zufällig das Kloster Santa Magdalena, da wo es einen Mordfall, eine Entführung durch einen Mann mit russischem Akzent gibt und auch noch so manch andere Unklarheiten?"

Sonja bleibt wie angewurzelt stehen.

„Doch, ja. So ist es."

Das ist für Leon ein Knaller. Dimitri muss ihm ins Netz gehen und Sonja hält den Kescher fest im Griff.

„Ach, übrigens, Dein Boot, ist das so bloß so ein kleines Bötchen oder mehr?"

Sonja ist froh, dass Leon das Thema wechselt.

„Eine Grand Banks, Name des Schiffes *Rosebud*, Motoryacht mit 42 Fuß über alles. 2x350 PS Caterpillar, Luxusausführung, Captains Lounge und Doppelkoje im Vorschiff, und natürlich Flybridge."

Leon ist mehr als beeindruckt. Sofort hat er die entscheidende Idee. Es kribbelt geradezu in ihm.

„Melde mich als Leichtmatrose zu Diensten, Ma'm!" Dabei salutiert er vor ihr.

„Und in der Doppelkoje wird heute übernachtet."

Sonja schaut ihn mit fragenden Augen an.

„Ja gerne, Du stehst wohl auf Romantik pur."

„Stimmt genau und wahrscheinlich wird uns dabei ein Riesenfisch ins Netz gehen."

Er hält inne, nimmt sie zärtlich in den Arm und flüstert ihr ins Ohr.

„Sonja, ich hab mich auch in Dich verliebt, gleich als wir uns das erste Mal sahen."

Der Archipel Cabrera

Am nächsten Morgen dümpelt die stolze *"Rosebud"* mit drei Knoten Hafengeschwindigkeit durch das unbewegte Wasser der Marina des königlichen Yachthafens von Palma. Sonja winkt freundlich zu den anderen Yachten und deren Besatzungen an Back- und Steuerbord herüber. Viele wachen gerade erst auf, andere säubern das Deck oder sitzen verträumt achtern unter der Bimini und schlürfen Cappuccino. Jeder kennt hier jeden.

Ein Mann beobachtet das Treiben besonders intensiv durch ein Fernglas von der Hafenbar aus. Es ist Dimitri. Er kann gut erkennen, dass Sonja allein an Bord ihrer *„Rosebud"* ist. Was er nicht weiß ist, dass Sonja ihn schon längst entdeckt hat.

Dimitri geht durch eine Absperrung und spricht mit dem Marinero in der Glaskabine. Der nickt zustimmend und Dimitri fischt einen Schein aus der Tasche. Sonja bückt sich zu Leon unter Deck.

„Köder ausgeworfen, Fährte wurde aufgenommen. Halbe Kraft mit Kurs auf Cabrera."

„Aye-Aye Ma'am, kann ich hochkommen mit 'nem Pott Kaffee?"

Geschickt balanciert Leon die Kanne hoch, hält sich aber tief geduckt, um nicht vom Ufer aus entdeckt zu werden.

„Wusste gar nicht mehr, wie schön es ist, auf einem Schiff zu schlafen."

Sonja checkt den großen Monitor des Plotters, gibt die Koordinaten ihres Ziels ein.

„Wir nehmen erstmal Süd-Südost und drehen draußen auf Ost. Dann warten wir ab, was passiert."

„Du bist ein sehr mutiges Mädchen, das mag ich an Dir."

„Ach ja? Aber ich habe doch meinen eigenen Personenschützer dabei."

Dimitri hat durch seine guten Beziehungen zum Hafenpersonal ein Speedboat klargemacht und versucht, die „Rosebud" nicht aus den Augen zu verlieren. Vorsichtshalber hält er aber gut zwei nautische Meilen Abstand.

Sonja und Leon machen gut Fahrt. Die Umrisse der Küste verschwimmen langsam durch den Wasserstaub, die Kathedrale von Palma ist nur noch eine Ansammlung kleiner spitzer Nadeln, die im Seenebel kaum noch zu erkennen sind. Majestätisch kündigt ein Kreuzfahrtschiff seine Ankunft im Hafen an - mit einem langen, tiefen Ton. Das ist auch der Startschuss für die Umweltschützer Mallorcas, die den schmutzigen Riesen rechtzeitig mit einer gut organisierten Anti-CO_2-Demo empfangen werden.

Bis jetzt ist von Dimitri nichts zu sehen. Sonja zweifelt allmählich daran, dass ihr Plan, er würde ihr einen Besuch abstatten, aufgeht. Der Archipel Cabrera liegt jetzt klar vor ihnen und nichts scheint einem kühlen Bad im glasklaren Wasser im Wege zu stehen.

Dimitri hat durch das Kreuzen einiger Segelyachten kurz den Sichtkontakt zur „Rosebud" verloren. Er beschleunigt und erkennt die elegante Yacht bald wieder.

Weit hinten tauchen schon die dunklen Umrisse des Archipels Cabrera auf, dem größten Naturpark der Balearen. Einen ähnlichen Eindruck muss wohl auch die Besatzung der Santa Maria von Christoph Columbus gehabt haben, als sie sich zum ersten Mal den Jungferninseln im karibischen Atlantik genähert hat. Runde, weit ausladende Formen mit sanft abfallenden Küsten. Man könnte weibliche Konturen hineininterpretieren. Busen, Hüften, Pobacken. Eine ausreichende

Fantasievorlage für testosterongesteuerte Seeleute nach monatelanger Einsamkeit.

„Da vorne ist der Eingang in die Blaue Lagune, die musst Du gesehen haben."

Sonja greift sich Schnorchel und Flossen und macht einen eleganten Kopfsprung in die Fluten. Leon stoppt die Maschinen und lässt sich entspannt auf dem Achterdeck nieder. Er genießt den Moment der Ruhe. Sein Mallorca-Job hat sich allseits zum Guten gewendet. Statt unangenehme Ballermänner mit rüpelhaftem Benehmen zu belehren, sitzt er auf einer wunderbaren Yacht als privater Bodyguard einer der schönsten Frauen, die er je kennengelernt hat. Er sieht Sonja zu, wie sie zu ihm herüberwinkt und überaus glücklich erscheint. Er erwidert ihr Winken und holt sich noch einen Schluck Kaffee aus der Pantry. Als er wieder an Deck kommt, wird er auf entferntes Dröhnen von Motorenlärm aufmerksam. Durch das Fernglas erkennt er ein rasantes RIB, betrieben von zwei sehr starken Außenbordmotoren. Das Schlauchboot hält mit hoher Geschwindigkeit direkt auf die „Rosebud" zu. Der dicke Schnauzbartträger am Steuer wird wohl Dimitri sein, denkt Leon.

„Feind im Anmarsch, aus ca. fünf Meilen Nordwest, nähert sich mit mindestens 30 Knoten", ruft er, aber Sonja taucht tief und hört nichts.

Leon ruft nochmal.

„Du solltest jetzt besser aus dem Wasser kommen, Liebling."

Sonja reagiert nicht, sie ist bereits tief in die blaue Grotte eingetaucht, Lichtstrahlen tänzeln auf dem Wasser und werfen scharfe Strahlen wie Pfeile in die Tiefe. So perfekt hat sie das noch nicht gesehen. Sie will dieses Ereignis unbedingt mit Leon teilen und taucht auf.

„Leon komm, das musst Du sehen."

Als sie erkennt, wie das Schlauchboot die „Rosebud" in engen Kreisen umrundet, erstarrt sie vor Schreck. Die Kurven, die Dimitri zieht, werden immer enger, Wellen schießen jetzt hoch in die Blaue Grotte hinein, Sonja taucht instinktiv unter. Das Boot rast direkt über ihren Kopf hinweg, bevor es mit einem waghalsigen Manöver an der Badeplattform der „Rosebud" längsseits geht. Leon ist nicht zu sehen. Leichtfüßig springt Dimitri auf die Plattform und klettert die Leiter hoch.

„Hola Schatz, ich bin es, komm doch raus aus der Küche, wir müssen dringend geschäftlich miteinander reden."

Schlitzäugig checkt er das gesamte Achterdeck ab, geht rum aufs Vorderdeck. Keine Sonja. Er öffnet die Tür zur Pantry und steckt seinen Kopf hinein.

„Hola Liebling? Sicher hast Du auch einen vollen Kühlschrank, ich bin nämlich sehr sehr durstig von der langen Fahrt."

Ein Tippen auf seine Schulter lässt ihn herumfahren. Da steht Leon ganz ruhig vor ihm. Dimitris Gesichtsausdruck verändert sich spontan. Die beiden Männer fixieren einander wortlos für eine ganze Weile, bis Dimitri blitzschnell einen Bootshaken packt und zum Angriff ausholt. Leon ist doppelt so schnell und verpasst ihm einen auf den Hals gesetzten Highkick. Dimitri fasst sich an die Halsschlagader und geht wie in Zeitlupe zu Boden. Er liegt nun da wie ein Fisch auf dem Trockenen und japst nach Luft. Leon lässt einen Holzeimer zu Wasser und zieht ihn langsam wieder an Deck.

„Jetzt könnten Sie wirklich etwas zu trinken gebrauchen."

Damit schüttet er den Eimer mit vollem Schwall Dimitri ins Gesicht. Der richtet sich unter krampfhaftem Husten mühselig auf und flüchtet ängstlich in Richtung Vorderdeck, wo er sich ein Mahagonipaddel greift. Schnell muss er einsehen, dass er gegen einen Taekwondo- Athleten keine Chance hat. Der nächste Versuch zur Gegenwehr wird sein letzter sein. Ein wuchtiger Roundhouse setzt Dimitri völlig außer Gefecht. Leon knüpft gekonnt ein Bändsel auf und fesselt ihm damit die Hände am Rücken. Dimitri flucht vor sich hin, als sich Leon breitbeinig über ihn stellt.

„Können Sie mich verstehen?"

Dimitri nickt mit schmerzverzerrtem Gesicht. Sonne und Salz schmerzen in den Augen, sein Leben ist eine Qual.

„Ich bin Oberkriminalrat Leon Hebler aus Berlin, zurzeit diensthabend für die Guardia Civil auf Mallorca. Und Sie sind?"

„Ach du Scheiße", stöhnt Dimitri und versucht, das Salzwasser irgendwie aus dem Gesicht zu schütteln.

„Brauchst Du Hilfe, Schatz?"

Sonja ist während der Kampfhandlung an Bord gestiegen. Sie taucht mit einer schweren Bratpfanne aus der Pantry auf und ist bereit, damit zuzuschlagen.

„Nein danke, alles erledigt, meine Liebe. Aber Du kannst vielleicht ein paar schöne Fotos machen, Tatbestand der Piraterie, auch als Hausfriedensbruch bekannt, tätlicher Angriff auf einen Polizisten im Dienst, wiederholtes Stalking, auch Belästigung genannt, ein Deckchair und ein antikes Mahagonipaddel zu Bruch gegangen, etc, etc. Wären wir jetzt in der Nordsee, würde ich auf gut zwei Jahre Knast ohne Bewährung schätzen."

„Puhh, und es wäre kalt und würde regnen", scherzt Sonja. Dimitri lässt seine russische Seele raushängen und beginnt bitterlich zu flennen.

„Ach leck mich doch, ich hab doch nix getan."

„Stimmt, Sie haben meine Frage noch nicht beantwortet, wollen Sie mir jetzt sagen, wer Sie sind oder wollen sie es erst dem Haftrichter auf dem Revier sagen, auf Spanisch?"

Sonja hat schnell die Antwort parat.

„Das ist Dimitri Karaschenkow, der Mann, der mich seit Wochen stalkt und bedroht, warum weiß der Geier", antwortet sie an seiner Statt. Dimitri schmollt vor sich hin, bevor er darauf reagiert.

„Weil du eine *fucking bitch* bist. Die machen nie, was ihnen die Männer sagen."

Leon reißt ihn grob hoch und bugsiert ihn quer über das Schiff ins Schlauchboot, wo er ihn gekonnt mit einem doppelten Schotstek am Steuerstand festmacht.

„Ich kann Ihnen auch gerne den Mund verkleben, wenn Sie nicht sofort die Schnauze halten", sagt er vollkommen ruhig, während er den Zündschlüssel des Speedboats abzieht und einsteckt. Danach stößt er das Boot an einer 20 m Leine ab.

Der Verband nimmt jetzt Kurs auf Palma und Sonja zaubert eine eisgekühlte Flasche Weißwein hervor. Die Kristallgläser blitzen in der tiefstehenden Sonne.

„Das haben wir uns jetzt aber wirklich verdient", sagt sie.

„Cheers, Baby", sagt Leon.

Dimitri hinten im Schlauchboot leckt sich mit schmerzverzerrtem Gesicht die trockenen Lippen.

„Mission accomplished, coming home", prahlt Leon mit stolz geschwellter Brust.

"Top Gun, Tom Cruise, aber Du bist stärker und schöner und größer als er."

Sonja fühlt sich wohl, sie hat ihr Ziel erreicht, denn Dimitri sitzt im Käfig. Leon greift zum Telefon.

„Hola Pepe, wie geht es Dir?"

Pepe sitzt in einer der vielen Strandbars beim Bier und hat neben sich ein nagelneues Fahrrad der Guardia Civil lehnen, inklusive einem kleinen Aufsteckblaulicht.

„Hola Leon, ich hab Spaß am Strand, alle sind heute brav und zivilisiert. Und stell Dir vor, ich habe ein Dienstfahrrad bekommen, da können wir ab morgen gemeinsam ..."

„Alles gut und schön aber pass auf, Du schließt jetzt das Fahrrad gut ab, denn ich brauche unseren Streifenwagen in einer Stunde am königlichen Yachtclub. Ich komme mit einem Gefangenen, den wir im Schlepptau haben. Name des Schiffes "Rosebud". Bring zwei zusätzliche Guardia Civiles mit wegen Fluchtgefahr. "

„Wie bitte?" fragt Pepe, aber da hat Leon bereits aufgelegt.

Die „Rosebud" gleitet Richtung Palma, dieser wunderschönen mediterranen Stadt.

Die Bergkette der Tramuntana liegt wie eine durchsichtige Mauer im Dunst der Dämmerung dahinter. Das Gebirge wird noch viele Geheimnisse preisgeben, denkt Leon. Ob er wohl recht hat?

Die Justiz

Leon spricht ins Mikro:
„Wir befinden uns im Verhörraum 2, Polizeipräsidium Palma, 10:30 h vormittags. Vor mir sitzt der Verdächtige Dimitri Karaschenkow, ich bin Leon Hebler von der deutschen Polizei, anwesend ist außerdem noch Inspektor Pepe Diaz, Beamter der Guardia Civil. Wir erwarten den Haftrichter, Name noch unbekannt in Kürze."

Jetzt wendet er sich an Dimitri.

„Herr Karaschenkow, Sie haben gestern unbefugt das Schiff *Rosebud* der Eignerin Frau Sonja Möllemann betreten. Was wollten Sie dort, was wollten Sie von ihr?"

Dimitri spuckt in den bereitstehenden Spucknapf. In einem Nebenraum sitzen der Polizeipräsident Rafel Miralles und Sonja vor einem Flatscreen und beobachten das Verhör.

„Ich bin sehr gespannt, mit ihm hat Leon eine harte Nuss zu knacken. Dimitri hat wirklich gute Beziehungen auf der Insel."

Die Tür fliegt auf und ein Mann um die fünfzig stürmt herein. Rafel muss lächeln.

„Wusste ich es doch, El Defensor Numero Uno, was darf ich dir anbieten, Herr Anwalt?"

Rafel ist keineswegs überrascht über den Besuch.

„Du kennst es doch schon Rafel, diesmal ist es nicht anders, Du lässt Dimitri einfach wieder laufen und wir gehen nachher runter in die Bar auf una copa de rosado."

Mit Blick auf Sonja setzt er unschuldig fort,

„entschuldigen Sie Señora, ich habe mich nicht vorgestellt, Dr. Antonio Montserrat, Anwalt, enger Freund und Cousin von..."

Sonja fällt ihm ins Wort.

„ ... meinem Ex-Schwiegervater, ich bin Sonja Möllemann und ich bin gestern auf meinem Schiff von Ihrem Klienten überfallen und attackiert worden. Wenn ich keine Hilfe dabeigehabt hätte, wäre es für mich sehr unschön ausgegangen. Dieser Typ ist echt gefährlich."

Señor Montserrat kann eine kleine Irritation nicht ganz verbergen. Sein Blick wandert hinüber zum Bildschirm.

Leon ist hinter Dimitri getreten, der sehr nervös wirkt. Ständig schaut er auf seine Uhr.

„Mein Anwalt wird gleich hier sein. Kapiesch?"

Leon zögert keinen Moment länger.

„Was hatten Sie letzten Dienstag um 5:30 h früh am Kloster Santa Magdalena zu suchen? Sie wurden von einem unserer Zeugen gesehen, als Sie durch die Tür gewaltsam eindrangen."

Das hat gesessen, Dimitri hat damit nicht gerechnet. Er versucht die Flucht nach vorne.

„Ich hatte mit den Nonnen zu tun, ich habe eine Spende abgegeben, anonyme Quelle, ich war nur der Überbringer."

„Wem haben Sie die Spende gegeben und wie hoch war der Betrag?"

Leon merkt, wie sich Dimitri in einen Wirbel verstrickt und holt zum nächsten Schlag aus.

„Da ist Ihnen nicht zufällig ein junger Mann aufgefallen, dunkle Hautfarbe, 12 Jahre alt? Herr Karaschenkow, Sie waren zu dem fraglichen Zeitpunkt am Tatort eines Mordes."

Jetzt schluckt Dimitri.

„Njet, ich und Mord? Da irren Sie."

Die Tür fliegt auf, bevor Dimitri weiter plappern kann und Dr. Montserrat steht mitten im Verhörraum.

„So, das war's jetzt erstmal meine Herren, keine weiteren Fragen mehr bitte schön, mein Mandant ist müde und steht offenbar immer noch unter dem Schock der gestrigen Ereignisse. Der Amtsarzt wird feststellen, dass er unter dem Einfluss gröbster körperlicher Gewalt an Wahrnehmungsverlust leidet. Es gibt keinerlei Grund, ihn hier weiter festzuhalten. Wenn Sie noch Fragen haben sollten, dann wenden Sie sich bitte an meine Kanzlei, Señor..."

„Ist schon gut, ich habe genug erfahren, guten Tag."

Leon hat, was er wollte. Montserrat zerrt Dimitri hoch und die beiden verlassen fluchtartig den Raum. Leon und Pepe schauen einander einvernehmlich an.

„Na dann lass uns mal, ich befürchte Luzdivina ist in Gefahr", sagt Pepe.

Rund um die Uhr

Der Guardia Civil-SUV bremst scharf vor dem Kloster. Luzdivina kniet auf einer Kirchenbank in der dunklen Kapelle, tief ins Gebet versunken.

„Buenos", sagt Pepe beim Eintreten.

Leon hält sich etwas im Hintergrund. Sein Bauchgefühl sagt ihm, dass Pepe ihre Schreckhaftigkeit lindern wird. Pepe setzt sich neben sie auf die Bank.

„Buenas, Luzdivina."

Luzdivina wendet ihm ihr Gesicht zu und lächelt ihn sogar an. Es scheint, als hätte Pepe vergessen, dass er dienstlich hier ist.

„Va be?", fragt er sie.

„Va be", sagt sie.

„Vale", sagt er.

„Vale", sagt sie.

Dann entsteht eine endlose Pause, bis Pepe zärtlich ihre Hand ergreift. Zunächst versucht sie ihm diese ganz schnell zu entziehen, doch dann lässt sie es zu. Gleichzeitig wird sie so blass, dass Pepe befürchtet, sie könnte gleich in Ohnmacht fallen. Wieder bilden sich vereinzelt Schweißperlen auf ihrer Stirn, aber diesmal beginnt ihr gerade noch gleichmäßiger, unhörbarer Atem schnell und immer schneller zu pumpen. Luzdivina droht zu hyperventilieren, stöhnt dann laut auf und seufzt schließlich tief. So bleibt sie noch eine Minute sitzen, fasst sich aber dann, springt auf und flüchtet aus der Kapelle, ohne sich vor dem Ausgang zu bekreuzigen.

„Was hast Du denn mit der gemacht", fragt Leon aus der letzten Bank.

„Ich persönlich würde das einen unbefugten Eingriff in ein laufendes Verfahren nennen", setzt Leon noch einen drauf.

Pepe lässt sich neben ihm auf der Bank nieder. Schüchtern blickt er hoch zu Jesus am Kreuz.

„Dios perdóname, Verzeihung Herr!" Dabei bekreuzigt er sich mehrmals.

„Es tut mir leid, oder ...", er hält kurz inne,

„ ... oder besser, nein, es tut mir nicht leid."

Beide müssen schmunzeln, Pepe fängt sich und schaut noch einmal ängstlich zu Jesus hinauf, als würde er von ihm eine unmittelbare Bestrafung erwarten.

Schwester Luzdivina sitzt in ihrer karg eingerichteten Zelle und liest in der Bibel. Ein einfacher Holzstuhl am Fenster, ein kleiner Holztisch und ein Bett. Sonst nichts. Pepe klopft vorsichtig an die halb angelehnte

Tür. Da die beiden keine Antwort erwarten, treten sie ein und stehen eine Weile verlegen im Zimmer herum. Luzdivina blättert eine Seite um. Wer zuerst spricht, hat schon verloren, denkt Leon. Die Situation ist wie ein Katz-und-Maus-Spiel. Luzdivina gibt endlich auf, schließt das Buch und erhebt sich. Sie blickt offen in die Augen der Polizisten, sie hat sich irgendwie verändert, seit sie mit Pepe in der Kirchenbank saß.

„Ich hatte schon seit Langem das Gefühl, dass irgend etwas nicht stimmt in unserem Kloster Santa Magdalena."

Die beiden Polizisten spitzen die Ohren.

„Bis ich das Lex Franciscanum in die Hände bekommen habe. Es lag in der Kemenate der Schwester, die ich pflege, Schwester Kasimira. Sie ist eine sehr schwierige Person, die nie spricht, aber dann plötzlich redet sie wieder ganz normal und dann wieder wochenlang gar nicht. Sie hat für mich diese Seite hier aufgeschlagen und das hat mir die Augen geöffnet. Hier lesen sie, es ist allerdings in Latein."

Sie reicht Leon einen dicken, in Leder gebundenen Band, der aus den Gründungstagen des Klosters zu sein scheint. Leon versucht es zu lesen, kann es aber nicht verstehen.

„Lass mich, Latein ist doch verwandt mit Spanisch."

Pepe will sich erneut vor Luzdivina wichtig machen, sieht aber bald ein, dass Latein für ihn doch eine Fremdsprache ist.

Die Zeichnungen allerdings sind sehr aufschlussreich, deutliche Abbildungen und Skizzen, welche die komplizierte Erbfolge der Franziskanerinnen erläutern. Leon ahnt etwas.

„Schwester Luzdivina, wir sind gekommen, weil wir glauben, dass Sie in großer Gefahr sind. Bitte erklären Sie uns die Gebräuche hier im Kloster. Wer ist der Besitzer und wie läuft es mit dem Erbe ab? Apolonia und Kasimira sind beide schon ältere Schwestern, Isolde war jung und wurde ermordet. Wir wollen Ihnen helfen, aber das geht nur, wenn es zwischen uns keine Geheimnisse gibt. Wer könnte daran Interesse gehabt haben, Schwester Isolde zu ermorden?"

Luzdivina wendet sich ab und blickt durch das kleine Fenster in die Weite der Tramuntana. Die östlichen Ausläufer verändern gerade dramatisch ihre Farbe. Das Orange wird dunkler, der Himmel spielt mit dem gesamten Spektrum, während die Wolken von unten zu leuchten beginnen.

Plötzlich seufzt Luzdivina auf.

„Ja, wir sind nur noch zu dritt und das Gesetz besagt, wenn die beiden betagten Nonnen gestorben sind und ich allein zurückbleibe, werden mir entsprechend dem Lex Franciscanum das gesamte Kloster und die dazugehörige Posesión überschrieben. Eine sehr große Posesión, 141 Cuarteradas, für mich alleine zu groß. Ich kann das alles doch nicht allein organisieren. Es imposible."

Leon und Pepe sind froh, dass sie spricht, und wollen sie keinesfalls unterbrechen.

„Es kommen ja immer wieder junge Franziskanerinnen vorbei. Die sind interessiert und es gefällt ihnen hier. Sie sind auf der Suche nach einem Kloster, aber unsere Äbtissin Schwester Apolonia hat sie alle abgelehnt. Sie meint, sie selbst wäre noch stark genug und würde keinesfalls Nachwuchs tolerieren."

Pepe setzt sich auf das Bett und nimmt seine Polizeikappe ab.

„Oh que mi mierda, oh du grüne Scheiße."

Leon erkennt langsam, aber sicher die Zusammenhänge und zieht daraus einen Schluss.

„Wir ordnen für sie ab sofort eine Rund-um-die-Uhr-Überwachung an."

Luzdivina erschrickt.

„Wie meinen Sie das, ich bin doch nicht in Gefahr, oder? Warum?"

Pepe wäre am liebsten hiergeblieben, aber es ziemt sich einfach nicht. Vielleicht kann er sich zum Rund-um-die-Uhr Dienst anmelden. Rund-um-die-Uhr bei Luzdivina zu sein, das wäre sein Traum.

Die Bodega

Dr. Montserrat fährt auf der schnurgeraden Ma 19 in der einsetzenden Dämmerung mit 180 Sachen dahin. Die Luft im Auto ist zum Schneiden. Dimitri ist neben ihm in den Sitz gepfercht und scheint zu wissen, dass der Tag für ihn nur noch schlimmer werden kann. Montserrat nimmt die Ausfahrt Llucmajor und prescht durch ein Labyrinth von engsten Gassen, direkt auf einen alten Stadtpalast zu. Von außen sind diese speziellen Gebäude der Nobles, der besseren Gesellschaft meist unscheinbar, aber innen sind sie unvorstellbar groß, reich und verschwiegen. Das Tor öffnet sich automatisch. Dimitri wird von James, einem schwarz gekleideten Security, aus dem Auto bugsiert und über etliche Treppen tief hinein in die Dunkelheit geleitet. Die Luft riecht nach frisch gestampftem Trester.

Die andauernde Stille ist unerträglich für Dimitri. Umso heftiger erschrickt er als ein Donnergrollen von einer Stimme plötzlich durch den Raum mit den Ausmaßen einer Kathedrale hallt.

„Ich höre, Du reißt Dein Maul zu weit auf".

Das Echo arbeitet sich dumpf durch die tiefsten Tiefen einer historischen Bodega. Dutzende alte Weinfässer stehen aufgereiht an einer Wand. Von der Mitte aus spannen sich gewaltige Bögen aus Mares-Gestein, von überdimensionalen Säulen getragen, quer durch das wuchtige Gebäude. Ein trüber Kristalllüster verstreut spärliches Licht.

„Ich höre, Du reißt Dein Maul zu weit auf", donnert es abermals durch die düstere Halle. Dimitri versucht die Stimme zu orten, aber durch das Echo ist das unmöglich.

„Du weißt, dass ich Dich immer sehr geschätzt habe, ich habe Dir alles ermöglicht und gegeben, Dich beschützt und bezahlt, aber nur unter einer Bedingung ..."

Die Stimme in der Dunkelheit scheint erschöpft zu sein. Doch nach einem tiefen lauten Gurgeln und einem darauffolgenden Ausspucken kommt sie mit doppelter Wucht zurück,

„... dass Du Dein Maul nicht zu weit aufreißt, Arschloch!"

Nachdem sich Dimitris Pupillen weit genug geöffnet haben, erkennt er die Umrisse eines riesigen Schreibtisches, an dem ein schwitzender Koloss sitzt - ohne ein Haar auf dem Kopf, in einen Nerzmantel gehüllt, obwohl es Sommer ist. Seine Exzellenz Rinaldo Franziskus Puig. Er ist Dimitris Gottvater, sein Auftraggeber, den er noch nie zu Gesicht bekommen hat. Die geheimnisumwobene Figur auf Mallorca schlechthin, der Meister der dunklen Geschäfte.

Eine edle Karaffe mit Rotwein steht vor ihm auf der lederbespannten Fläche des Tisches. Er füllt sein Glas auf, nippt daran, gurgelt und spuckt in einen Blecheimer auf dem Boden. Mühevoll erhebt er sich und durchquert schleppenden Schrittes den Raum direkt zu einem kleinen

Fass. Mit weißer Kreide markiert er die römische Zahl XV auf den Dauben.

„Setz dich", befiehlt er und schleudert Dimitri mit dem Fuß eine alte Holzkiste hin.

„Du arbeitest zu kreativ für deine Verhältnisse, verstehst Du, zu selbständig. Das können wir nicht gebrauchen."

Wie nebenbei setzt er seine Weinverkostung fort. Abschmecken, wirken lassen, Ausspucken.

„Ich bin zornig auf Dich, Du bist auffällig geworden, Boot, Yacht, Boxkampf, und dann noch ein halbes Geständnis bei unserem sehr geschätzten Polizeipräsidenten Rafel Miralles. Das kann ich nicht gebrauchen. Ich werde Dir jetzt genau sagen, wie es weitergeht."

Er bedeutet ihm abermals, sich zu setzen und Dimitri kauert sich vorsichtig auf die wackelige Kiste.

„Du bist vorläufig aus dem Nuttengeschäft draußen, gestrichen, lo entiendes? Verstehst Du? Das lenkt Dich nur ab. Den Schwarz-afrikanermarkt kannst Du weiter kontrollieren. Der Junge, den Du ohne Absprache mit dazu genommen hast spurt nicht, wie man mir berichtet. Schaff ihn uns vom Hals, nimm ihn raus und setz ihn auf die Straße, sie werden ihn ganz schnell auf die Peninsula abschieben und wir haben wieder unsere Ruhe. Du hast außerdem den Mund zu weit aufgerissen. Was sollte das - *Spenden abliefern* - das geht niemanden etwas an. Die Sache mit dem Kloster musst Du aus der Welt schaffen, der deutsche Bulle darf uns auf keinen Fall zu nahekommen. Die Immobilien-Lady brauchen wir noch, sie muss sich demnächst kooperativ zeigen, bedränge sie mit allen Mitteln. Das war alles, er darf gehen."

Er hält ihm die ausgestreckte Hand hin, Dimitri nähert sich in demütiger Haltung und küsst sie.

„Gracias Exzellenz", sagt er devot, bevor er von James grob an der Schulter gepackt, nach oben eskortiert und vor die Tür gesetzt wird.

Montserrat hat die Szene versteckt hinter einer Säule genau beobachtet und schält sich jetzt ins Licht.

„Be", sagt er, was wie „Bähh" klingt, aber „gut" heißt auf Mallorquin.

„Be", antwortet der dicke Koloss und deutet mit seinem Schädel in Richtung Wein.

„Nimm Dir."

Montserrat greift sich ein Probierglas von dem rustikalen Holzregal und gießt es zwei Finger breit voll.

„Numero Quinze, molts be, Jahrgangsqualität", sagt Rinaldo und schnalzt dabei mit der Zunge.

Montserrat nimmt einen kleinen Schluck, dreht das edle Kristallglas gegen einen letzten Sonnstrahl, der durch den Türspalt sickert und nickt Rinaldo anerkennend zu.

„Exzellenz, ich bin beunruhigt", sagt Montserrat schließlich nach einer bedächtigen Pause.

„Es wird sehr schwierig für mich, wenn unfähige Mitarbeiter in Ihrem Namen, Exzellenz, wiederholt Fehler machen. Es kommt der Moment und ich kann nichts mehr tun - und ich fühle es, der kommt bald. Ich konnte heute noch in letzter Sekunde einen Riegel vor sein Maul schieben, aber es war knapp."

Exzellenz Rinaldo schenkt sich selbst nach.

„Los, nimm Dir noch."

Er hält ihm den Dekanter hin, aber Montserrat winkt ab.

„Ich musste heute dem Polizeipräsidenten die Aussichtslosigkeit eines Verfahrens gegen den Schwachkopf Dimitri klarmachen und dabei habe ich Frau Möllemann kennengelernt. Eine sehr intelligente Frau und sie kann gefährlich werden für Sie, Exzellenz. Für Sie und für Ihr Projekt, für unser Projekt. Auch ist sie mit dem Bullen aus Alemaña sozusagen..."

Dabei reibt er Zeige- und Mittelfinger der rechten Hand eng aneinander. Exzellenz Rinaldo fällt ihm ins Wort

„... ein Arsch und ein Eimer, ich weiß alles, was auf der Insel passiert."

Rinaldo nimmt noch einen kräftigen Schluck, greift in die Schreibtischlade und holt ein dickes Bündel Banknoten raus.

„Hier, nimm das und mach mir einen Plan, ich will auf jeden Fall, dass die Sache bald vonstatten geht und sehr bald in meinem Sinne beendet wird."

Montserrat hat sehr schnell eine Antwort parat.

„Die Registratura des Klosters Santa Magdalena liegt nach wie vor in Palma beim Consell. Sobald die in Frage kommenden Nonnen verstorben sind, kann ich tätig werden und mit dem Ajuntament reden.

Das wird hundertprozentig funktionieren. Sie können dann spätestens drei Monate danach mit dem Beginn der Bauphase Eins rechnen, Fertigstellung der gesamten Hotelanlage ist frühestens in vier Jahren. Wir müssen es auf kleinster Flamme kochen, damit niemand auf die Idee kommt, sich im Kloster um Nachwuchs zu kümmern. Das wäre sowieso ein Widerspruch in sich selbst. Sobald das Kloster leer steht, kann ich juristisch zuschlagen."

Rinaldo nickt, denkt und entscheidet.

„Die Schwestern Kasimira und Luzdivina können verschwinden, alle Mittel sind mir recht. Die Oberin Apolonia bleibt auf jeden Fall außen vor."

Montserrat ist mehr als überrascht.

„Muss ich da mehr wissen, steht die Äbtissin etwa unter Ihrem persönlichen Schutz?"

„Ich sage es Dir noch einmal, Finger weg von der Oberin Apolonia, das ist Chefsache. Ich werde bestimmen, was mit ihr geschieht."

Das große Fressen

Es ist Nacht geworden über Palma. Leon und Pepe sind im Guardia Civil-SUV auf dem Weg zurück in die Stadt. Sie mussten noch auf die Überwachungsmannschaft warten und ihnen das Terrain zeigen. Zwei missmutigen, älteren Beamten mit frustrierten Gesichtern.

Das Ende der Autobahn mündet in einen Kreisel, der Leon bekannt vorkommt. Es ist die Stelle mit dem Loch im Zaun, durch das er kürzlich geklettert ist. Dahinter im Dunkeln ahnt man vage die Umrisse der verfallenen Finca.

„Halt mal an, nein halt nicht an, nimm den nächsten Kreisel und mach kehrt." Pepe macht, wie Leon es sagt.

„Verdammt noch mal, warum habe ich das Gefühl, da drüben riecht etwas angebrannt. Ich weiß noch nicht was - aber ich weiß, dass es so ist", flucht Leon.

„Wenn du die Ruine da hinten meinst, da wohnt die alte Carmen, eine harmlose, hilfsbereite Überlebenskämpferin, ich kenn sie. Manchmal schlüpfen bei ihr ein paar Marokkaner unter, Straßenhändler, aber weißt du Leon, leben und leben lassen. Das ist hier bei uns die Devise."

Leon will es jetzt genau wissen. Er hat einen Auftrag, und den gilt es zu erfüllen.

„Lass uns reingehen."

Pepe glaubt nicht was Leon sagt.

„Komm, es ist weit über der Zeit, wir sind seit acht Uhr unterwegs, es war ein anstrengender Tag, die zahlen mir keine Überstunden und ich bin auch ein bisschen müde. Vielleicht noch ein kleines Sant Miguellino unten in der LA6. Das klingt doch viel besser."

„Reingehen", sagt Leon mit scharfer Stimme,

„Vale, venga", sagt Pepe mit einem höchst unglücklichen Gesicht.

Diesmal geht Leon nicht durch das Loch im Zaun, sondern direkt durch das wackelige Eisentor, zielstrebig wie jemand, der sich seiner Beute sicher ist.

„Du klopfst an und erzählst ihr irgend etwas, ich schau mich um."

Pepe trottet eher lustlos hinter ihm her, aber tut wie ihm aufgetragen. An der Tür angekommen pocht er mehrmals.

„Carmenitta, Carmen? Soy Pepe, com va?"

Leon verschwindet hinter dem Haus. Die fernsehenden Marokkaner, der kleine Stall daneben, die meckernden Ziegen, alles wie schon mal gehabt.

Carmen öffnet in einem rot schillernden Nachtgewand die Tür, an die Pepe zart geklopft hat. Einen Polizisten hat sie offensichtlich keinesfalls erwartet.

„Pepe, was ist? Es ist mitten in der Nacht, komm rein."

Ängstlich späht sie hinaus in die unheimliche Nacht mit den aufblitzenden Schloten von Palmas Petrol Industrielandschaft.

„Carmen, ich wollte dich einfach nur mal besuchen und schauen, wie es dir so geht, so ganz allein in der Abgeschiedenheit."

Carmen ist zu alt für solch dümmliche Konversation.

„Komm zur Sache, ich habe noch zu tun", bellt sie ihn an. Pepe nimmt den direkten Weg.

„Hast Du einen jungen Mann gesehen, sein Name ist Omar, Schwarzafrikaner? Er soll hier in der Nähe aufgetaucht sein, stiehlt wie eine Möwe und hat auch sonst einiges am Kerbholz."

Carmen versucht Zeit zu schinden und beginnt im Ofen zu stochern, bis die Flammen auflodern. Verängstigt blickt sie wie nebenbei zum Fenster hinaus. Ein Hahn kreischt eindringlich und sehr unpassend für die nächtliche Stunde.

„Es gibt viele Schwarzafrikaner hier bei mir, kommen immer wieder mal vorbei und ziehen dann weiter. Omar, sagst du?"

Motorenlärm wird lauter, ein Auto hält direkt vor der Tür.

„Was hat er denn genau angestellt, Dein Omar?"

Pepe macht einen Schritt zurück und nimmt Deckung in der Dunkelheit des angrenzenden Zimmers. Er versucht möglichst geräuschlos zu atmen. Wer besucht wohl jetzt noch Carmen? Die Tür fliegt auf und Dimitri steht mitten im Raum.

Leon bewegt sich tief geduckt im Schleichmodus. Der Motorenlärm hat ihn nicht irritiert. Er hat anderes im Sinn. Inzwischen hat er den hintersten Teil des Grundstückes erreicht, wo der Ziegenstall ist. Leise flüstert er.

„Omar?"

Keine Antwort. Nichts, außer leisem Schnauben von Ziegen in der Dunkelheit.

„Omar ich bin es, Leon."

Leon macht seine Taschenlampe an und schwenkt den Stall ab.

„Omar, bist Du da?"

Der laute Hahn sprintet geblendet vom grellen Licht ins Freie, einige Hühner wachen beleidigt auf und ganz hinten liegen zwei Ziegen dicht an dicht und erfreuen sich ihrer animalischen Wärme. Und da, zwischen den beiden Ziegen, nahezu unsichtbar, lugen zwei schwarze Augen hervor. Leon tritt noch näher ran und richtet den Lichtstrahl auf sich selbst und dann wieder zurück auf die beiden Augen, die ihn angstvoll anstarren. Leon schwenkt das Licht noch einmal hin und her, um sich eindeutig zu erkennen zu geben.

„Omar, c'est moi, Leon." Und plötzlich blitzen zwei weiße Zahnreihen auf.

„Leon? Vraiment? Mon ami, Leon!"

Mit überschwänglicher Freude kommt Omar auf Leon zugelaufen und fällt ihm innig um den Hals. Die Ziegen meckern empört und ergreifen die Flucht.

Dimitri leert das volle Wodkaglas, welches Carmen ihm wie selbstverständlich hingestellt hat, in einem Zug.

„Ich hol ihn ab, wo ist er?"

Carmen ist in eine ausweglose Ecke getrieben. Dimitri wird jetzt lauter.

„Carmen, wo ist Omar, oder besser Du holst ihn, ich will mir nicht die Schuhe schmutzig machen. Kapiesch? Das ist Auftrag von ganz oben."

Pepe tritt aus dem Nebenzimmer ins Licht und hält seine Waffe im Anschlag.

„Niemand holt hier niemanden. Wie Du merkst, sieht man sich immer zweimal im Leben."

„Sieh mal an, der Andere, na dann ist der Eine auch nicht so weit. Was ist, willst Du mich erschießen, weil ich von einer alten Freundin auf ein Glas Wodka eingeladen worden bin?"

Er gibt Carmen einen Schmatz auf die Backe und verschwindet aus dem Haus, Motor an und weg. Pepe tritt vor die Tür, späht links und rechts, wartet, bis Dimitri verschwunden ist.

„Leon! Leon?" Er durchsucht das Gelände, aber es ist menschenleer, bis auf die Marokkaner, die noch immer ihre Soap genießen und verhalten lachen. Mehrmals noch ruft er Leons Namen, bevor er zurück zum Auto geht. Doch da ist auch nichts, Pepe steigt ein und wählt Leons Nummer. Von der Rückbank hört er eine leise Vibration. Leon sitzt bewegungslos auf dem Rücksitz und stellt sein Telefon ab.

„Hola Pepe." Omar findet das sehr lustig.

„Omar c'est mon ami Pepe, Pepe, darf ich vorstellen, das ist mein Freund Omar. Na los , gib schon Gas, bevor Carmen uns auf einem Besen hinterher fliegt."

Sie müssen wegen des unerwarteten Gastes noch Vorräte aufstocken und halten an einem Supermarkt.

„Beeilt euch, ich habe noch was vor heute!" ruft ihnen Pepe nach.

Omar im Supermarkt-Paradies. Das ist der wirkliche Kulturschock für ihn. Die Augen werden immer größer, wortlos bestaunt er den Überfluss.

Er probiert dies, er probiert jenes und dann noch eine Cola und noch eine Schokolade.

„Omar, in den Korb damit, essen tun wir später", ermahnt ihn Leon. Prall gefüllte Tüten werden kurz danach ins Auto geladen, Omar schleckt jetzt ein Eis und steckt sich mit der anderen Hand unentwegt Chips in den Mund. So schaffen sie es endlich bis in Leons Dienstwohnung.

Pepe und Leon packen so gut es geht alles in den Kühlschrank, der gerade noch bis auf zwei Bierflaschen leer gewesen ist und jetzt bereits überquillt. Omar betrachtet den unbegreiflichen Luxus der Behausung. Das Bett, das Waschbecken, den verchromten Kleiderständer, mehrere Stühle. Leon hat sich inzwischen zum Koch verwandelt.

„Also, wir haben Spaghetti mit Tomatensauce, gebratenes Hühnchen mit Reis und Salat oder Schnitzel, was wünschen der Herr?" fragt Leon fürsorglich. Dabei hält er Omar sämtliche Vorschläge unter die Nase, aber der kann sich nicht entscheiden, obwohl ihm das Wasser im Mund zusammenläuft. Leon wirft erstmal Spaghetti in das kochende Wasser und erhitzt eine Pfanne. Er reicht Omar noch eine Coca-Cola, die er gierig und in einem Zug austrinkt. Dann nimmt Leon zwei eiskalte San Miguel aus dem Kühlschrank und stellt sie vor Pepe auf den Tisch.

„Das wünscht Du Dir doch schon die ganze Zeit, oder?"

„Danke Jefe."

Pepe kommt jetzt erst mal runter und genießt das Bier. Das waren fürwahr zu viele Eindrücke in zu kurzer Zeit.

„Sag mal, Jefe, das ist ja alles gut und schön hier, aber was ist denn Dein generalstabsmäßiger Plan?"

Leon gießt das Spaghetti Wasser ab und stülpt die Tomatensauce über die Nudeln.

„Mein Plan ist erstmal, dem jungen Mann hier beim Essen zuzusehen und mich darüber zu freuen wie ein Schneekönig."

Und so ist es dann auch. Omar verschlingt den Teller Spaghetti mit einem unbeschreiblichen Heißhunger, trinkt dazu noch zwei Cokes und guckt ständig auf die noch halb vollen Tüten, was es denn da noch alles so gibt.

„Ja, das habe ich verstanden und ich finde das hier auch sehr schön, aber... ."

„Es gibt kein aber, und jetzt hör mal genau zu. Der Junge wäre nach einer Fahrt übers Mittelmeer beinahe ersoffen, seine beiden Geschwister sind tatsächlich ersoffen. Er wird seitdem von irgendeiner Mallorca Mafia verfolgt und ab sofort treffen auf ihn die strikten Einwanderungsbestimmungen Spaniens zu, wonach unbegleitete minderjährige Personen ohne Papiere unverzüglich vor Ausstellung einer Rückkehrentscheidung in ein beschissenes Asylheim kommen und danach wahrscheinlich abgeschoben werden, obwohl es gegen die EU-Flüchtlingsregelung verstößt. Und deswegen füttern wir ihn erstmal durch, damit er groß und stark wird."

Pepe hat das alles nicht ganz verstanden, ist aber sehr beeindruckt von Leons emotionaler Rede. Leon weiß, dass er sich für seinen Schützling einsetzen muss, und das wird er auch tun. Langsam begreift er zwar die Tragweite seiner Entscheidung, einem illegalen Flüchtling privat beizustehen, noch dazu als Polizist. Aber einfach darüber zu reden hat ihm jetzt richtig gutgetan.

„Groß und stark wird", wiederholt Omar und lacht sich dabei kaputt.

Das Handy vibriert. Omar nimmt es frech an sich, sieht eine Bikinischönheit auf dem Display und stößt einen anerkennenden Pfiff aus.

„Quelle merveilleuse femme", kann er sich nicht mehr verkneifen und Leon gibt ihm einen leichten Klaps auf den Kopf.

„Finger weg!"

Doch Pepe hat das Foto auch schon gesehen.

„Sehr hübsch, die kenn ich doch!"

„Kann man mal fünf Minuten Privatsphäre bekommen?" fleht Leon die beiden an.

„Na, feiert ihr eine schöne Party?" klingt es vom anderen Ende der Leitung. Die Enttäuschung in Sonjas Stimme ist nicht zu überhören.

„So etwas Ähnliches, hola guapa. Ich vermisse dich."

Sonja sitzt allein vor einem wundervoll gedeckten Tisch für zwei und macht ein relativ angespanntes Gesicht.

„Ich habe heute Abend für uns beide gekocht, schon vergessen?"

„Schatz, mir ist leider etwas dazwischengekommen."

„Na wird schon wichtig sein", beendet Sonja das Telefongespräch abrupt. Leon guckt etwas ratlos sein totes Telefon an, während Pepe versucht, sich wichtig zu machen.

„Wenn ich Dir einen guten Rat geben darf, lieber Herr Kollege...", sagt er mit dem Gesichtsausdruck eines weisen alten Mannes.

„Gracias, brauch ich nicht."

Sonja steht einsam mit einem Glas Rotwein auf der Terrasse, ohne den Wahnsinnsblick über die Bucht von Palma genießen zu können. Von Osten schwebt der letzte Flieger aus England oder Deutschland ein. Sie wischt sich mit einer weißen Damast-Serviette eine Träne aus dem Auge. Als Leon sie endlich zurückruft, geht sie nur sehr zögerlich ran.

„Hola, Liebes, bitte entschuldige, dass ich nicht kommen konnte. Aber stell Dir vor, ich habe Omar gefunden. Ja, er ist hier in meiner Dienstwohnung."

Leon fischt, während er spricht, ein paar Schokokekse aus der Tüte und schiebt sie Omar hin, der sie mit halb geschlossenen Augen verschlingt und dann ins Bett fällt. Sonjas Stimmung schlägt sofort um.

„Ach gratuliere Dir, das ist ja wunderbar, das wirst Du mir morgen alles erzählen. Ich lasse Euch dann mal in Ruhe, Männer. Gute Nacht, ich liebe Dich."

Leon zieht ein Kinderbuch aus einer der Supermarkttüten und beginnt die Geschichte von "Three little Pigs" vorzulesen. Etwas anderes gab es da leider nicht.

„Once upon a time there were three little pigs ...", doch da ist Omar schon in den verdienten Tiefschlaf gefallen. Leon legt ihn auf das Sofa und deckt ihn zu.

„Gute Nacht, Omar, alles Gute für Dein Leben. Wir schaffen das."

Pepe öffnet zwei weitere San Miguels und hält Leon eins davon an die Schläfe,

„Ja ganz genau, wir schaffen das Alder, salud."

Kling, klirr. Dumpf knallen die Flaschen aufeinander.

Der Plan

Während der ersten Stunden im Büro lässt Rafel Miralles immer seine schlechte Laune raus.

„Bist Du bescheuert, dafür riskiere ich doch nicht mein Amt, meine ganze Zukunft ist in Gefahr, meine Pensionsansprüche, meine Krankenversicherung!" brüllt er, ganz in seiner Rolle als Polizeipräsident aufgehend.

Währenddessen versucht sein Engel Maria ihm mit dem brennenden Zündholz zu folgen, damit die dicke Havanna endlich angeht. Die Flammen versengen um ein Haar seine Augenbrauen. Leon sieht ihm sehr selbstbewusst in die Augen, Omar spielt mit diversen Kugelschreibern, die sich vor ihm auf dem Schreibtisch verteilen. Dann sagt Leon ganz ruhig mit Blick auf Omar:

„Und seine Zukunft, ist die nicht in Gefahr?"

Omar lächelt den Mann mit dem dicken Glimmstängel umwerfend charmant an. Leon ist noch lange nicht fertig, jetzt kommt er erst richtig in Schwung.

„Und eine Sache noch und die hat nichts mit meinem Job hier bei Dir zu tun, den ich übrigens sehr gerne mache. Wenn wir alle tatenlos zusehen würden, wie Kinder ohne Begleitung hier angespült werden, physisch und psychisch völlig zerstört, mit einem Plan, den ihre Mütter für sie in ihrer Verzweiflung geschmiedet haben, ohne das Risiko zu kennen? Würdest Du Dich dann nicht fragen, ob Du richtig oder falsch handelst? Würdest Du dann hier in Deinem schicken Büropalast sitzen und nichts für sie tun? Wir haben eine verdammte Verantwortung, denk doch an die späten sechziger Jahre, als meine Eltern damals zu Fuß von Prag nach Wien flüchten mussten, das war für sie eine kleine Weltreise. Und weiß Gott, Deine Eltern hatten sicher auch kein Honigschlecken-Luxusleben." Für Omar wird das Gespräch langweilig, er versucht die Kugelschreiber aus einiger Entfernung in den Papierkorb zu werfen, meistens trifft er.

Rafel ist geschockt, so hat er einen untergeordneten Polizisten noch nicht erlebt. Er sieht stets hinüber zu dem ausgelassenen Omar, der immer wieder den Blickkontakt zu ihm sucht.

„Nein, ein Leben mit Honigschlecken hatte mein Vater, ein katalonischer Bauer mit sieben Kindern nicht. Er starb an Hunger und Erschöpfung als ich vier war. Drei meiner Geschwister ebenfalls."

Rafel blickt todernst in Leons Gesicht. Er scheint endlich begriffen zu haben.

„Denk doch mal nach, die wollen nichts wie weg von zu Hause, um hier zu arbeiten, für uns, mit uns, nenne es wie du willst. Und dagegen kann man doch nichts haben, das ist doch OK, oder? Dein Amt hin oder her. Wenn jemand hier helfen kann, bist Du es."

„Bien, ich versteh", sagt Rafel ziemlich niedergeschlagen und brummt ein paar unverständliche Worte auf Mallorquin in sich hinein.

„Wenn ich organisieren würde, dass, oder wenn nicht ich, sondern der Chefredakteur..."

Sein nachdenkliches Gesicht hat sich durch den unschuldigen Blick Omars wieder aufgeheitert und schon scheucht er Leon und Omar zur Tür raus.

„Kommt in einer Stunde wieder, ich muss telefonieren."

Er greift zum Telefon, ruft aber bevor er wählt Leon nochmal zurück.

„Leon, eins wollte ich Dir noch sagen." Leon dreht sich überrascht um. Rafel deutet mit dem Gesicht in Richtung Omar.

„Good job, gracias." Rafel meint das tatsächlich ernst und Leon lächelt dankbar.

„Good job, gracias", äfft Omar Rafel im Weggehen nach.

„Was heißt das denn?"

Touri-Markt

Leon und Omar spazieren durch den Santa-Catalina-Markt. „Den Markt kenn ich gut", sagt Omar. Leon ist überrascht.

„Da habe ich Geld gezogen für Dimitri."

„Du hast Geld gezogen?"

„Ja, er hat gesagt von den Touris, mit gute Schuhe und mit schöne Hemd, kommen von große Touri-Schiff, jeden Tag fünf große Touri-Schiffe, viel Kohle."

Er stockt im Erzählen und wird sehr verlegen, weil er weiß, dass Leon nicht gefällt, was er da gerade sagt. Hilflos wendet er seinen Blick ab.

"Es heißt *Touristen*, nicht Touris. Mit **guten** Schuhen, mit **schönem** Hemd, und nicht Tourischiffe sondern *Kreuzfahrtschiffe* heißt es außerdem, die fahren kreuz und quer, so kannst Du Dir das merken", verbessert Leon ihn oberlehrerhaft.

Omar versucht es und spricht die Wörter für sich stumm nach.

„Aber dann hab ich mich doch nicht getraut und da hat Dimitri mich ins Gesicht geschlagen."

Er kämpft mit den Tränen. Leon geht in die Knie und nimmt ihn ganz fest in den Arm.

„Du hast genau das Richtige getan, Du darfst nicht stehlen, das hast Du sehr gut gemacht, Omar. Wenn man stiehlt, tut man etwas Unrechtes. Stell dir vor, jemand stiehlt das Amulett mit Deiner Mama drin, das würdest du nicht cool finden, oder?"

Omar schüttelt heftig den Kopf, jetzt hat er den Sinn des Lebens ein wenig besser begriffen. Trotzdem schaut er Leon ganz traurig an.

„Leon?"

„Ja, Omar?"

„Die Kreuz- und Querschiffe, fahren die auch nach Afrika und können meine Mama auch herholen?

Plötzlich taucht Sonja hinter Leon auf, legt ihre Hand über seine Augen und kneift ihn in die Wange. Omar schmunzelt sie an.

„Na, Du bist also Omar, Leons neuer Freund?" Omar erkennt, um wen es sich handelt und es sprudelt aus ihm heraus.

„Oui Madame, je suis Omar und ich kenne Dich, vom Foto, Du stehst im Wasser, nur mit einem kleinen – wie heißt das - bekleidet."

Dabei pfeift er bewundernd und macht mit beiden Daumen ein „thumbs up". Leon ist gleich nicht mehr so wichtig für Sonja. Der Kleine ist sofort Liebe auf den ersten Blick.

„Magst Du Sushi?" fragt sie ihn und Omar nickt enthusiastisch, ohne zu wissen, was das sein soll. Leon küsst Sonja zärtlich auf die Wange.

„Ihr kennt Euch also schon", und weiter erklärt er Omar,

„Sushi ist japanisches Essen und Japan ist eine große Insel, viel größer als die hier. In Japan macht man auch Kampfsport, der heißt dort

Karate. Wenn Dich dort ein Bösewicht angreift, musst Du sofort in Verteidigungsstellung gehen. Das sieht dann so aus."

Leon springt in die Grundhaltung und deutet spaßeshalber ein paar Karategriffe an, dazu macht er den Kiai Kampfschrei *UhhhÄhhh*, dann nimmt er Omar hoch, wirbelt ihn blitzschnell durch die Luft und stellt ihn wieder auf den Boden. Omar ist hin und weg vor Begeisterung und geht ebenfalls in die Grundhaltung. Leon verbeugt sich ehrfürchtig vor ihm mit gefalteten Händen.

„Sehr gut, Meister, Du hast großes Talent."

Omar kann Leons Zuneigung spüren und strahlt über das ganze Gesicht. Sonja sieht Leon in seiner selbsternannten Vaterrolle mit großer Freude zu. Er pflückt einen schwarzen Schal vom Ständer eines Ladens und legt ihn Omar um den Hals.

„Das ist Dein schwarzer Gürtel, die höchste Auszeichnung beim Karate."

Im Büro

„**J**a, und daraus macht Ihr eine Bombengeschichte. Herr Chefredakteur, muchas gracias."

Rafel grinst an seinem Schreibtisch über beide Ohren. Er ist wieder bester Laune. Sein Coup, eine Wochenzeitung mit dem Bürgermeister von Palma zusammenzuspannen, hat geklappt. Das Projekt *"Kinder-Gut-Leben"* steht kurz vor der Realisierung und Rafel hat vorgeschlagen, Omar zum Vorzeigekind und Symbol dieser Mallorca-Kampagne zu machen. Dadurch kann er sich selbst als Pate offiziell einen guten Namen machen und es wird dann sicher auch mit Omars Aufenthaltsgenehmigung besser funktionieren. Seine Fantasie sprüht gerade Funken. Ende gut alles gut.

Überglücklich

Pepe hat sich etwas überlegt. Er hat heute sehr früh Dienstschluss und er weiß, dass Luzdivina an ihm interessiert ist. Man lebt nur einmal, das ist seine Devise und so fährt er am frühen Abend die Serpentinen hoch und lässt den Guardia Civil-Wagen auf dem kleinen Parkstreifen hinter dem Kloster ausrollen. Die Rund-um-die-Uhr-Kollegen parken auch hier hinten, um nicht gesehen zu werden, wenn etwas Verdächtiges passiert.

„Juan, Toni, Vale, danke Euch, ich bin jetzt dran", ruft Pepe aus dem Wagen. Notlüge wegen starker Verliebtheit nennt man das wohl, sagt er zu sich selbst. Die beiden Schutzbeauftragten sind erstaunt, aber auch erfreut, dass ihr Dienst schon zu Ende sein soll.

„Perfecto, dann schönen Abend noch, Pepe. Und lass uns die Schwestern grüßen. Buenas noches, hombre."

Pepe wartet, bis sie außer Sichtweite sind, steigt aus und geht nachdenklich an der Steinmauer entlang, die das Kloster wie eine graue Schlange umrundet. Tiefhängender Nebel versperrt die Sicht auf das Meer und man kann schon den Regen aus dem Nordosten riechen. Pepe ist kurz unsicher, ob er wirklich das Richtige tut. Dann spricht er sich selbst Mut zu.

„Ach scheiß drauf, wer wagt gewinnt."

Er schlägt den Eisenring mehrmals gegen die Pforte. Aber wer sollte ihm öffnen. Er ist nicht angemeldet und sein Pochen an der Tür schürt da drinnen sicher Angst bei allem, was in den letzten Tagen passiert ist. Nach einigen qualvollen Minuten des Wartens ahnt er, dass sich sein Plan nicht erfüllen wird.

Er kommt sich vor wie mit sechzehn, als er fast jeden Tag neu verliebt war, manchmal mit mehr und manchmal mit weniger Erfolg.

Die Nacht bricht sehr schnell herein. Also doch im Auto Wache schieben und nicht mit Luzdivina im warmen Bett liegen oder zumindest ein wenig Händchenhalten.

„Schön wäre es gewesen", sagt er beim Einsteigen und stellt das Autoradio an.

Eine spanische Schnulze übertönt das Prasseln der Tropfen des einsetzenden Regens, der sich ganz schnell zum Starkregen ausweitet.

Die Liegesitzposition ist alles andere als bequem. Trotzdem beschließt er hier zu bleiben bis...

...blühende Wiesen, surrende Bienen, Schafe mit bimmelnden Glöckchen, zwei weiße Möwen, die in den Horizont hineinfliegen - und sie liegt auf ihm und sie küsst ihn unter einem strahlend blauen Himmel. Sie trägt ihr Haar offen, lang und wellig, ganz wie er es so sehr mag. Nur eine winzig kleine weiße Wolke, die aussieht wie eine Nonnenhaube, steht direkt hinter ihr am Himmel, doch schon ist sie wieder verflogen, löst sich gänzlich auf und Lucie, wie er sie in seinem Traum nennt, ist befreit vom Zwang der klösterlichen Einschränkungen. Ach, was hat sie doch für ein wunderschönes Gesicht. Und wie sie duftet. Zum Sterben schön...

Ein kräftiges Klopfen reißt ihn aus dem Tiefschlaf.

„Pepe, wach auf!"

Er ist noch halb in seinem Traum versunken. Was hier gegen die Scheibe trommelt, ist fürwahr nicht mehr der Regen. Es sind die Knöchel von Luzdivina.

„Wie, was, wo?"

Er schaut auf die Uhr und stellt fest, dass er nur zwei Stunden geschlafen hat. Der Himmel zeigt noch schwache Zeichnung. Luzdivina steht vor dem Seitenfenster und hebt eine Thermoskanne und zwei Tassen hoch. Sie geht herum, rüttelt an der Wagentür, doch die ist verriegelt. Pepe öffnet von innen, zitternd vor Kälte.

„Ich dachte, die beiden anderen Polizisten bewachen uns, was machst Du denn hier?"

Verlegen sieht sie sich nach allen Seiten um.

„Du kannst doch nicht hier im Regen..."

Mit einer hilflosen Geste, den Henkel der Thermoskanne fest umschlossen, zeigt sie Richtung Pforte.

„Los , komm mit rein."

Pepe starrt sie an wie ein Wesen von einem anderen Stern.

„Sehr gerne, ich komme."

Luzdivina sprintet los, aber Pepes Füße sind noch eingeschlafen.

„Warte, nicht so schnell."

Er muss noch seine zerknautschte Garderobe in Ordnung bringen, nachdem er sich verkrampft aus dem Auto geschält hat.

„Warte auf mich!"

Luzdivina wirft gespenstisch lange Schatten, wie sie mit ihrer Petroleumlampe durch die Gänge eilt. Die Wege und Durchbrüche aus Steinquadern scheinen kein Ende zu nehmen. Pepe aber ist der glücklichste Mensch auf Erden und schnurstracks auf dem Weg ins Paradies. Er tastet und tappt hinter der unverhältnismäßig eilig voranschreitenden Luzdivina her, diesem Engel in Weiß. Selbst der graue Wandelgang mit den trutzigen Figuren erscheint ihm heimelig. Er verliert sie immer wieder kurz aus den Augen, aber dann taucht sie plötzlich vor ihm auf, um gleich wieder hinter einer Biegung zu verschwinden. Pepe läuft in der Dunkelheit beinahe gegen eine Wand, scheint aber gleich darauf wieder aufzuholen und könnte schon fast einen Zipfel ihrer Tracht erwischen. Endlich hat er es geschafft und sie gehen im Gleichschritt hintereinander her. Er verspürt ihren Duft und atmet ihn genussvoll ein. Am liebsten würde er sie jetzt sofort von hinten umarmen aber dafür ist noch Zeit, wenn sie erstmal in ihrer Kemenate sind. Ihr Körper hebt und senkt sich vor ihm in aufregender Weise, und überhaupt findet er alles sehr aufregend. Nur noch eine scharfe Linkskurve und dann ...-

...- und dann durchfährt ihn auf einmal ein stechender Schmerz. Fast wie ein Bienenstich, nur hundertmal stärker, beginnend in der Magengrube zieht er sich blitzartig hinauf ins Gehirn. Er kann das Stechen nicht zuordnen, aber er weiß, dass er gerade hier und jetzt keinen Schwächeanfall haben darf. Sein allgemein viel zu hoher Blutdruck wird doch nicht in diesem Augenblick verrückt gespielt haben, so nah vor dem Ziel - mit Luzdivina in zarter Umarmung im Bett liegend. Sie erscheint ihm jetzt etwas unscharf. Das sind wahrscheinlich nur die Dunkelheit und seine Augen. Eine Brille? Nein, er ist noch lange nicht vierzig. Warum wohl wackelt sie denn jetzt wie betrunken? Er sieht Luzdivina nur noch als eine weit entfernte, weiße, verschwommene Masse, die stark schlingert, die Wände und die Decke verschmelzen zu krassen, elliptischen Formen, der Boden besteht auf einmal aus zähflüssigem Gummi, es fühlt sich an, als bliebe er darauf kleben. Er geht einfach weiter, aber kommt nicht voran. Blütenweiß verändert sich zu grellrot, die schwarzen Blitze, die ihm zunächst nur für kurze Momente das Augenlicht nehmen, werden dann wieder heller und länger und greller und stärker. Er leckt am Marmorfußboden, irgendwie schmeckt er salzig. Leon - Omar - Sonja - Familie - Rafel – Blondinen am Strand - Gewitter - Starkregen - unbequemes Auto - Lucie, Lucie, Lucie!

Schwärze, Nacht, aus, tot.

Papa

Die Glocke der Kirche San Miguel in Llucmajor schlägt zehn Mal. In der Bodega des uralten Stadtpalastes sitzen zwei Silhouetten an einem massiven Holztisch. Die Feuersbrunst in dem mannshohen Kamin erfüllt den Raum mit orangerotem Licht und beißenden Rauch. Eiskalt strahlen mehrere Monitore aus dem Nebenraum herüber.

Rinaldo Puig erhebt sich ächzend und schlurft zur Feuerstelle. Vor ihm dreht sich langsam das obligate Spanferkel am Spieß, welches er mit einem edlen Rotwein übergießt.

„Wir müssen handeln."

Mit einem Pata Negra Messer trennt er ein großes Stück von der Schulter des schwarzen Iberico Schweines ab und beißt genüsslich hinein, so dass die Kruste kracht. Er setzt seinen Monolog fort.

„Heute Nacht kam es zu einer höchst unangenehmen Situation, es wurde unnötig Blut vergossen. Das mag ich nicht, ich bin gläubig", sagt er mit zynischem Grinsen.

„Hier nimm."

Er löst ein weiteres Stück ab und reicht es seinem Gegenüber, Ramon Miralles, Sohn des Polizeipräsidenten, auf einem rohen Holzbrett.

„Und dazu passend einen Callet, die große autochthone Rebe Mallorcas. Ein wenig rustikal, aber mit der Manto Negro verschnitten zeigt er am Gaumen die typisch zart-rauchige Note."

Rinaldo gurgelt den Wein und schmatzt genießerisch.

„Und im Abgang spürst du Brombeere und Mandel. So lieblich."

"Wir müssen handeln, sagtest Du?" fragt Ramon in den Raum hinein. Rinaldo grunzt dumpf.

„Deswegen habe ich Dich einfliegen lassen."

Die beiden haben große weiße Servietten um den Hals gebunden. Ramon isst sehr zurückhaltend, fast bescheiden, während Rinaldo gierig in sich hineinfrisst.

„Du wirst Deine Ex einspannen müssen, aber diesmal muss es klappen. Rede ihr gefälligst das verdammte Ding aus."

Ramon hat das schon geahnt, Rinaldo nickt langsam und bedächtig mit dem Kopf, als würde er seine eigenen Worte bestätigen wollen.

„Du wirst sie treffen."

Beim Kauen läuft dem 140-Kilo-Mann der Saft aus dem Mund, den er sich in die Hemdsärmel wischt. Er greift nach einem dünnen Plastikordner und schiebt ihn Ramon hinüber. Ramon kennt das Papier genau, wirft die Serviette hin und verlässt wortlos den Raum. Rinaldo blättert den Ordner wieder einmal hasserfüllt durch. Die letzten Seiten bestehen aus Urkunden über ein Vorkaufsrecht, ausgestellt auf Sonja Möllemann, betreffend die posesiòn Santa Magdalena in der Größe von 141 Cuarteradas. Fluchend liest er die letzten Annexe des Vertrages. Da wo das Wort "Firma", also "Unterschrift" steht, hat einerseits Sonja signiert, auf der anderen Seite steht Rinaldos Name, datiert vor 15 Jahren. Unterschrift, Punkt, aus. Das ist sehr schlecht. Diesen Vertrag dürfte es so nicht geben. Rinaldo sabbert. Schweinefett tropft aus seinem Mund und verteilt sich auf dem Tisch. Er flucht.

Ramon schlendert nachdenklich durch den Innenhof des noblen Stadtpalastes, vorbei an blühenden, sich hochrankenden, exotischen Sträuchern, marokkanischen Fliesengemälden, dumpf klingenden Windspielen, einem riesigen Pool mit einer kunstvoll geschwungenen Holzbrücke, die zu einem artenreichen Kakteengarten führt. Im Gästehaus lässt er sich schließlich erschöpft aufs Bett fallen.

Der Zug ist für ihn doch schon längst abgefahren. Er hat Schluss gemacht mit allem, was ihm vor kurzer Zeit noch wichtig war. Seine Ehe mit Sonja, Business, Mallorca und er ist nur auf Bitten von Rinaldo Puig zurückgekommen. Es war schwierig genug, inkognito hier aufzukreuzen, mit seinem prominenten Gesicht. Sein Name kommt auf der Insel gottseidank sehr häufig vor, ein Miralles mehr oder weniger fällt da nicht groß auf. Jetzt aber muss er die Kohlen aus dem Feuer holen und die Probleme mit Rinaldos Nebenschauplatz aus der Welt schaffen.

Er greift zum Telefon.

„El presidente por favor."

Nach Momenten, die ihm wie eine Ewigkeit erscheinen, meldet Rafel Miralles sich endlich.

„Papa, va be? Buenas."

Ramon spricht zum ersten Mal seit seiner Flucht vom Finanzamt mit seinem Vater. Das ist nicht leicht für ihn, hat er ihn doch sehr schwer enttäuscht.

„Papa, necesito ayuda, por favor, ich brauche dringend Deine Hilfe, bitte."

Rafel Miralles sitzt wie immer noch zu später Stunde in seinem Büro. Er ist kreidebleich. Einen Anruf von seinem Sohn hatte er nicht erwartet.

„Ramon, dónde estás, wo bist Du?"

Schock

Es ist fünf Uhr morgens. Die Clinica Son Llàtzer ist noch menschenleer. Eine Kehrmaschine zieht schnurgerade Linien durch Gänge und Hallen.

„Ihr Kollege hatte einen Schutzengel, der Stich mit einem Messer hat eine Arterie direkt am Herzen angeritzt."

Leon steht fassungslos am OP-Ausgang, der Arzt schildert seine Erkenntnisse zum Fall Pepe Diaz im Klartext.

„Es kam zu einer sehr langsamen inneren Blutung, dadurch blieb er während des Transportes in die Klinik bei Bewusstsein. Das war sein Glück. Schwester Luzdivina hielt ihn während des Transportes durch ständiges Ansprechen wach und somit am Leben. In 24 Stunden wissen wir, ob er es schaffen wird."

Luzdivina kauert auf einem grauen Plastikstuhl. Sie schluchzt leise vor sich hin, als sich Leon ihr vorsichtig nähert.

„Kommen Sie Luzdivina, hier können wir jetzt nichts tun."

Er hilft dem Häufchen Elend auf. Arm in Arm durchqueren sie den intensiv nach Chlor riechenden Flur.

„Apolonia und Kasimira brauchen mich", schluchzt sie.

„Ja, aber vorher brauchen Sie selbst ein anständiges Frühstück."

Der Himmel über Palma gewinnt wieder an Farbe. Das Meer vor Portixol liegt da wie ein bleiernes Tuch, ruhig und graublau. Luzdivina hält sich zitternd am Strohhalm eines Orangensaftes fest, ihr Bocadillo bleibt unangetastet. Leon hat einen Café con Leche vor sich stehen und versucht vergeblich, mit ihr ins Gespräch zu kommen.

„Niemand konnte wissen, dass sich Pepe im Kloster befand, daher muss ich davon ausgehen, dass der Mordanschlag Ihnen galt. Das wäre dann der zweite Fall innerhalb weniger Tage. Nur, wer kommt als Täter in Frage? Haben Sie Auffälligkeiten bemerkt, Veränderungen, Gesichter, die Sie nicht kennen?"

Luzdivina nickt bloß oder schüttelt den Kopf, mehr nicht. Leon versucht, ganz langsam aus ihr etwas herauszukitzeln.

„Sie sagten gestern, dass Arbeiter im Klostergarten waren, haben Sie gesehen, ob alle wieder abgefahren sind, wurde einer vielleicht oben vergessen?"

Sie reagiert nicht.

„Es muss sich jemand im Kloster versteckt gehalten haben, vielleicht ein Tourist?"

Sie schüttelt den Kopf.

„Wer hat das Innere des Klosters in den letzten Tagen öfter mal besucht? Erinnern Sie sich? Vielleicht wieder Dimitri, der Russe?"

Sie schüttelt den Kopf. Aussichtslos, mit ihr kommt Leon nicht weiter. Er wird es später noch einmal versuchen müssen.

„Ich bringe Sie jetzt hoch ins Kloster."

Luzdivina schüttelt energisch den Kopf, zu tief sitzt die Erinnerung an die letzte entsetzliche Nacht. Sie kann da nicht zurück, zu groß ist die Angst. Wer weiß, ob sie die nächste Nacht überlebt. Ihr wird es mehr und mehr bewusst, dass Leon recht hat und der Anschlag ihr gegolten hat. Aber sie kann Kasimira nicht allein lassen, die ist doch von ihrer Pflege abhängig.

„Das Kloster wurde gründlich durchsucht und die Kollegen vom Personenschutz sind auch schon wieder oben, Sie müssen keine Angst haben."

Nach längerem Überlegen sagt Sie die einzigen Worte des Tages.

„Si, por favor. Ja, bitte, ins Kloster".

„ ... and action"

Einige Stunden später ist das Leben in Palma erwacht, die Playas haben sich gefüllt. Omars erstes Foto-Shooting für eine deutschsprachige Wochenzeitung findet statt, und er genießt es förmlich zu posieren. Mal so, mal so, mal nicht so, mal lächeln, mehr lächeln und noch mehr lächeln.

„...and action",ruft der Fotograf,

„spring mal hoch in die Luft, high, higher!"

Die Crew ist angetan von Omars Naturtalent. Sonja sitzt in einem Regiestuhl und nippt an einer Coke-Zero. Sie findet die ganze Atmosphäre affengeil. Eben war Omar noch Flüchtlingskind, jetzt wird er zum Superstar, so soll es sein.

„Kommen Sie doch auch mal vor die Kamera", sagt der Fotograf mit den Rastalocken, und schon steht Sonja neben Omar im Bild.

„Show your teeth", ruft er ihr zu und Sonja läuft es vor Freude kalt über den Rücken. Das Blitzlichtgewitter tut ihr sehr gut.

„Warte, ich mach Dir schnell noch die Haare aus dem Gesicht."

Das Make-Up Girl Candida kommt mit ihrem Koffer angerannt.

„Sehr schön siehst Du aus, und Dein Kleiner ist ´ne Wucht", flüstert sie Sonja ins Ohr.

Das macht Sonja auf einmal ernsthaft und nachdenklich. Ist sie hier am Ende im falschen Film gelandet?

„*Du und Dein Kleiner.*" Schwache Bedenken melden sich bei ihr an. Das Thema des Interviews ist doch „*Omar hat es geschafft. Aufbruch in ein neues Leben.*"

Aber wie soll sie denn Omar dieser netten Journalistin präsentieren? Als – *ein Flüchtlingskind wurde bei ihr abgegeben*, oder was? Aber letztendlich ist es doch so. Vorsicht bei politischen Äußerungen, hat ihr Leon nochmal eingetrichtert, die werden gerne oft und schnell falsch verstanden.

„Na, ist die Stimmung jetzt beim Teufel?" ruft der Fotograf und versucht sie mit seinem Charme zu betören. Das kommt bei ihr gut an. Sorgen sind für morgen, denkt Sonja und kann gleich wieder lächeln.

„Keinesfalls, alles gut, komm her, Omar", ruft sie zurück.

Sie umarmen sich und lachen in die Kamera wie echte Profis.

Im Hintergrund rollt eine schwarze Limousine mit eingeschaltetem Blaulicht heran. Ein Polizeibeamter öffnet den Wagenschlag, Rafel Miralles steigt aus und stapft etwas ungeschickt durch den heißen Sand. Er winkt Sonja mit einer Tüte Süßigkeiten zu. Der Guardia Civil-Beamte bleibt diskret fünf Schritte hinter ihm.

Als der Fotograf den hohen Besuch erkennt, gibt er sich geschlagen.

„Take five everybody", ruft er und das Set leert sich augenblicklich.

„Sonja, meine Liebste, bist Du jetzt auch Model geworden?"

Sonja winkt ab und kommt Rafel entgegen.

„Nichts dergleichen. Was verschafft uns die Ehre, Papa?"

„Wollte nur mal nach dem Rechten sehen und hab Euch außerdem eine Kleinigkeit mitgebracht, aus Deiner Lieblingskonditorei."

Candida, ganz das Mädchen für alles, stellt einen zweiten Regiestuhl neben Sonja bereit.

"Por favor Señor Presidente. Un Café?"

„Gracias, Candida", antwortet Rafel mit leicht flirtendem Unterton. Es ist schon schön, wenn auf der Insel jeder jeden kennt. Er setzt sich und atmet tief durch. Die frische Luft, der Geruch des Meeres, das ferne Stimmengewirr. Alles Erinnerungen an die eigene Kindheit. Im Büro vergisst man sehr schnell, wie schön es auf Mallorca eigentlich ist.

„Du bist doch sicher nicht hierhergekommen, um mir Leckereien zu bringen, also wo brennt es?" stichelt Sonja.

Rafel nimmt eine Zigarre aus dem Etui.

„Iss doch zuerst etwas, mein Kind." Er lehnt sich zurück und genießt die fünf Minuten Pause.

„Und, wie findest Du das hier so alles?"

„Ganz toll Rafel, das war so eine großartige Idee von Dir, Omar zum Star von Mallorca zu machen, wenn auch nur für eine Woche."

„Vergiss nicht das Internet, Facebook und so weiter, da bleibt noch was davon hängen bis in alle Ewigkeit."

„Ich bin nicht bei Facebook, weil ich den selbstverliebten Exhibitionismus nicht mag, der damit einhergeht und die Schnüffelei schon gar nicht, die davon ausgeht."

Er breitet die Leckereien auf dem Tisch aus und Omar kommt herbeigelaufen.

„Rafel , buenas."

Er ist vor lauter Geschäftigkeit nur sehr kurz angebunden.

„Omar, va be?"

Omar reißt sich ein großes Stück der Ensemada ab und sprintet sofort zurück zu der restlichen Crew.

Ein Moment der Stille entsteht zwischen Sonja und Rafel. Sonja ahnt etwas.

„Also, spuck es endlich aus."

Rafel weiß, dass er dünnes Eis betritt und hat ein bisschen Angst davor.

„Also, was denn, nun sag schon."

„Ähm..."

Rafel zögert, bevor er es endlich ausspricht.

„Ramon hat mich angerufen."

Sonja würde am liebsten im Sand versinken.

„Ich will nichts davon wissen", möchte sie sagen, aber das kann sie Rafel nicht antun.

„Er hat sich während der letzten drei Monate in der Schweiz versteckt gehalten und nicht in Panama. Er ist seit gestern zurück auf der Insel."

Allein das Wort Ramon bringt Sonja in Wallung. Rafel merkt das und versucht trotzdem, die Botschaft seines Sohnes zu überbringen. Für ihn fühlt es sich an, als wäre er gerade zwischen zwei Felsen eingeklemmt.

„Ramon bittet mich, zwischen euch zu vermitteln, er will Dich unbedingt sehen. Er schwört, dass er große Sehnsucht nach Dir hat und er will Dir persönlich sagen, wie sehr er dich liebt."

Der letzte Teil seiner Nachricht ist äußerst heikel.

„Und er möchte eure geschäftlichen Missverständnisse klären. Er bittet Dich, dass ihr euch an einem neutralen Ort deiner Wahl trefft."

Sonja hat Schwierigkeiten, die Fassung zu bewahren. Dann platzt es aus ihr heraus.

„Niemals, was er mir angetan hat, erfordert kein weiteres Treffen, ich bin durch mit ihm, und zwar für immer. Claro? Wirf ihn in den Knast, da wo er hingehört."

Die Fotocrew beobachtet den Stimmungswechsel aus sicherer Entfernung mit großer Neugier. Der Tag ist für Sonja jedenfalls gelaufen. Rafel bleibt abwartend sitzen, während sie genervt aufsteht, um runter ans Wasser zu gehen. Lange und nachdenklich blickt sie auf die endlose blaue Fläche. Der Horizont scheint so fern, und gleichzeitig so nah. In ihren Gedanken ziehen Bilder aus längst vergangenen Tagen vorbei. Ramon liebt sie angeblich immer noch? Ist das wahr? Ist er erwachsen geworden? Oder ist das eines seiner Spielchen, die er als Zocker regelmäßig spielt und die sehr schwer zu durchschauen sind? Sie kann es nicht einschätzen. Jedoch verspürt sie eine gewisse Nähe und Geborgenheit, wenn sie an ihn denkt. Die Vergangenheit überkommt sie. Eine wohlige Wärme steigt in ihrem Körper auf.

Der Blick auf das glatte Meer und das sanfte Plätschern haben sie beruhigt. Sie hat tatsächlich für einen Moment die Zeit vergessen. Als sie sich zu der Foto-Crew umdreht sind aber alle noch da, vor allem Omar, der vor der Kamera Faxen macht. Ganz langsam geht sie zurück zu Rafel, sieht ihm tief in die Augen und umarmt ihn.

Ein Wunder

Das Kloster Santa Magdalena tarnt sich mit seiner Mares-Farbe perfekt in die felsige Umgebung der Tramuntana. Etliche Rotschwanz Milane liegen nahezu reglos auf der schwachen Thermik, bevor sie durch heftiges Rütteln ihren Sturzflug auf ein Kaninchen oder eine Wachtel ankündigen.

Die Außentemperatur übersteigt die 35 Grad-Marke, obwohl die erste Hälfte des Tages noch nicht vorbei ist.

Luzdivina verharrt in einer engen Bankreihe in der kühlen Kapelle, tief ins Gebet versunken, Tränen laufen ihr über die blassen Wangen.

„Ave Maria, gratia plena Dominus tecum, benedicta tu in mulieribus et benedictus ...."

Unentwegt blickt sie zu der elegant geschwungenen Barockstatue der Heiligen Mutter Maria auf und fleht sie förmlich an, ihr und vor allem ihrem Freund Pepe zu helfen.

„Gegrüßt seist du, Maria, der Herr ..."

Und noch ein Gebet und noch eines. Es erinnert sie an die Zeiten der strengen Klausuren, die sie nur aus Erzählungen kennt. Das Bestrafen der Nonnen war damals an der Tagesordnung. Wochenlang wurden sie von den Äbtissinnen zu ununterbrochenem Beten verdonnert. In schweren Fällen mussten sie sogar das Gesicht in einen Güllehaufen stecken, um sich danach umso ausführlicher reinigen zu müssen, körperlich wie auch seelisch. Wie in Trance betet sie still vor sich hin und kommt dem Punkt der Erschöpfung immer näher. Die selbst auferlegte Gebetsmühle treibt sie fast in den Wahnsinn. Mitunter fixiert sie das Gesicht ihrer geliebten Marienstatue minutenlang, während ihr vor Erschöpfung kaum noch die richtigen Worte einfallen.

„Ave Maria, gratia plena Dominus tecum ..."

Aber da ist doch etwas, ein deutliches Zeichen, Luzdivina verstummt. Die Statue der heiligen Maria öffnet und schließt ihr linkes Auge, so als würde sie ihr zuzwinkern. Ja, sie zwinkert ihr zu, sie will ihr etwas sagen. Heilige Maria, du Gütige. Luzdivina ist außer sich. Sie rutscht auf ihren Knien ganz nah ran an die Säule welche die Statue trägt, umarmt jetzt die Säule inbrünstig und blickt zögernd steil hoch - und tatsächlich, Maria öffnet und schließt unentwegt ihr linkes Auge. Luzdivina ist einer Ohnmacht nahe. Zitternd flüstert sie:

„Heilige Mutter, willst Du mir etwas sagen? Willst Du mir etwas von Pepe sagen? Geht es ihm gut? Heilige Mutter, bitte."

Maria zwinkert wieder und wieder, Luzdivina lächelt jetzt aufgeregt durch ihre Tränen hindurch, bekreuzigt sich mehrmals und verbeugt sich ehrfürchtig.

„Danke, Heilige Mutter."

Sie rennt aus der Kapelle raus, weil sie das Starten eines klopfenden Zweitaktmotors hört. Apolonia, die gerade die Kapelle betreten will, kann ihr gerade noch ausweichen.

Luzdivina springt auf die bereits abfahrende Transport-Ape des Gemüsehändlers und ruft gleichzeitig "Stopp", rennt abermals rein, holt aus der Küche einen Leinensack, springt wieder auf die Ape, atmet tief durch und sagt ganz ruhig und sehr überzeugend,

„Manolo, bitte bring mich ganz schnell in die Clinica Son Llàzer."

Das Auge der Maria zwinkert immer noch - bis sich eine große weiße Motte daraus löst und tänzelnd, wie betrunken in den einfallenden Sonnenstrahl, der jetzt durch das Bleiglasfenster dringt, wegfliegt.

Schrecksekunden

Leon hat sich in Sonjas Küche schon den dritten Espresso reingezogen. Als er abermals nervös auf die Uhr blickt, beginnt sein Telefon endlich zu schnurren.

„Hier ist Comisario Leon Hebler", sagt er tonlos.

Sonja beobachtet ihn genau, sie ist mehr als beunruhigt. So kennt sie Leon nicht.

Sekunden über Sekunden äußerster Anspannung vergehen, doch dann kann er endlich tief durchatmen.

„Danke Ihnen, Doctor, gracias."

Leon wirft sich eilig seine Uniformjacke über und küsst Sonja.

„Ich habe Dir gestern nicht alles erzählt."

Sonja schaut ihn mit fragenden Augen an.

„Pepe war in Schwierigkeiten, aber er ist jetzt wieder OK."

„Etwas Ernstes?"

„Er ist OK, er ist wieder außer Lebensgefahr. Jemand hat versucht, ihn zu ermorden."

Sonja sieht ihn über ihre Kaffeetasse hinweg an, fassungslos.

„Ich hasse Deinen Job."

Der Traum

Die rasende Ape fliegt auf ihren drei Rädern talwärts, Luzdivina merkt, dass sie keine Schuhe trägt. In der Hektik hat sie ihre Pantoffeln zurückgelassen. Sie kann sich kaum zwischen dem Ladegut, den frisch geernteten Gurken und Salaten festhalten. Das letzte Stück legen sie auf der Autobahn zurück, obwohl das Gefährt dafür wirklich nicht gebaut ist. Endlich biegen sie auf den Parkplatz ein. Luzdivina springt ab und läuft barfuß in die Klinik. Die diensthabende Rezeptionistin schlürft gelangweilt Kaffee aus einem Pappbecher.

„Wohin des Wegs so früh am Morgen, Schwester?"

Natürlich merkt sie sofort, dass Luzdivina keine Schuhe trägt.

„Ich muss zu ..."

Luzdivina kennt nicht einmal Pepes Nachnamen.

„Zu dem Polizisten, der Unfall im Kloster, Pepe, man hat mich herbestellt, ich soll äh, ... an ihm die letzte Ölung vornehmen."

Dabei zeigt sie auf den mitgebrachten Leinensack und denkt daran, dass Notlügen in ihrem Fall sicher erlaubt sind.

„Zimmer 322, 3. Stock, Fahrstuhl, rechts", gähnt die Rezeptionistin.

Vorsichtig öffnet Luzdivina die Tür zu Pepes Zimmer. Er schläft tief und sie setzt sich zu ihm aufs Bett. Die Schläuche und Flaschen an seinem Körper merkt sie gar nicht. Er ist einfach nur ein schöner Mann, in den sie verliebt ist. Nach einigen wenigen Augenblicken nimmt sie ihren Habit ab und löst sorgfältig das Haar. Große weiche Locken fallen weit über ihre Schultern. Sie öffnet den Leinensack und nimmt ein köstliches, selbst gemachtes Gebäck heraus. Das Kloster Santa Magdalena ist sehr berühmt für die Produktion solcher Spezialitäten. Scharen von Menschen kommen vor allem zu Weihnachten, und sie selbst hat das Gebäck schon mit der Post an weit entfernte Orte geschickt. Orte, die sie nicht kennt und die sie wahrscheinlich nie kennenlernen wird.

Als sie Pepe eines der Prunkstücke unter die Nase hält, öffnet er ganz langsam die Augen. Verschwommen erkennt er das Bild aus seinem Traum wieder und denkt, das sei jetzt die Fortsetzung. Der Duft des frischen Backwerks verursacht bei ihm genussvolle Schmatzgeräusche. Er glaubt, er sei jetzt endlich im Himmel angekommen und wer da gerade mit ihm spricht ist ein Engelein.

„Hola Pepe, que tal? Die habe ich Dir mitgebracht, aus der Klosterbäckerei."

Erst als Pepe reinbeißt weiß er, dass er nicht träumt. Es muss tatsächlich seine wahrhaftige Lucie sein. Mehrmals hintereinander nennt er ihren Namen und sie beginnt wieder still zu weinen, diesmal aber vor Glück.

„Lucie, Luzdivina, Divinitta", hört sie ihn ohne Unterlass sagen, während sie zart sein Gesicht streichelt.

Verhaltenes Klopfen bringt Pepe endgültig zurück in die Realität. Leon öffnet mit einem großen Strauß Sonnenblumen die Tür. Er bleibt wie angewurzelt stehen, denn dieses Bild voll erfüllter Sehnsucht und großem Glück zweier Menschen hatte er nicht erwartet. Er räuspert sich und fragt durch den Blumenstrauß hindurch.

„Alles gut? Molts be?"

„Molts be", antwortet Luzdivina.

„Molts be, alles sehr, sehr gut", antwortet Pepe.

„Äh, ich geh dann mal wieder, Ihr macht das schon", sagt Leon. Pepe will ihn aber nicht so schnell gehen lassen und richtet sich stöhnend auf,

„Leon, warte."

Pepe hat noch Schwierigkeiten mit dem Reden, die Vollnarkose, der Schmerz, außerdem weiß er noch immer nicht, was eigentlich passiert ist, warum er hier ist und alle so nett zu ihm sind. Mit verzögerter Geschwindigkeit sagt er dennoch,

„Morgen um acht pünktlich zum Dienst an der Playa, aber mallorquinisch acht. OK?"

Er ist wieder der alte Pepe, auch wenn er jetzt nur ganz schwach lächelt.

„Also meinst du halb neun? Oder machen wir doch gleich neun."

Alle drei müssen lachen, Humor tut jetzt allen gut. Pepe jault vor Glück und fasst sich gleichzeitig vor Schmerz an die Wunde. Leon legt die Blumen auf Luzdivinas Schoß, gibt Pepe einen Klaps auf die Wange.

„Und rasiere Dich wieder mal, Alder." Behutsam zieht er die Tür von außen zu.

Das Gewitter

Das Licht ist messerscharf, die Silhouette von Ibiza ist von hier oben gut zu erkennen, obwohl Mallorcas Nachbarinsel mindestens hundert Kilometer entfernt ist. Glasklare Tage wie diesen gibt es nur sehr selten.

Sonja steht in höchster Höhe vor dem großen Rosettenfenster auf der Dachterrasse von Palmas Kathedrale La Seu. Die gotischen Figuren rundum sind imposant und furchteinflößend. Die Pfaffen wussten schon, wo sie was bauen, denkt sie. Die schönsten Plätze sind eben sehr nah bei Gott. Das kennt sie nur zu gut aus ihrem Berufsleben. Die 215 Stufen hat sie ohne Probleme bewältigt, aber jetzt heißt es das Zusammentreffen mit Ramon wie eine Erwachsene auf Augenhöhe durchzustehen. Für einen Moment genießt sie die Aussicht und das ferne Tosen der belebten Stadt. Sie geht noch einige Schritte auf und ab, um sich zu beruhigen.

Die nächsten Minuten werden für sie so wichtig.

„Sonja, mi gran amor. Meine große Liebe", sagt Ramon in zärtlichem Tonfall und es klingt für sie vertraut wie immer. Mit seiner angenehmen, weichen Stimme, seinem Markenzeichen, seiner „magic voice" konnte er sie damals im Nu um den Finger wickeln. Jede Art von Vernunft ging schlagartig über Bord, wenn er diese Stimme als Aphrodisiakum einsetzte. Sie kann diese angenehme, leichte Gänsehaut, an die sie sich noch so gut erinnert, auch jetzt nicht verleugnen.

Sonja dreht sich auf dem Absatz um. Ramon lehnt lässig an einem der verschnörkelten Bögen. Er sieht hinreißend aus, wie er den Strauß roter Rosen in der Hand hält, makellos im Gucci-Anzug. Sonja schießen hintereinander Bilder aus schöneren Zeiten durch den Kopf, dieselben Flashbacks, die sie unten am Strand beim Fotoshooting hatte, nur diesmal wesentlich deutlicher gezeichnet – wie sie glücklich schwimmend die „Rosebud" umrunden, auf dem Golfplatz beim „Hole in one", beim Bergwandern auf dem Galatzo, bei der Olivenernte auf der eigenen Finca. Ramon war damals unbestritten ihre große Liebe. „Mi gran amor" hat sie ihn immer genannt. Ein bisschen ist davon bis heute geblieben, wie sie jetzt - leider - wieder feststellen muss.

„Was willst Du von mir?" fragt sie schroff, in bemüht kühlem Tonfall, um ihm ja keine Chance zu lassen.

Er versucht einige Sekunden zu gewinnen und nähert sich ihr zaghaft, nur um wenige Zentimeter. Dann schießt er aus allen Rohren, ganz wie früher.

„Ich will Dir sagen wie sehr ich Dich liebe, ohne Wenn und Aber. Ich will, dass wir wieder zusammen sind."

„Bevor Dich dein Vater einbuchten muss? Du hast Dich benommen wie ein Idiot und du benimmst dich immer noch so, den Kopf voller Geld und voller Scheiße. Wir sollten wieder zusammen sein sagst Du, hä? Sagst du das auch gerade Deiner Pilar, Deiner Maria, und den beiden Catalinas, Susanna, Francesca und Lou-Lou? Du verdammtes Macho-Schwein."

„Sonja Liebling, die hast Du Dir immer nur eingebildet, die gab es gar nicht, außer in Deiner Fantasie, Süße."

Falscher Zeitpunkt, falscher Satz. Sonjas Zorn auf ihn steigert sich dermaßen, dass sie ihre schwere Designer-Handtasche hochwuchtet und damit haltlos auf ihn einprügelt. Er hält sich die Arme schützend über den Kopf. Eine geführte Touristengruppe bleibt neugierig stehen und der beunruhigte Tour-Guide versucht sogleich ein Ablenkungsmanöver, indem er alle weiter lockt und dabei ununterbrochen quasselt.

„Ladies und Gentlemen, heute können sie da drüben im Hafen vier Kreuzfahrtschiffe gleichzeitig sehen, die „Queen of the Seas", die „Rising Sun" und ..."

Ramon nimmt Sonja in seine Arme und hält sie im Clinch fest an sich gepresst, so dass sie sich nicht mehr bewegen kann. Er küsst sie und – sie lässt es zu. Davon ermutigt will er jetzt mehr, er will Sex. Hier und sofort, auf dem Dach der Kathedrale.

„Sonja, Du bist meine große Liebe, noch nie habe ich zu irgendjemanden außer zu Dir so ein starkes Gefühl gehabt. Liebling, ich habe Unsinn gemacht aber glaube mir, ich will wieder ein Leben. Ein Leben mit Dir", stöhnt er und macht dabei eindeutige Körperbewegungen. Das geht Sonja jetzt endgültig zu weit.

„Nein", brüllt sie.

Er lässt nicht ab, bis sie ihm mit brutaler Wucht ihr Knie ins Gemächt rammt.

„Nein heißt nein, was hast du an dem Wort Nein nicht verstanden?"

Sie entkommt seinem festen Griff und geht auf Distanz. Ramon windet sich vor Schmerz. Schwer atmend richtet er sich nach einer kleinen Auszeit wieder auf. Sein Blick ist bösartig, seine Wortwahl unangemessen.

„Du gottverdammte Nutte. Wenn du welche hättest, würde ich dir auch in die Eier treten."

Er setzt sich auf das Sims der Rosette, um zu verschnaufen. Wie ein Boxer in der letzten Runde richtet er sich noch einmal auf, um Plan B anzuwenden. Der Part als Schauspieler ist beendet. Jetzt kommt sein wirklicher Charakter zum Vorschein.

„Hör zu, ich verstehe ja, dass Du sauer auf mich bist und ich sehe auch wirklich alles ein. Aber da ist noch etwas, das wir klären sollten."

Ramon zieht mehrere sorgfältig gefaltete A4 Blätter aus der Innentasche seines Jacketts. Immer noch schnauft er schwer, Sonjas Tritt hat gesessen.

"Du erinnerst Dich doch sicher daran, dass ich dir seinerzeit 500.000 Euro geliehen habe für ein sogenanntes Vorkaufsrecht?"

Dabei deutet er mit den Fingern Gänsefüßchen an,

„... auf ein relativ wertloses Stück Land. Naturschutzzone etc. Aus diesen 500.000 sind mit Wertsteigerung und Zinsen bis heute 1,5 Millionen geworden, aber mit einer Unterschrift von Dir auf diesem Blatt hier könnten wir die Zeit zurückdrehen und ich würde Dir sofort alles erlassen."

Ramon hält ihr das Papier zum Lesen vor die Nase und sieht sie mit einem treuherzigen Hundeblick an. Dabei betet er ihr den Vierzeiler vor.

„Hiermit verzichte ich, Sonja Möllemann auf das Vorkaufsrecht zu der Posesiòn Santa Magdalena. Katasternummer xy, Finanzielle Ansprüche zwischen Sonja Möllemann und Ramon Miralles sind damit ausgeglichen. Palma/Mallorca, Datum und Unterschrift Sonja Möllemann, Unterschrift Ramon Miralles."

Sonja hält den Blick gesenkt, das Blatt Papier verwandelt sich vor ihr in ein rotes Tuch. Sie fühlt, wie ihr die Hörner wachsen und sie will nichts anderes als Ramon aufspießen und im Sand verbluten lassen. Doch stopp – sie denkt nicht daran, an dieser Schlacht teilzunehmen. Die Zeiten sind endgültig vorbei. Gottseidank ist aus ihr eine kühle Rechnerin geworden. Sie ist nicht mehr eine von Emotionen geleitete Jungunternehmerin, die für schnelle Entscheidungen leicht zu kriegen ist. Dafür ist sie inzwischen zu erfahren. Er weiß ganz genau, dass sie ihm das Privatdarlehen bis auf den letzten Cent zurückgezahlt hat. Das Ganze ist ein Trick, er ist wieder voll in seinem Element. Nach einigen Sekunden des Abkühlens nimmt sie ihm bedächtig den Vertrag aus der Hand und geht langsam auf die Brüstung der Terrasse der Kathedrale zu. Er lässt sie gehen, er weiß, dass sie ihre Chance erkannt hat und diese nutzen wird. Sonja blickt ihrerseits tief hinunter auf die unruhige See. Das Licht hat sich schlagartig geändert, ein aufkommendes Unwetter schickt die ersten Blitze in die vom angewehten Saharasand eingetrübte, gelbe Luft.

Ramon ist sich todsicher, dass er es geschafft hat und nimmt bereits seinen Parker Pen aus der Brusttasche, abwartend, ihn ihr zu überreichen.

Sonja wirft ihm noch einen letzten Blick zu und lächelt ihn sogar an. Das wiederum versteht er als seinen absoluten Sieg, als seinen neuen Lebensbeginn. Alles perfecto.

Doch dann, urplötzlich zerfällt sein Gesicht in Scherben.

Wie in Zeitlupe zerreißt Sonja das Blatt in tausend Stücke, um letztendlich, mit ausgebreiteten Armen die kleinen weißen Papierfetzen in die einsetzende Abenddämmerung zu entlassen.

Es scheint zu schneien über Palma, wie schön. Als sie sich wieder umdreht ist Ramon weg. Die Rosen liegen auf dem Sims der großen Rosette.

„Du kleines Arschloch", sagt sie ganz leise vor sich hin und geht in Richtung Abgang.

Das Schwarze Meer

Die Luft fühlt sich durch die einfallende Nacht angenehm kühl an, das Gewitter hat den Smog der Kreuzfahrtschiffe weggepustet. Wie gelbe Spiegelsplitter vibrieren die Lichter der Stadt klar bis herauf nach Son Vida. Sonja und Leon sitzen auf der Terrasse, während Omar tief und fest drinnen auf dem Sofa schläft.

„Als ich neu hier war auf Mallorca und sehr verliebt in Ramon war das wirklich eine schöne Zeit mit ihm." Sonja gerät beinahe ins Schwärmen. Leon macht ein höchst unsicheres Gesicht.

„Dann habe ich den ersten Fehler gemacht und Ramon gebeten, mir Geld zu leihen. Ich war damals schon eine überzeugte Kämpferin für den Erhalt der Ursprünglichkeit der Insel. Grund und Boden waren noch relativ erschwinglich. Jeder x-beliebige Investor konnte ungehindert ganze Landstriche radikal bebauen und ruinieren, ohne Geschmack und ohne Verstand, nur der Kohle wegen wurden ganze Küstenabschnitte verunstaltet und - na Du kennst es ja und siehst es überall. Das hat mich wütend gemacht."

Sie gießt sich noch einen Schluck aus der Rotweinflasche nach, ein Son Caló Negre von Miguel Oliver, Sonjas absolutem Lieblingswein. Die Geschichten aus der Vergangenheit gehen ihr allmählich leichter über die Lippen. Leon selbst weiß nicht viel über diese Zeit des aufkommenden

Massentourismus. Nur vom Hörensagen kannte er das Sehnsuchtswort Mallorca. Er absolvierte die harte polizeiliche Ausbildung in einer Kaserne in Marzahn und war weit davon entfernt, sich eine Reise ins Ausland vorstellen oder überhaupt leisten zu können. Die Mauer war zwar seit längerem weg, aber für ihn blieb weiterhin vieles verschlossen, finanzielle Mittel hatte er nicht. Seine romantischen Wochenenden fanden am Baggersee statt, wo er auch die Mutter seiner Kinder kennengelernt hatte. Sonja aber lässt jetzt alles raus.

„Bei einem meiner zufälligen Besuche in einem Kloster hörte ich, dass junge Nonnen und Mönche rar werden, dass die Überalterung des Personals ein Riesenproblem darstellt. Wenn der letzte Mönch oder die letzte Nonne stirbt, ohne einen Nachfolger oder eine Nachfolgerin bestimmt zu haben oder wenn es einfach keinen gibt, geht die Posesiòn zurück an die Gemeinde. Und die kann und wird dann mit dem Prachtstück machen was sie will, zum Beispiel es an internationale Investoren verkaufen, Naturschutz hin oder her.

„Aha", sagt Leon.

„Um das zu verhindern, ging ich vor fünfzehn Jahren in die Offensive. Von der Klosterverwaltung in Palma erwarb ich für eine relativ geringe Spende ein Vorkaufsrecht für eine Million Quadratmeter."

Leon wird stutzig.

„Wow! Wer oder was ist diese Klosterverwaltung und wo ist die Kohle hingeflossen?"

„An den damaligen Finanzverwalter der Mallorquinischen Klöster, seine Exzellenz Monseñor Franziskus Rinaldo Puig. Er hat mir das Vorkaufsrecht nach der Spendenübergabe auf sehr unkomplizierte Weise eingeräumt, gleichzeitig hat er mir ein Stück Land etwas unterhalb angeboten, das ich von ihm sofort privat kaufen konnte."

„War die Spendenübergabe in Cash?"

Sonja fühlt sich geradezu belustigt durch diese Frage.

„Na claro ey, Mallorca zu dieser Zeit, da ging doch die Post ab, viele Politiker und andere Machthaber von damals sitzen heute noch im Knast. Mit dem Deal war ich sicher, dass ich eine Million Quadratmeter von Mallorcas Costa Norte so belassen konnte, wie ich wollte, nämlich in einem natürlichen Zustand und auf Lebzeiten. Dadurch hatte ich auch ein finanzielles Polster. Der Wert des kleineren Grundstückes hat sich in den vergangenen Jahren verzehnfacht. Damit wollte ich letzte Woche meinen eigenen Arsch retten - und dann taucht Dimitri auf und beunruhigt mich."

Sonja schaut in das unendliche Schwarz des Mittelmeers, da wo die Leuchtfeuer den Takt angeben.

„Ich muss dieses finanzielle Polster jetzt leider anfassen, sonst kannst Du mich nämlich demnächst im Knast besuchen."

Leon versucht das alles wegzulächeln.

„Da kenne ich ja gottseidank die genaue Adresse von."

Sonja hat gerade keine Lust auf Witze. Er versucht sie zu beruhigen.

„Dimitri muss man nicht für voll nehmen, der handelt im Auftrag von jemanden Dritten. Er ist nur ein Bluffer vor dem Herrn, ich erkenne so etwas immer."

„Und wer soll das sein, der dritte Mann, die dritte Frau?" fragt Sonja mit leeren Augen. Sie weiß, dass es darauf keine Antwort gibt. Nachdenklich setzt sie sich zu Leon auf die Sofalehne.

„Ich ziehe diese Frage zurück, perdone. Aber was ich Dir eigentlich erzählen will ..."

Sonja wird es schon bei dem Gedanken an diese Geschichte übel.

„...ich hatte nicht gerade ein glückliches Händchen bei meiner Scheidung, ich wollte nichts wie raus aus der Ehe und habe zu allem Ja und Amen gesagt. Geblieben sind mir die Wahnsinnskosten für Haus und Firma, eine fünfstellige Steuernachzahlung für Ramon, und und und. Er hat mir einfach keine Luft zum Atmen gelassen, ich habe nur noch ihm in die Tasche gearbeitet. Und jetzt ist es so weit, das Finanzamt gibt mir keinen Aufschub mehr wegen seiner Steuerschuld."

Sie macht eine kurze Verschnaufpause.

„Wie du siehst, ich bin keinesfalls eine gute Partie, wie man so schön sagt. Der Schein trügt und das ist ganz oft der Fall auf Mallorca."

Leon erkennt das Gesamtbild immer deutlicher. Er stellt die klare und einzige Frage.

„Und jetzt wollte er noch dazu Zinsen vom Ganzen, sehr elegant. Was macht seine Exzellenz Franziskus Rinaldo blablabla eigentlich heutzutage? Lebt er noch oder ist er schon Papst?"

Sonja schüttelt den Kopf. „Keine Ahnung. Musst du googeln."

„Worauf du dich verlassen kannst."

Die gute Seele

Rinaldo Puig stampft wütend auf den Lehmboden seiner Bodega. Als der Staub sich wieder legt, beginnt er haltlos vor sich hin zu brüllen.

„Ich bin so groß, ich bin so mächtig und ich bin so außerordentlich erfolgreich mit allem was ich tue und anfasse. Ich habe Dir eine riesengroße Chance gegeben. Und Du bist so verdammt nutzlos und so verdammt schwach. Was hast Du Dir eigentlich gedacht auf dem verdammten Kirchendach? Was soll das heißen, sie hat das Papier zerfetzt? Du lebst prächtig von unserer Briefkastenfirma in Panama, oder? Aber jetzt musst Du endlich mal erwachsen werden, musst endlich auch mal was tun. Hol mir diese verdammte Unterschrift – wie, ist mir scheißegal - oder ich schicke Dich nach Sibirien zum Schneeschaufeln. Ist das klar? Ob das klar ist, habe ich gefragt?"

Ramon steht wie ein Schatten seiner selbst ziemlich hilflos im Raum. Er fühlt sich wie ein Gefangener, wie seinerzeit in der kurzen Untersuchungshaft, bevor Papa ihn rausgeboxt hat. Alles, die Eleganz und Selbstsicherheit sind aus seinem Gesicht wie weggewischt. Sonja würde angesichts dieser elenden Situation schallend über ihn lachen.

„Ja, claro", sagt Ramon dann endlich ziemlich kleinlaut und will schon gehen.

„Nimm Dir den verdammten Russen zu Hilfe, wenn du es allein nicht schaffst."

Ramon nickt ins Leere, als er die Treppe ins Ungewisse hochsteigt.

Pokerface

Carmens Behausung liegt zur Gänze im Dunkeln, da der Strom wegen unbezahlter Rechnungen schon vor langer Zeit abgeschaltet worden ist. Das Behelfskabel, mit dem sie eine städtische Leitung wild angezapft hat, wurde kürzlich von einer ihrer Ziegen zerbissen und das arme Tier starb daran. Es gab dafür köstlichen

Ziegenbraten für mehrere Tage, bevor das Fleisch in der Hitze gammelig wurde.

Dimitri sitzt und trinkt einen Wodka nach dem anderen, als Ramon endlich zur Tür reinkommt. Die schicken Klamotten, die er trägt, passen so gar nicht zu der armseligen Einrichtung. Carmen springt sofort auf und bietet Ramon ihren Stuhl an, vorher fegt sie noch mit einer alten Zeitung darüber. Die Männer begrüßen sich zwar mit mehreren Umarmungen und etlichen Küssen auf die Wangen, aber eine gewisse Distanz ist durchaus spürbar. Dimitri macht eine Geste und Carmen dampft sofort in das Nebenzimmer ab. Die beiden blicken sich noch eine Weile stumm an. Ramon bricht endlich das Schweigen.

„Wir müssen Sonja zwingen, das Papier zu unterschreiben, der Alte ist stinksauer. Er will mich nach Sibirien schicken." Dimitri lacht blöd auf.

„Zum Schneeschaufeln? Kenn ich, kenn ich gut."

Bei der Vorstellung fröstelt es sogar Dimitri. Er hat schon damit gerechnet, dass es allergrößten Zoff gegeben hat, als Ramon ihn anrief. Für Dimitri persönlich wäre es ein großes Plus, wenn er entscheidend mitwirken könnte, diese Unterschrift von Sonja zu bekommen. Nichts würde er jetzt dringender brauchen, als bei *seiner Exzellenz Rinaldo* zu punkten.

„Sie wird streng bewacht, sogar im eigenen Bett."

Dimitris gut gemeinter Scherz kommt bei Ramon überhaupt nicht an. Seine Nerven sind äußerst angespannt. Die beiden blicken einander tief in die Augen, es ist fast wie früher. Nur, dass Ramon zum ersten Mal wirklich tief in der Scheiße steckt.

„Es könnte aber im wahrsten Sinne des Wortes ein Kinderspiel für uns sein", meint Dimitri höchst zweideutig und wartet, ob Ramon die Anspielung versteht und gut findet. Ramon reagiert ungewöhnlich hart.

„Das Kind ist tabu für Dich."

Dimitri sieht ihn verständnislos an. Hat er denn eine bessere Idee?

„Wir Russen haben eine gute Seele, ich versteh Dich gut, kein Kind, Ramon, Omar ist tabu."

Aber in seinem Innersten tickt es ganz anders und Ramon kann das instinktiv fühlen.

„Du lässt Dir etwas anderes einfallen, solltest Du dem Kind etwas antun bringe ich Dich um, claro?"

Das sind harte Worte für einen Loser wie Ramon, denkt Dimitri. Wie kann er es wagen, seine, Dimitris geniale Pläne zu durchkreuzen?

„Claro", lügt er.

Ramon ist für ihn schon auf längst verlorenem Posten. Er kann sich nicht mal mehr frei bewegen auf der Insel. Ramon ist von ihm abhängig und das wird er ihn ab sofort spüren lassen. Wofür soll er, der große Dimitri, sich das noch antun? Er braucht Ramon nicht. Er ist schneller, besser, klüger. Diese Entscheidung beflügelt ihn. Das blöde Niggerkind hat doch bisher nur Schwierigkeiten gemacht. Jetzt ist die Zeit für Rückzahlung gekommen. Dimitri wird in der „Sagrada Familia" der Bad Guys von Palma eine Stufe höher aufsteigen und dafür muss er Außergewöhnliches liefern. Er stößt mit Ramon an, doch in Wirklichkeit stößt Dimitri mit sich selbst an. Er wird Sonja zwingen, klein beizugeben, wenn er erst mal Omar hat. Ab heute wird auf eigene Rechnung gearbeitet. Gegenseitiges Misstrauen breitet sich im Raum aus und stinkt wie Schwefel, doch in Wahrheit ist es nur das Abgas der benachbarten Raffinerie.

Die Verkehrsregeln

Leon und Omar kommen aus einem Fahrradladen in Portixol. Omar schiebt ein todschickes, nagelneues Mountainbike vor sich her, schwingt sich sofort drauf und fährt wie ein Wilder im Zickzack drauf los.

„Wow, wow, wow, wow, ist das ein geiles Rad", brüllt er wie am Spieß. Leon gleitet lautlos auf seinem Rad hinterher. Als ihm Omars Fahrstil zu radikal wird, holt er schleunigst auf und schnappt ihn am Genick.

„Stopp Du kleiner Racker, jetzt erklär ich Dir erstmal die Verkehrsregeln, OK?"

Omar aber tritt noch fester in die Pedale.

„In Afrika gibt es keine Verkehrsregeln und ich will auch hier keine", trotzt der junge Mann.

Leon beschleunigt, überholt ihn und lehnt sein Rad seelenruhig gegen einen Laternenpfahl, stellt sich Omar in den Weg. Mit festem Griff hebt er ihn vom Rad runter.

„Das ist mir ziemlich Wurscht, hör zu und das ist auch schon die Regel Numero 1: So wie Du fährst, fahren sonst nur Wildschweine, das geht nicht und das lässt Du ab sofort bleiben, und Regel Numero 2, Du achtest immer auf die anderen."

Omar verzieht das Gesicht.

„Aye, aye Sir, habe ich verstanden", gibt er klein bei und produziert ein lustloses High Five in Leons Hand.

Sonja sieht vom Beach-Café amüsiert zu, wie die beiden den Radweg auf und abfahren. Sie muss unvermittelt daran denken, wie sehr sie und Ramon sich ein Kind wünschten, wie sehr sie sich bemühten, sich darauf freuten. Sonja glaubt, dass Ramon mit der Verantwortung für ein Kind niemals seine beruflichen Fehlentscheidungen getroffen hätte. Als dann aber die Adoption eines kleinen Jungen aus Äthiopien im letzten Moment nicht klappte, hat Ramon aufgegeben. Kurz danach ist er in sein kriminelles Leben abgedriftet.

Dimitri beobachtet die ganze Aktion schon von Anfang an durch sein Fernglas. Er hat sich noch nicht entschieden, wie er es machen wird und wo er es machen wird, aber ein bisschen Stalken kann nicht falsch sein, denkt er. Auch will er nicht ganz aus der Übung kommen. Sein Pick-Up ist an einer Stelle mit durchgehend gelber Linie geparkt, ein klarer Fall für die diensthabende Polizistin der ORA. Sie schleicht wie eine Katze aus der engen Seitengasse an den Pick-Up heran, klopft mit dem Kugelschreiber gegen die Scheibe. Dimitri fährt zusammen, versteckt schleunigst das Fernglas.

„Zulassung, Führerschein, NIF Nummer."

Dimitri weiß, dass er aus der Situation nur rauskommt, wenn er jetzt alle Tricks anwendet. Er ist durch Montserrats gute Beziehungen zwar auf Bewährung frei, aber wenn die Polizistenschlampe nicht sofort abhaut, ohne Schaden anzurichten, ist er geliefert. Er fährt die Scheibe herunter.

„Perdone, no habla Espanol, no good food. Ich habe muy schlecht gegessen."

Er greift sich an den Magen und macht Kotzgeräusche, um dann auf russisch fortzusetzen:

„Я уже ушел" Was so viel heißt wie "Bin schon weg". Im Rückspiegel kann er noch erkennen, wie die Beamtin den Strafblock wegsteckt und den Kopf schüttelt. Nochmal gut gegangen.

Leon und Sonja sehen Omar mit großer Freude dabei zu, wie er sich jetzt allein auf dem Rad austobt und dabei die Benimmregeln des Radelns mehr oder weniger anwendet. Seine Runden werden immer größer.

„Macht er doch schon gut, oder?", sagt Leon voller Stolz.

„Kein Wunder, deine Gene schlagen eben durch."

Sonja liebt es, Leon zu necken, aber jetzt entsteht gerade eine lange Pause. Sie blickt ihn von der Seite an, während sich sein Blick auf das offene Meer hinaus verliert. Jetzt läuft vor ihm sein früheres Leben ab wie ein Film.

„Du hättest doch bestimmt gerne so einen Jungen, oder, Leon?" Leon bleibt nachdenklich und stumm in sich versunken.

„Leon?"

Sonjas Stimme klingt für ihn leicht verhallt, verfremdet. Das Meer rauscht dafür umso lauter.

„Hätte hätte Fahrradkette", sagt er endlich.

Es fällt ihm schwer, er will nicht, aber er muss jetzt darüber reden.

„Ich hatte zwei Töchter in dem Alter. Richtige Papa-Girls."

Das kann sie so nicht stehen lassen.

„Wie, du hattest?"

„Willst du die lange oder die kurze Version hören?"

Nachdem Sonja darauf nicht antwortet, schießt es aus Leon raus.

„Von einem Tag auf den anderen begann es, ohne große Vorankündigung."

Leon seufzt hörbar. Soll er weiterreden, nach all den vergangenen Jahren und seinen immer wiederkehrenden Versuchen, alles zu vergessen? Doch, es liegt ihm auf dem Herzen und Sonja spürt das.

„Wir lernten uns im Job kennen und als die Mädchen kurz nacheinander auf die Welt kamen, hörte meine Ex auf zu arbeiten. Dafür hatte ich anfangs sehr unregelmäßige Arbeitszeiten, musste mich schwer reinhängen und viele Überstunden machen, aber wir konnten gut davon leben, verstehst du? Auf einmal, sehr unmerklich, begann die Mutter langsam, aber sicher an den Kindern Gehirnwäsche vom Feinsten zu betreiben und sie zu manipulieren, Papa ist sowieso nie da, er liebt euch nicht so wie ich, gestern ist er wieder so spät nach Hause gekommen, Papa hat nie Zeit für euch und so weiter. Die Kinder glauben in diesem Alter klarerweise solche Lügen. Es kam zu einer Entfremdung erster Güte, zuerst die Kleine, dann die Große. Die Folgen waren verheerend. Trennung, Kontaktsperre, Verkehr zwischen mir und ihnen nur per Anwalt, Besuchsrecht ignoriert, Besuche kurzfristig abgesagt, der Vater das Super-Arschloch war wahrscheinlich das Beste, was sie zu der Zeit über mich gehört haben. Willst du noch mehr wissen oder reicht es dir?"

Leons Kopf glänzt im Schweiß, da hat jemand ein wirklich großes Loch in sein Leben geschlagen.

„Und das war aber erst die sehr kurze Version von dem was man gemeinhin eine psychopatisch gestörte Partnerin nennt", sagt er.

„Aha", sagt Sonja, ganz in Leons Stil. Aber dann nimmt sie zärtlich seine Hand und drückt sie fest. Sie hat während seiner Erzählung nasse Augen bekommen. Leon liebt diese stille Zuneigung, was für ein Glück diese Frau für ihn ist. Vollkommen in Gedanken versunken, sucht Leon immer noch den Horizont ab. Plötzlich kommt er wieder ganz zu sich und mit dem Instinkt eines Raubtieres beginnt er den Radweg abzusuchen. Zuerst Richtung Osten, dann Richtung Westen.

"Omar!"

Das war lauter als er wollte. Jetzt schnellt Leon von seinem Café Latte hoch, er hat Omar seit einiger Zeit nicht mehr gesichtet. Die Erinnerung an sein altes Leben hat ihn wieder einmal abgelenkt. Schon ist er auf dem Rad. Mit schnellem Klicken schaltet das Präzisionsgetriebe in die oberen Gänge.

„Weg da, aus der Bahn!" brüllt er immer wieder,

"Omar, Omar!",

während behelmte Fahrrad-Touristen in schrecklich grellen Outfits herumstehen und unnütze Fotos machen.

Beichte

Ergreifender Gesang tönt aus den heiligen Hallen von Santa Magdalena. Starker Weihrauch verdunkelt die Luft in der Kapelle. Heute ist Einlass für die Normalsterblichen zur Spätnachmittagsmesse zu Ehren von Schwester Isolde. Und sie kommen zuhauf. Die erste Reihe ist von den drei Nonnen besetzt, Apolonia, Kasimira und Luzdivina. Ganz vorne am Altar steht ein Bild mit der lachenden Schwester Isolde aus besseren Tagen. Der Gesang ändert sich von ernst auf noch ernster. Nicht alle beherrschen den Liedtext und es entsteht der akustische Eindruck eines Bienenschwarms beim Füttern der Königin.

An den seitlichen Beichtstuhl gelehnt ist Pepe, in seiner schönsten Ausgehuniform. Das Sitzen fällt ihm zwar noch schwer, aber er ist schon fast gänzlich wiederhergestellt. In alter Größe und Gesundheit aber mit Krückstock versucht er sich unaufhörlich ins Blickfeld seiner Lucie zu schieben. Diese wittert ihn wohl, bleibt aber mit ihren Augen ausschließlich bei dem Kreuz, an dem Jesus Christus gestorben ist. Noch ein Gebet und noch eins. Pepe bewegt dazu asynchron seine Lippen aber sein Herz ist nur bei Luzdivina. Endlich stehen alle auf, aber nur um sich sofort wieder hinzuknien. Mehr Glockengebimmel, mehr Weihrauch, weniger Glockengebimmel. Pepes Kondition verlangt dringend nach Frischluft, auch seine Blase ist voll. Er humpelt unauffällig durch den Seitenausgang hinaus. Am liebsten wäre er rückwärts gegangen, nur um seiner Angebeteten ins Gesicht blicken zu dürfen. Auf dem Vorplatz grüßt er die beiden Diensthabenden im Guardia Civil-Wagen, die immer noch für die Sicherheit des Klosters verantwortlich sind. Er atmet lange und tief durch, bevor er hinüber ins dichte Gebüsch humpelt, um sich zu erleichtern.

„Armer Hund, den hat's arg erwischt, um ein Haar läge er jetzt in der Kiste", sagt der eine Polizist zum anderen.

„Vale", gibt der Kollege von sich, „das Leben ist beschissen, aber der Tod ist noch beschissener."

Als Pepe zurückkommt, hat sich die Kirche überraschenderweise fast geleert, nur noch vereinzelt sitzen ein paar alte Weiber, tief ins Gebet versunken in den Bänken. Von den drei Nonnen aber fehlt jede Spur.

Hilflos sucht er das Kirchenschiff ab. Als er am Beichtstuhl vorbei humpelt, reckt sich unter dem halben Vorhang ein Arm hervor und schubst ihn in die andere, die freie Hälfte der Kabine. Pepe kracht auf den Platz, wo der Priester normalerweise die Beichte abnimmt und verzieht dabei schmerzhaft sein Gesicht. *„Ahhhhh, wehhh"* will er schreien, tut es aber nicht, denn Lucie sitzt auf der anderen Seite, der Seite der Sündiger. Lange starren sie sich durch das kunstvoll geschnitzte Gitter an. Lucie streichelt sanft darüber und steckt dann einen Finger durch eines der Löcher.

"Com va, Pepe?"

"Va be, Lucie. Ich vermisse Dich so sehr."

„Ich sollte eigentlich gerade meinem Schweigegelübde nachgehen, aber Jesus duldet, dass ich mit Dir rede."

„Sehr guter Jesus. Gracias."

„Jesus sagte mir, dass ich Dich nicht mehr treffen kann, ich darf den Herrn nämlich nicht betrügen. Es ist eine Sünde."

Pepe rutscht fassungslos auf der engen Bank hin und her.

„Lucie, mi amor", stottert er und streichelt ihr sanft über den ihm hingestreckten Finger. Dabei blickt er in ihre feuchten Augen, aus denen eine dicke Träne quillt.

„Lucie, lass uns normal reden, ohne diesen katholischen Schnickschnack, wie Erwachsene, wie zwei verliebte Erwachsene."

Aber da ist seine Angebetete schon weg und er weiß, dass es keinen Sinn macht, ihr nachzuhumpeln.

Omar

Omars Fahrrad liegt wie angeschwemmtes Treibgut auf dem Boden vor der monumentalen Windrose der Playa de Ciutat Jardi - aber ohne Omar. Die Brandung ist laut. Ein zweites Kinderrad liegt daneben. Leon schwant Übles, als er absteigt. Er umrundet das bullige Bauwerk und sieht, wie zwei Jungs am Strand unentwegt Steine ins Wasser pebbeln.

„Omar!"

Omar hat offenbar völlig die Zeit vergessen, er wirft und wirft.

„Hallo Leon, hast Du uns gefunden? Guck, das ist Xim, mein neuer Freund. Ich bin viel besser als er, schau sechs Mal hintereinander, Leon, Du sollst schauen."

Aber Leon hat nur Augen für Omar.

„Sehr schön, mein Großer!"

Er klopft ihm anerkennend auf die Schulter und nimmt dann auch einen Stein, und zwar den, der ihm gerade vom Herzen gefallen ist. Leon wirft, Omar zählt mit und springt jubelnd hoch.

„Leon, Leon, Du bist ja sogar sehr gut."

Der Job

Dimitri lenkt sich in der „Tabu Bar" von dem missglückten Tag ab. Es ist vier Uhr am Nachmittag, er hat sein zweites Bier intus und hält natürlich Ausschau nach einschlägigen Mädels. Die meisten hier kennt er ohnehin, aber da ist diese eine, diese interessante Neue. Wahnsinnig nuttig gekleidet stolziert sie frisch aufgehübscht mit steifem Rücken aus der Damentoilette auf ihn zu. Auf mindestens 17 cm hohen Pumps, so wie er es besonders liebt. Er versucht es wie immer auf die gleiche Tour.

„Hola." Etwas Besseres fällt ihm nicht ein.

„Fuck off, vana kott, alter Sack", schießt es aus ihr heraus. Dazu gibt sie ihm den erhobenen Mittelfinger, der mehr sagt als jede Übersetzung. Aber Moment mal, wenn er sich nicht irrt war das tiefster, gurgelnder tschetschenischer Slang. Das könnte seine Chance bei der Basic Bitch ganz schön erhöhen.

„Vy možacie zrabić mnie dobra, Du mich auch aber am besten sofort", antwortet er, was seiner Meinung nach höchst charmant war.

Und tatsächlich, ihr Herz wird plötzlich weich wie Butter, als sie die heimatlichen Laute vernimmt. Sie setzt sich sogleich neben ihn, schiebt ihren Witz von einem kurzen Rock noch höher rauf und öffnet Beine und Bluse in Dimitris Richtung.

„Swansig Öros", raunt sie, während er ihr Feuer gibt.

„Funfsehn", raunt er zurück und sie machen sich auf den Weg nach oben.

Der postkoitale Zustand sieht bei Dimitri nicht sehr appetitlich aus, aber es scheint, als hätten beide Spaß gehabt. Ob das Bett allerdings schon vorher nass geschwitzt war, ist schwer zu sagen. Pieps, Dimitri checkt, so wie Gott ihn schuf, seine WhatsApp. Schlitzohrige Freude durchhuscht sofort sein Gesicht.

„Oh-ho, ich hab noch n' Job für Dich, aba diesmal groß, sagma achzig?"

„Korras, OK. Sweihundat, und für Dich, ich bin Bambi", sagt die Sexbombe, während sie sich anzieht.

„OK, hundat, mach Dich hiebsch."

„Bin hiebsch", rotzt sie sauer zurück.

An der Ostseite von Port d'Andratx kleben hunderte Appartements, klein wie Vogelnester direkt am Felsen, meist leerstehend und suizidanregend. Dimitris Pick-Up schleicht die künstlich angelegten Serpentinen hoch, während sich Bambi nochmal den Lippenstift nachzieht. Dimitri ist sehr zufrieden, dass er die WhatsApp reingekriegt und zufällig auch gelesen hat. Ja, Zufälle sind sehr gut. Die Nummern der Klienten hat er natürlich nach wie vor gespeichert, das macht ihm das Leben leicht, sein Plan geht auf, er arbeitet ab sofort in die eigene Tasche, anstatt sich von *seiner Exzellenz* ficken zu lassen. *"Nuttengeschäft gestrichen"*. Wie blöd kann der alte Fettsack denn sein um zu glauben, dass er, Dimitri, sich danach richtet. Zufrieden betrachtet er sich im Rückspiegel, spuckt in seine freie Hand und kämmt damit sein Haar. Jetzt gibt er Bambi noch die Basic Informaciones, wie es auf Spanglish heißt.

„Du bekommst vom Kunden ein verschlossenes Kuvert, das gibst Du mir danach. Sein Name ist Fritz, aber das ist nur sein Deckname, er heißt sicher nicht Fritz, Fritz heißen die meisten meiner Kunden, hahaha", lacht er in bester Stimmung.

Bambi ignoriert ihn und zupft sich vor dem Apartment nochmal zurecht, bevor sie klingelt. Ein Mann in Boxershorts öffnet so schnell die Tür, dass sie erschrickt und schon ist sie im Inneren verschwunden. Dimitri kann den Freier von der anderen Straßenseite aus kaum erkennen, aber irgendwie blitzt es in seinem Erinnerungsgedächtnis grell auf. Das war doch, aber natürlich, es ist der Herr von Eschke, wie könnte er den vergessen, das kotzende Weichei aus dem Helikopter, der alle mit seinem Geld zuscheißen will. Im weitesten Sinne wäre der doch ein hervorragender Sparring-Partner im Kampf um Sonjas Immo-Gezerre. Dimitri hat soeben einen Royal-Flush aus der Taufe gehoben. Sein altes Leben ist vorbei, sein neues kann ab sofort beginnen.

„Vergiss den Niggerjungen, Fritz ist der neue Deal, die Welt geht doch noch nicht unter, Sviet jašče, die Welt wird für mich nie untergehen. Nie!" lacht er vor sich hin. Mensch, im richtigen Augenblick am richtigen Ort, so etwas ist ihm bis jetzt noch nie passiert.

Dimitri denkt, er hätte jetzt viel Zeit, während er auf Bambi warten muss. Er möchte gerne umgehend fantasievolle Pläne schmieden, was „Fritz" alles passieren könnte und wie er, Dimitri, am schnellsten sein Ziel erreichen kann. Aber Bambi kommt schon nach zwanzig Minuten mit dem Kuvert in der rechten Hand über die Straße gestakst. Mit der Linken versucht sie, sich einen der halterlosen Strümpfe hochzuschieben. Dimitri öffnet den Umschlag und zählt, ohne dass sie den wahren Inhalt sehen kann, zwei Fuffziger raus. Die restlichen 400 Euros bleiben bei ihm.

„Na gut gelaufen?" Bambi antwortet nicht.

Foto

Früher Morgen. Im Polizeipräsidium von Palma duftet es nach Kaffee und teuren Havannas. Rafel Miralles kann heute aber keines von beiden genießen.

„Die Kontrolltypen von der Division de Asuntos Internos, das sind die Schwachköpfe für Interne Angelegenheiten bei der Guardia Civil, gehen mir auf den Sack, aber Du wirst leider mit ihnen reden müssen."

Rafel schaut beim Fenster seines Büros auf die Altstadt, als würde er den Blickkontakt zu Leon nicht ertragen. Er gerät geradezu in Rage, als er weiterspricht.

„Montserrat der Narr hat Dich wegen schwerer Körperverletzung beim Staatsanwalt angezeigt. Dimitri Karaschenkow, das mutmaßliche Opfer, ist von Dir angeblich arbeitsunfähig geprügelt worden.

Montserrat, der weiß Gott, warum immer noch sein Anwalt ist, hat mir dies geschickt."

Er sucht ein bestimmtes Video auf seinem I-Phone und schiebt es Leon hin. Leon erkennt Dimitri der mit verbundenem Schädel, verbundenem Arm und schmerzverzerrtem Gesicht in einem Bett liegt. Mit heutigem Datum. Beide Beine sind eingegipst.

„Schick mir das mal bitte zu."

Rafel nickt, gleichzeitig klopft es an der Tür und zwei Männer in identischen Anzügen treten ein. Nur die Aktentaschen unterscheiden sich ein wenig in den Brauntönen. Anstatt zu grüßen, nicken sie nur kurz mit dem Kopf. Rafel widmet sich gleich wieder dem Ausblick aus dem Büro.

„Wir haben schlechte Nachrichten für Sie, Señor Hebler", sagt der hochgeschossene Dünne zu Leon, während der kleinere Dicke die Sachlage vervollständigt.

„Der Amtsarzt in Palma hat bestätigt, dass der spanische Resident Herr Karaschenkow durch brutale Einwirkung von körperlicher Gewalt arbeitsunfähig geschlagen wurde. Herr Karaschenkow bezichtigt Sie, Comisario Hebler, die Gewalttat verübt zu haben. Die Anwaltskanzlei Dr. Montserrat hat im Namen von Karaschenkow gegen Sie Anzeige erstattet. Wir stützen uns auf ein Foto, welches uns als Beweismittel dient. Solange die Untersuchung anhält, muss die Abteilung für interne Angelegenheiten Sie vom Dienst suspendieren. Auch dürfen Sie das Land nicht verlassen. Die deutsche Dienstwaffe, sowie ihr Ausweis werden bei Señor Miralles aufbewahrt. Que tenga un buen día, Señores! Haben Sie noch einen schönen Tag, die Herren."

Und weg sind sie, Leon kam erst gar nicht zu Wort. Rafel dreht sich endlich um und deutet den beiden einen Vogel nach. Er geht auf Leon zu und umarmt ihn herzlich und brüderlich, Schulterklopfen inklusive. Leon gibt seine Waffe ab.

„Wie geht es Omar?" fragt Rafel, um dieses peinliche Thema zu wechseln.

„Bien, sehr gut, er hat schon Freunde und er hat ein Fahrrad."

„Molts be, sehr gut", sagt Rafel.

„Hat er sich von seiner Fotojob-Gage selbst gekauft."

„Noch besser, und Leon, das mit den beiden Besserwissern schaffen wir auch noch."

Bordell

Sonja hat ihr Anwesen in Son Vida heute Abend aus Sicherheitsgründen heller beleuchtet als üblich. Immerhin gibt es eine ganze Liste von Feinden, die Leon und Sonja allerdings noch nicht alle kennen.

Sie stellt ihm ein Rotweinglas auf den Schreibtisch. Leon hat sich das Foto von Dimitri auf Sonjas großen Apple mit Retina Display geholt. Er sucht es detailgenau ab und kommt bald zu entscheidenden Erkenntnissen. Ein Selfie-Video, welches ohne Pause an Dimitri auf- und abschwenkt, der Verband um den Arm des angeblich schwer Verletzten ist absolut amateurhaft angelegt, hat nicht einmal eine Klemme am Ende. Das Blut ist noch nicht getrocknet und sieht aus wie Ketchup, der Kopfverband rutscht ihm locker über das linke Auge. Das schmerzverzerrte Gesicht hätte ein ganz schlechter Schauspieler besser hingekriegt. Und die Beine sind nicht eingegipst, sondern mit feuchten Handtüchern umwickelt.

„So ein Trottel", sagt Leon.

„Wer denn?" fragt Sonja, bekommt aber keine Antwort.

Nun durchsucht Leon den Hintergrund wie mit einer Lupe ab. Hinter einem notdürftig zusammengenagelten Tisch in Dimitris verlottertem Zimmer entdeckt er auf einer Obstkiste, die als Nachttisch dient, eine Streichholzschachtel mit einer Werbeaufschrift. Zoom in, größer, noch größer, Schluss.

„Tabu Bar", sagt er laut vor sich hin.

„Bordell", antwortet Sonja.

„Da wollte ich immer schon hin, Schatz."

„Na denn mal los und viel Vergnügen", sagt sie.

Der Strand ist wie immer voll von Randalierern und solchen, die es noch werden wollen. Hässliche Halbstarke mit obszönen Tattoos und einem unheilbaren Drang zum Exhibitionismus saufen sich auf den

Betonwüsten vor den Bars Mut an. Es ist erst kurz vor Mitternacht und es kann nur noch schlimmer werden. Viele sind vom Freibier bereits nahe einer Ohnmacht. Leon durchpflügt auf seinem Fahrrad die Masse und wird oft böse angestänkert. Er kettet das Rad sicher im Hausflur seiner Dienstwohnung an, als seine Nachbarin, Señora Stella gerade mit ihrem Hündchen auf die Straße will. Sie erkennt ihn sofort wieder.

„Buenos tardes Señor, va be? Lange nicht gesehen, ist alles gut bei Ihnen? Ja? Ich habe Sie neulich beobachtet, unten am Strand. Wunderbar haben Sie das gemacht mit den Ballermännern. Wissen Sie, wir brauchen hier jemanden wie Sie, der den Rabauken Nachhilfeunterricht erteilt. Und Sie können das sehr gut. Ich wünsche Ihnen noch eine gute Nacht."

Auch ein Lob kann mal guttun.

„Muchas gracias und gute Nacht Señora Stella und passen Sie auf sich auf."

„Mir passiert nichts mehr", sagt sie selbstbewusst und schon ist sie verschwunden. Das Hündchen kläfft ihm noch aufgeregt nach.

Die letzten paar Hundert Meter zur "Tabu Bar" legt Leon zu Fuß zurück. Der Laden ist zwei Seitenstraßen vom Strand entfernt und aufgrund dieser schlechten Lage nicht besonders gut besucht. Als Leon durch den Perlenvorhang schreitet, grüßen ihn zwei Möchtegern-Kavaliere und trinken leise weiter. Die dazugehörigen Damen höheren Alters haben die Hoffnung bereits aufgegeben, dass heute Nacht für sie noch etwas passiert. Der Sound aus der Musikbox heizt die depressive Stimmung noch weiter an. Ganz hinten im toten Winkel lachen drei junge Nutten um die Wette. Leon bestellt eine Cruz Campo und die Bierflasche wird ihm sogleich auf den Tresen gestellt. Öffnen muss er sie allerdings selbst.

„Catorce, vierzehn", sagt die Dame hinter dem Tresen und Leon kann den Preis nicht gleich glauben. Als sie die Hand partout nicht von der Flasche nehmen will, holt er einen Zwanziger raus und legt ihn ihr auf den Tresen. Wie selbstverständlich bekommt er kein Wechselgeld. Das Bier schmeckt schal und die Bardame guckt ihn gelangweilt an. Während des kurzen Blickwechsels kann er in dem halbblinden Spiegel hinter ihr erkennen, wie ein alter Bekannter aus der Toilette kommt, sich den Hosenschlitz zuknöpft und die Finger am Jackett abwischt. Es ist Dimitri, der sich sogleich zu den drei jungen Nutten setzt und Hahn im

Korb spielt. Er sieht gepflegt aus, zieht seine russische Oligarchen-Nummer ab, vermischt mit ein wenig russischer Volksseele. Dann fordert er höchst übermütig die drei Mädels zum Tanz auf. Galant füttert er die Jukebox mit einem halben Euro und wählt seine Lieblingsnummer.

„Kalinka, hey", rufen die Girls unisono.

Dimitri ist jetzt ganz russischer Tanzbär, auf jeden Fall ist er gelenkiger, als er aussieht. Er beginnt mit den Hüften zu wackeln und zum Rhythmus teilweise hoch in die Luft zu springen. Ausgelassen folgen ihm die restlichen Mädels auf die Tanzfläche und er steckt den Dreien großzügig je einen Hunni tief hinein ins Dekolleté. Wer hat, der hat.

Ein sehr guter Moment für Leon, offiziell zu werden. Als Dimitri in die Knie geht, die Beine übermütig hüpfend von sich streckt und die Arme vor der Brust verschränkt, kommt Leon von hinten an und hält ihm das Foto mit dem heutigen Datum vors Gesicht.

„Ich könnte Dich jetzt gut oder schlecht behandeln, Du hast die Wahl", sagt er und zieht ihn am Ohr hoch. Dimitri beginnt, vor Schmerz wie ein kleines Ferkel zu quieken.

„Ich habe Dich nicht verstanden, soll ich Dich gut oder schlecht behandeln?" wiederholt Leon ungeduldig, während er fest an Dimitris Ohr dreht.

„Guuuuut und bitte lass mich los, Señor Comisario!"

„Also gut, bitte, geht doch, dann lass uns was trinken gehen."

Leon zieht ihn weiter am Ohr quer durch den Raum, bis Dimitri endlich auf den Barhocker fällt. Die Mädels verstauen ihre Hundert-Euro-Scheine vorsichtshalber in ihren Handtäschchen. Leon betrachtet Dimitri mit einer Spur von Mitleid.

„Das geht auf mich heute, such dir was Schönes aus. Ich bin zwar wegen Dir meinen Job los, aber die Preise hier sind ja ziemlich moderat."

Dimitri quiekt weiterhin aus Angst, Leon könnte die Ohrenschraube noch fester anziehen.

„Ich habe Sonderrabatt, ich mach das, ich zahle, bitte Compañero, lass mein Ohr los."

„Also dann, zwei Bier bitte", sagt Leon mit zwei ausgestreckten Fingern zu der Bardame, die ihn jetzt mit ganz anderen Augen betrachtet. Ihr imponiert seine männliche Vorgehensweise immens.

„Aber diesmal aus dem Kühlschrank."

„Sehr gerne", sagt sie und stellt sogleich zwei beschlagene Gläser und eiskalte Flaschen auf den Tresen, Dimitri bekommt ungefragt einen Wodka dazu. Leon gießt sich einhändig aus der Flasche ein, in der anderen Hand hält er Dimitri immer noch fest am Ohr.

„Du bist also arbeitsunfähig wegen schwerer Körperverletzung? Das kannst Du mir gerne erklären. Ich habe die ganze Nacht Zeit, Dimitri Karaschenkow, dann lasse ich vielleicht auch irgendwann Dein Ohr los. Besser noch, erzähl mir doch, was Du am Dienstag sehr früh am Morgen im Kloster Santa Magdalena zu suchen hattest."

Leon hat sein Telefon auf den Tresen gelegt und nimmt das Gespräch sicherheitshalber von Anfang an auf, während Dimitri in sein Bier weint.

„Ja, ich habe den Jungen vom Kloster abgeholt, er hätte doch ansonsten keine Zukunft bei den Nonnen gehabt. Am Vortag habe ich Euch beobachtet, wie Du ihn abgeliefert und ganz allein zurückgelassen hast, da wollte ich ihm eine Chance geben, weil er mir so leidgetan hat."

Leon muss über diese Story fürwahr lachen, lässt Dimitris Ohr jetzt auch los. Dimitri reibt es sich vor Schmerz.

„Ja, sehr schöne Variante, aber allzu viel Scheiß höre ich mir von Dir nicht mehr an."

Die Zeit vergeht wie im Fluge, Dimitris leere Wodkagläser haben sich vermehrt, das Putzlicht ist bereits an, die Stühle sind ordentlich auf die Tische gestapelt und die chilenische Putzfrau schwoft beim Aufwischen zu einer Bluesmelodie aus den Fünfzigern.

„Ich wache über all die marokkanischen Beachrunner, so nennen wir die Typen mit den Handtaschen. Manchmal, wenn sie beim Verkaufen nichts taugen, lass ich sie irgendwie anders auf die Touris los, auf den Märkten in Sineu, Palma, Santa Maria, das bringt dann etwas nebenbei, wenn sie sich geschickt anstellen."

Er macht dazu die typische Handbewegung eines Taschendiebes.

„Aber Dein Omar war durch und durch ein Versager. Der hat nix gebracht, nur Angst gehabt wie ein Huhn."

„Und Dein bester Freund Ramon?" fragt Leon.

„Ramon hat Geschäfte gemacht, bei denen immer was für mich abfiel, ich durfte sein Schwarzgeld waschen und habe ein schönes Leben geführt. Aber seit er abgehauen ist, kann ich mein Auto kaum noch volltanken. Jetzt ist er zurück und es wird hoffentlich besser."

Alles, was er sagt, kann vor Gericht gegen ihn verwendet werden, nur Dimitri scheint das offensichtlich nicht zu wissen.

„Ich wollte doch Sonja nur Angst machen, damit sie das Scheißpapier unterschreibt. Ich hätte ihr doch nix getan, das war alles im Auftrag von Ramon. Für läppische tausend Euro, die ich noch nicht gesehen habe. Einen Hunderter hat mich allein schon das Scheißboot gekostet, verdammte Kacke!"

Leon bleibt ganz ruhig, da fehlt noch was. Aber was?

„Der Anwalt Montserrat hat mich dann zur Anzeige gegen Dich gezwungen. Er hat gesagt, ich soll ein gestelltes Selfie machen, auf dem ich schwer verletzt bin und es ihm schicken. Ich wollte das nicht. Ich wollte nur, dass es endlich aus und vorbei ist, auch das Problem mit dem Alten."

Der Alte, das interessiert Leon natürlich sehr, aber Dimitri ist urplötzlich wieder hell in der Birne und merkt, dass er eben haarscharf an seinem Todesurteil vorbei geschrammt ist. Oberstes Gesetz für ihn, besoffen oder nicht: *der Alte* existiert nicht! Schnauze halten - und das tut er ab jetzt auch.

„Der Alte?" insistiert Leon, doch Dimitri bleibt stumm wie ein Fisch. Nach einer gefühlten Ewigkeit des Nebeneinandersitzens dringt mit dem sieben Uhr Schlagen der nahegelegenen Kirche das erste Vogelgezwitscher durch die offene Tür. Leon zieht Dimitri das Telefon aus der Brusttasche und entdeckt dabei einen klein zusammengefalteten Hundert-Euro-Schein. Er drückt Dimitris Kontakte und unter "M" leuchtet sofort Montserrat-Anwalt auf. Er wählt und übergibt an Dimitri.

„So, Du Schlaumeier, ich habe die Nummer von Deinem Anwalt gewählt. Du sagst ihm jetzt, dass Du mit deinen Freunden zusammen bist, die alle zuhören, dass Du vollkommen nüchtern bist und die Anzeige gegen Kommissar Leon Hebler zurückziehst, kapiesch?"

Dr. Montserrat im Pyjama hebt nach einer Ewigkeit ab.

„Was willst Du, Schwachkopf? grunzt er. Dimitri stammelt.

„Ich bin hier mit Freunden und ..... ich mache die Anzeige gegen Kommissar Leon Hebler rückgängig, es war nicht, wie ich es gesagt habe. Er hat mir nichts getan."

Montserrats Gesicht versteinert zu einer hässlichen Grimasse. Wortlos legt er auf. Leon geht hinter den Tresen und nimmt noch zwei kühle Biere aus dem Kühlschrank, auf dem ein Zettel klebt, *„Dimitri 80,– plus heute"* „Noch eins?"

„Ja bitte", sagt Dimitri, wohlerzogen wie ein Sängerknabe.

„Leih mir doch mal den Hunni." Damit zieht ihm Leon den letzten Hunderter aus der Brusttasche und öffnet die Kasse, legt den Zettel zum Hunderter und schließt sie korrekt wieder.

Dimitri fehlt die Kraft, darauf auch nur irgendwie zu reagieren. Erschöpft nuckeln die beiden an den Bierflaschen wie große Babys. Es war anstrengend und hat lange gedauert, aber Leon weiß jetzt Bescheid.

Montserrat also ist Drehscheibe der gesamten Aktion. Daher muss Montserrat etwas mit dem Gerangel um Sonjas Vorkaufsrecht zu tun haben und vielleicht auch mit dem Mord im Kloster und dem Mordversuch an Pepe. Dimitri scheidet klar aus als Täter. Leons Menschenkenntnis sagt ihm, dass er bloß ein kleiner Ganove ist, ein Dienstleister für die wirklich großen Deals. Und dann hat sich Dimitri noch dazu ziemlich verplappert als er sagte, *„... ich wollte nur, dass es aus und vorbei ist, auch das Problem mit dem Alten ..."*

In Leons Kopf arbeitet es ohne Unterlass weiter.

„Wer ist der Alte?" fragt er Dimitri noch einmal.

Der zuckt zusammen, als hätte er einen scharfen Peitschenhieb versetzt bekommen. Der Alte ist das große Geheimnis, das es für Leon noch zu lüften gilt.

„Du erzählst mir ein wenig von ihm und ich vermindere Deinen unvermeidlichen Knastaufenthalt. Oder Du erzählst mir nichts und wirst ab morgen wieder einsitzen. Denn die Bewährung kannst Du Dir dann in die Haare schmieren, OK?"

Dimitri streicht sich unglücklich den Schweiß von seiner Glatze runter.

„Welcher Alte? Ich weiß überhaupt nicht, was du meinst."

Von ihm kommt heute nichts mehr. Die Auster ist geschlossen. Die Bar auch schon längst. Zeit für Feierabend. Es ist knapp vor acht.

Eigentlich ist Leon um neun mit Pepe verabredet. Es ist Pepes erster Tag im Dienst nach dem Krankenstand. Leon müsste in Zivil auftreten, noch ist er vom Dienst suspendiert und weit von der Rehabilitierung entfernt. Das kann dauern, bis die Akte in Madrid auf dem Schreibtisch landet und wieder zurück auf die Insel kommt, alles im Tempo einer gemächlich dahintrabenden Postkutsche.

Einmal noch schnell heim und duschen. Die Dienstwohnung ist in letzter Zeit derartig vernachlässigt worden, dass es ihm davor graut, den Schlüssel umzudrehen. Aber fünf Minuten Schlaf können jetzt nicht schaden. Leon fällt mit dem Gesicht voran auf das ungemachte Bett. Eine Minute später vibriert eine Nachricht. Sehr verschwommen erkennt er Sonja im Abendkleid auf dem Screen.

„911, wie ist es im Puff?"

Als er das nächste Mal aufwacht, ist es bereits drei Uhr am Nachmittag.

La Playa

„Du siehst aus wie Deine eigene Leiche, Compañero." Pepe hat es sich unter einem Miet-Sonnenschirm auf einer Miet-Liege bequem gemacht, streckt die Beine von sich. Die Uniform wirkt dadurch etwas absurd. Leon in Badeshorts und mit Sonnenbrille gegen die Augenringe ignoriert ihn und geht vollkommen aufrecht wie ein Roboter hinein in die kühlen Fluten. Er schwimmt ganz weit raus. Danach geht es ihm ein wenig besser. Pepe hat inzwischen für ihn einen starken Mocca und eine Flasche Wasser plus einiger Aspirin bringen lassen.

„Was geht ab, Alder?" berlinert Pepe.

Leon hält sich die kalte Wasserflasche an den Kopf und stöhnt.

„So manches geht ab, Alder. Der Russe Dimitri ist unschuldig, der ist zu dumm für Mord. Montserrat ist das Schwein, ich bin seit gestern vom Dienst suspendiert und Sonja denkt, ich bin im Puff."

„Na dann ist ja alles bestens. Prost."

Nicht einfach

Apolonia und Kasimira sitzen auf ihren Plätzen an der langen Tafel, die vor einigen Jahren noch voll besetzt war. Die Namensschilder aus Messing erinnern an die alten Oberinnen und Nonnen und zeigen deren Geburts- und Sterbedatum. Luzdivina serviert die Suppe. Stumm beginnen die drei zu löffeln. Kasimira schlürft laut. Luzdivina räuspert sich, setzt den Löffel ab und legt ihn vor sich auf den Tisch. Die beiden anderen schauen sie neugierig an.

„Ich habe gesündigt, ich hege unkeusche Gedanken und schäme mich dafür. Ich wurde von einem Mann berührt und es hat mir sehr gefallen."

Luzdivina hat lange überlegt diesen Schritt zu gehen, aber sie konnte mit dieser Sünde nicht mehr leben. Sie ist sehr gespannt, wie die Oberin und wie Kasimira reagieren werden. Doch diese töten sie nur mit Blicken und keine der beiden sagt ein Wort.

„Ich werde mir überlegen, das Kloster für immer zu verlassen, aber vorher muss ich noch innere Einkehr halten, um zwischen mir und dem Herrn gutes Einvernehmen zu schaffen."

Über Apolonias Gesicht huscht ein grimmiges Lächeln. Kasimira hebt ihren Arm und streckt den Zeigefinger Richtung Schlafgemächer aus. Luzdivina springt unmittelbar auf und fährt sie im Rollstuhl raus.

In der Kemenate bringt sie Kasimira zu Bett und beginnt, mit ihr das Abendgebet zu beten. Dazu kniet sie sich auf den Fußboden vor Kasimira hin.

„Herr im Himmel vergib uns unsere Schuld..."

Kasimira die Schweigende unterbricht Luzdivina.

„Höre auf, das bringt nichts. Du sollst etwas viel Wichtigeres wissen, mein Kind, damit Du nichts falsch machst."

Kasimira macht eine lange Atempause, bevor sie die Ordensgesetze der Franziskanerinnen ganz langsam herunterleiert.

„Ein Austritt aus der Kongregation erzeugt für diejenige, welche das Gelübde abgelegt hat, die Unfähigkeit zu Lebzeiten eine kirchlich gültige Ehe einzugehen und es macht die Nonne zum Erwerbe und Besitze irgendwelchen Vermögens unfähig. Was die Professen beim Eintritt in den Orden besitzen oder später erwerben, fällt ihrem Kloster ohne Weiteres zu, und ..."

Luzdivina ist erschüttert, keine gültige Ehe, kein Besitz, das grenzt doch an Sklaverei.

„... es verpflichtet den Professen zum Gehorsam gegen die Ordensoberen und zwar in der Art, dass letztere jede übernommene Verpflichtung für ungültig erklären können."

Luzdivina hat nicht alles davon verstanden, ist sich aber sicher, dass dem Kloster wie immer in die Tasche gearbeitet werden soll. Einmal Braut Christi, immer Braut Christi.

„Denke darüber nach, bevor du einen Fehler machst. Das Leben hier ist schön, Du hast alles, Du kannst alles machen, aber Du kannst nicht weg ohne erhebliche Nachteile für Dich, nicht ohne ernsthafte Konsequenzen auf Lebzeiten. Bleib hier, das Kloster braucht Dich. Und außerdem ..."

Sie legt eine dramatische Pause ein.

„Das Kloster wird ohne Dich nicht mehr lange existieren."

Aber mit mir sicher auch nicht, denkt Luzdivina.

„Geh jetzt zu Bett, meine Liebe. So wie heute werden wir uns bestimmt nicht mehr wiedersehen."

Wenn die nur einmal so sprechen würde, dass man es auch versteht, denkt Luzdivina während sie ihre Tür von innen verriegelt. Das Kloster hat sich für sie in ein Spukschloss verwandelt, für ihr Nervenkostüm ist das eine wahre Prüfung.

Peng, peng

Der Sonnenaufgang über den östlichen Buchten verzaubert wie immer die Landschaft. Das Spiel von Licht und Schatten ist an keinem Tag des Jahres gleich, es verändert sich in kleinsten Schritten, doch es verändert sich. Das tiefe Graublau des Mittelmeeres wird von Minute zu Minute heller, von einem nahezu farblosen Schwarz bis hin zum smaragdblauen Türkis und im letzten Schritt in tiefstes hellsattes Azul. Rafel hat Leon zu sich ins Büro zitiert.

„Der Staatsanwalt war gerade bei mir. Das Verfahren gegen Dich wurde eingestellt, bevor die Akte noch die Insel verlassen konnte. Eine Frage muss ich Dir dazu allerdings noch stellen."

Leon ist nicht überrascht. Auf jeden Fall steht es eins zu null für ihn.

„Ist Montserrat Dein neuester bester Freund, oder wie hast du das angestellt?"

Rafel Miralles schiebt Leon in seiner lockeren Art die Heckler & Koch über den Tresen. Leon checkt die Patronen im Magazin und setzt es ein. Präzise zielt er auf die städtische Uhr, die in der Mitte des kleinen Platzes vor dem Präsidium steht.

„Piuh", zischt er leise durch zusammengepresste Lippen und mehrere Tauben fliegen hoch.

„Nein ist er nicht, wird er auch nicht so schnell werden. Ganz im Gegenteil, im Augenblick steht er auf meiner persönlichen Abschussliste."

Er lässt die Waffe mit großer Genugtuung in seinen Gürtelholster gleiten. Rafel ist gar nicht erfreut über Leons Antwort.

„Willst Du einen guten Rat von einem erfahrenen Polizisten?"

Leon bleibt höflich.

„Von Dir immer, alter Schlaumeier."

Rafel stößt aus seiner obligaten Zigarre süßlichen Rauch aus.

„Dann lass die Finger von ihm, das ist ein absolutes No Go. Ich will Dich nicht im Sarg vom Strand abholen lassen. Immerhin hast du Frau und Kind."

Darüber können jetzt beide lachen.

„Habe ich weder noch. Aber was nicht ist, kann ja noch werden."

Leon ist froh, die Kurve gekriegt zu haben. Rafels Gesicht aber wird sofort wieder düster.

„Du musst eines wissen, Montserrat zieht die Strippen auf Mallorca, und zwar alle. Er ist allmächtig und Du bist sein persönlicher Fliegenschiss."

Leon nickt stumm und berührt wieder einmal zur eigenen Beruhigung, die vertraute Heckler & Koch im Holster.

„Darf ich euren Schießkeller benutzen, bevor meine Lizenz ausläuft?"

Rafel zuckt erschrocken zusammen, doch er fängt sich gleich wieder. Er sollte nicht ja sagen, kann aber auch nicht nein sagen. Und so weicht er aus.

„Ja, ja, deutsche Lizenz. Sowas gibt es hier bei uns gar nicht", und er deutet ein unmerkliches Nicken mit dem Kopf an.

Beunruhigt sieht er Leon hinterher, wie er grußlos das Büro verlässt. Nach einigen Momenten greift er zum Telefon. Es klingelt nur einmal.

„Hola Sonja, mein Schatz, querida, como estas, si be, hör zu, ich habe Neuigkeiten ..."

„Gute oder schlechte, Paps?"

Rafel geht nicht darauf ein.

„Was glaubst Du, was vor mir auf meinem Schreibtisch liegt?" Rafel lässt Sonja zappeln, solange es geht.

Leon steht mit durchgestrecktem Arm in einem Schießkeller, der noch aus Francos Zeiten stammt. Schallschutz auf den Ohren, das Ziel im Visier. Peng auf die zwölf, nochmals Peng auf die zwölf, Peng ins Herz des vorbeirollenden Wildschweins, Peng mitten in den Kopf des Pappkameraden und gleich noch zweimal in den Kopf des Pappkameraden.

Pepe zählt die Punkte zusammen, die Leon gemacht hat. Er stößt dabei einen bewundernden Pfiff aus und hält beide Daumen hoch. Leon hat blitzschnell das Magazin gewechselt.

Und Peng auf die zwölf, Wildschwein, Pappkamerad. Und noch ein drittes Mal. Die beiden nehmen den Gehörschutz ab.

„Na bitte geht doch, voll tauglich. Das schafft hier sonst keiner."

Pepe unterzeichnet eine Liste mit Pluspunkten.

„Weißt du was an einer Waffe das Beste ist, Pepe?" Pepe sieht ihn fragend an.

„Nein? Ich werde es Dir sagen. Das Beste an einer Waffe ist, wenn man sie nie benutzen muss."

Pepe nickt zustimmend. Leons Telefon leuchtet auf. Es ist Sonja.

„Hola guapo, wie war dein Tag?" Sonja sitzt beim Frisör und sieht fantastisch aus.

„Gut, nix besonderes, nur ein Notruf – nämlich von Dir, mein Schatz", schmunzelt Leon, während er seine Pistole mit Waffen Öl pflegt.

Das Telefon vor ihm auf der Werkbank ist auf laut gestellt. Sonja im Bikini ist dran.

„Wann sehe ich dich Schatz?" fragt Leon.

„Sofort, wenn du willst."

„Wo ist Omar?"

„Fußball mit Anke."

„Anke?"

„Meine Schwester auf Besuch aus Wien."

„Wir haben frei, Du und ich?"

„Wenn Du nicht wieder in den Puff musst."

„Nur mit Dir."

„Ich liebe Dich."

„Ich liebe Dich mehr."

Pepe ist gerührt von der Telefon-Schmuseaktion, aber auch ein bisschen neidisch. Leon legt ihm die Hand auf die Schulter.

„Wie läuft es denn so bei Dir, oben in Santa Magdalena?"

„No lo se, keine Ahnung", sagt er ziemlich traurig.

„Gut Ding braucht eben Weile", tröstet ihn Leon.

„Nicht bei Dir offensichtlich."

Politisch korrekt

Die Crew einer britischen Einhundert-Fuß-Luxusyacht ist am Anlanden, acht Mann checken rundum die Fender und werfen backbords die Festmacherleinen aus, Marineros nehmen sie in Empfang. Eine angenehm sanfte Brise von See kommend legt sich über die aufgeheizte Stadt und kühlt sie um einige Grade ab. Sonjas Gesicht strahlt sanft in der untergehenden Abendsonne. Sie hat für den speziellen heutigen Abend dezenten Schmuck angelegt und trägt ihr bescheidenes kleines Schwarzes. Das hier war immer schon ihr Lieblingslokal direkt am Fischmarkt von Palma und direkt am Hafen. Unten ist es eine äußerst schlichte Bodega und oben ein geheimer Dachgarten, nur für Stammkunden, schwer zu finden, mit besten mallorquinischen Weinen und bestem Fisch. Leon gießt ihr Cava aus Santa Maria ein.

„Salud", sagt er.

„Salud, Liebling."

Sie lassen die Gläser klirren und blicken sich verliebt in die Augen.

„Übrigens, Rafel hat mich heute angerufen", sagt sie.

Oh Gott, hoffentlich hat er nicht geplaudert über Dinge, die sie beunruhigen könnten, über Dinge, die sie nichts angehen.

„Ja? Und was hat er gesagt?" fragt Leon mit dem Blick eines Mannes mit schlechtem Gewissen.

„Er sagt, dass ich auf Dich aufpassen soll, weil er denkt, dass bei Dir irgendwas am Köcheln ist."

Leon blickt zu Boden. Das ist kein guter Gesprächsstoff für ein Rendezvous mit einem erhofften romantischen Ausgang.

„Aber er sagte auch, ich solle mal raten, was auf seinem Schreib-tisch liegt."

Leon schießt sofort das Bild durch den Kopf, wie Rafel ihm die Pistole aushändigt. Sonja hat einen so großen Informationsrückstand. Sie weiß weder, dass Leon von der Internen gefeuert und gleich wieder eingestellt wurde, noch, dass er sich auf dem Schießstand auf ein mögliches Duell mit Mallorcas Promi-Anwalt Nummer Eins vorbereitet hat. Sonja jedenfalls versucht ihn zu foltern, indem sie Spannung aufbaut und es offensichtlich sehr genießt.

„Ja was liegt denn nun auf seinem Schreibtisch?"

„Er sagt, vor ihm auf dem Schreibtisch liegt ..."

Der Kellner hätte sich keinen schlechteren Moment aussuchen können, die Spezialitäten des heutigen Abends aufzuzählen.

„Perdon, heute haben wir Gambas Rojas de Soller, Cap Roig oder sehr zartes Schaf von der eigenen Finca ..."

„Uno momentito por favor." Leon könnte ihn töten, tut es aber nicht, und zu Sonja sagt er geduldiger als das soeben empfohlene Lamm,

„Also? Was liegt denn auf seinem Schreibtisch?" Er liebt ihre zarte Parfumwolke, die über ihn hinwegweht.

„Rate doch einfach mal."

Statt zu raten, nimmt er einen kräftigen Schluck. Er hat jetzt nur Lust auf sie und nicht auf ein blödes Ratespiel.

„Er wollte mir bloß sagen ..."

Jetzt nimmt sie einen guten Schluck und lächelt Leon verliebt an.

„…dass wir etwas zu feiern haben, Omars Aufenthaltsgenehmigung ist durch, Omar ist ab sofort legal in diesem Land."

„Ach nee, ne? Du machst einen Scherz."

Nachdem ihm gerade erst vor Angst kalt und heiß zugleich geworden ist springt er auf, geht um sie herum, fasst sie sanft an den Schultern und küsst sie auf den Mund.

„Congratulaciones mi amor, ein Schritt in die richtige Richtung ist getan."

„Ich habe ihn im Sommercamp der Internationalen Schule angemeldet. Er geht eine Woche lang zum Bergwandern in die Tramuntana, von Gipfel zu Gipfel, von Herberge zu Herberge."

Für Sonja ist ein alter Wunsch in Erfüllung gegangen. Der Wunsch, von dem Leon noch gar nichts weiß. Leon kann dieses Glück in Sonja genau spüren und es tut auch ihm sehr gut. Nachdenklich lehnt er sich zurück. Seit er hier auf Mallorca ist, haben Flüchtlinge für ihn eine neue Bedeutung bekommen. Er will das mit Sonja teilen, er will, dass sie seine oft stürmische Art besser versteht. Er ist ein Kämpfer wie sie.

„Eigentlich wäre alles ganz einfach. Das Problem wäre lösbar. Wir in der westlichen Welt müssen einfach näher zusammenrücken und es in unseren Köpfen unterbringen. Das könnte eine positive Lawine auslösen. Jeder kann helfen."

„Aber nicht, indem er einen waghalsigen Kopfsprung aus x-Metern Höhe ins tosende Meer macht, inklusive dem darauffolgenden irrwitzigen Rettungsversuch. Das war weder einfach, noch kannst Du es sonst irgendjemandem zutrauen. Nicht jeder kann oder soll so etwas tun."

„Symbolisch schon. Rein symbolisch. Das Flüchtlingsproblem wäre viel geringer, würden wir uns mehr mit dem Teilen und dem Verstehen befassen. Denk doch an all die kleinen und großen Völkerwanderungen in unserer jüngsten Geschichte. Das haben unsere Eltern und Großeltern doch auch geschafft. Vor allem mit Geduld. Und ich habe noch gar nicht über die Hilfe gesprochen, die wir in den Ursprungsländern leisten könnten und sollten. Das würde all das Geschwafel schlagartig beenden. Wir sind alle Menschen, haben alle die gleichen Chancen, gehen alle auf zwei Beinen und brauchen drei Mal am Tag etwas zu essen und zu trinken, Du, ich und Omar."

Der Kellner nimmt ein zweites Mal Anlauf, diesmal mit Oliven, Aioli und Brot. Sonja ist sehr stolz auf Leon.

„Wir müssen unser Know-How besser weitergeben. Manche Länder in Afrika sind mit Wasser gesegnet, andere mit Bodenschätzen, wieder andere besitzen unendlich viel fruchtbares Land. Die Umverteilung ist nur noch nicht gelöst. Zuerst kommt Bildung, die erst schafft Frieden und der schafft Zusammengehörigkeit, der schafft wirtschaftlichen Aufschwung. So oder so ähnlich geht die Formel."

Der Kellner steht in drei Metern Entfernung und wagt sich nicht mehr an den Tisch.

„Aber was quassle ich da, es funktioniert ja nicht mal in Europa."

Hoch hinaus

Seit sich Dimitri vor Leon geoutet hat, ist er ein anderer Mensch geworden. Er ist nicht mehr der, welcher mehr oder weniger erfolgreich von einem Deal in den nächsten rutscht, der unbekümmert und überall durch sein kleines kriminelles Leben spaziert, Mädels abzockt und Macht ausübt - auf niedrigem Niveau zwar, aber immerhin.

Er weiß jetzt ganz genau, dass er diese Art von Leben nicht schaffen wird, nicht schaffen kann. Von niemandem mehr unterstützt, geschweige denn geliebt, keine Freunde mehr, er ist lächerlich geworden. Die Geschichte in der "Tabu-Bar" hat doch schon längst die Runde gemacht. Er kann das Gelächter hinter seinem Rücken deutlich hören. Er ist jetzt der Schlappschwanz, der die Anzeige gegen den Bullen zurückgezogen hat, die Anzeige gegen einen deutschen Bullen noch dazu. Er, der die eine große Chance, die er hatte, verspielte. Es wäre ganz einfach gewesen, der Kaiser von Mallorca zu werden, sein eigentlicher Wunschtraum. Aber nun ist alles aus. Aus und vorbei. Den letzten großen Schein hat er in der Tabu Bar lassen müssen, schon ein Grund mehr, den deutschen Bullen zu hassen. Nur ein zerknitterter Zehner steckt noch in seiner Hosentasche. Eigentlich müsste er jetzt das Auto verkaufen, um über die Runden zu kommen.

Da schrappt sein Telefon. Es ist Fritz und Dimitri bekommt wieder Farbe im Gesicht und ganz heiße Ohren.

„Herr Fritz? Ja, halb zehn Port d'Andratx, sehr pünktlich, sehr gerne Herr Fritz, nein, Bambi ist noch nicht ausgebucht, Bambi wäre heute Vormittag noch frei, ja full Service wie immer, vom Feinsten, sehr gern."

Dimitri legt erfreut das Telefon auf den Beifahrersitz und klopft mit den Fingern nachdenklich auf das Armaturenbrett. Da er nichts mehr auf Tasche hat, hat er auch nichts mehr zu verlieren. Die alte Karre würde höchstens fünfzehnhundert bringen, aber ohne sie wäre er auch aufgeschmissen. Er kombiniert sofort Sonja in seinen Plan ein. Sonja Möllemann kann man abzocken, nach Strich und Faden und da bringt ihn der Anruf ihres Immobilien-Megakunden natürlich auf fabelhafte Ideen.

Die Tankuhr des Pickups zeigt dreiviertel leer oder anders betrachtet ein Viertel voll, wie man es nimmt. So ist doch alles im Leben. Das hier ist seine allerletzte Chance. Vamos compañero. Wer wagt, gewinnt.

Es ist eine halbe Stunde vor der Zeit, als Dimitri in der Vogelnestsiedlung mit Meerblick aufschlägt. Noch ein wenig Zeit, um die Rechnung vom Baumarkt zu kontrollieren: ein Jutesack, zwei Kabelbinder, eine Plastikklemme, ein Vorhängeschloss mit Schlüssel (geklaut) – insgesamt sieben Euro, Wechselgeld drei Euro. Ganz schön teuer, aber daraus kann er vielleicht locker 100.000 Euro machen. Wichtig ist, dass er alle Requisiten beisammenhat. Er will gar nicht daran denken, wie blödsinnig er sein Geld verschenkt hat in der „Tabu", aber so ist er nun mal.

Die Straßen sind menschenleer wie kurz nach einer Umweltkatastrophe, als Fritzens blonde Allzeitfreundin Katzie pünktlich in ihrem rosa Hummer-Cabrio aus der Doppelgarage rollt. Sie muss den Termin für ihre Botox-Shots bis zehn Uhr noch schaffen und der Berufsverkehr nach Palma ist heftig. Dimitri macht einen eleganten U-Turn, parkt direkt vor Fritzens Apartment, klingelt und die Tür fliegt sofort auf. Fritz, wiederum nur mit Boxershorts bekleidet, bekommt blitzschnell den Jutesack über den Kopf gestülpt, einen Kabelbinder um den Hals gezurrt, mit dem zweiten Kabelbinder die Hände auf dem Rücken gefesselt und die Plastikklemme ins Gemächt geklemmt.

„Ich bin es, Bambi", flüstert Dimitri dem Hilflosen ins Ohr, während er ihn unsanft ins Auto zerrt.

Er drückt auf die Tube und die Tankuhr rutscht langsam auf ein Achtel voll. Sein Opfer liegt auf den hinteren Notsitzen. Die Kurven sind für Dimitri hart zu nehmen, auf der Schotterstraße herrscht erhöhte Schleudergefahr und bei Fritz Von Eschke setzt allmählich Hyperventilation ein. Der Jutesack ist im Nasenbereich bereits vollkommen nass gerotzt.

„Bitte, bitte, wer immer Sie sind, bitte lösen Sie die Klammer da unten", fleht er.

Dimitri denkt nicht daran, zu sehr muss er sich auf die enge Gebirgsstraße konzentrieren. Die kleinste Ablenkung könnte eine Katastrophe bedeuten, wovon einige in der Schlucht liegengebliebene Wracks erzählen. Die extreme Piste nimmt und nimmt kein Ende. Vor einer guten halben Stunde schon sind sie in die einspurige Privatstraße eingebogen, die eigentlich nur zur Instandhaltung der Sendemasten ganz oben in der Serra d'Alfàbia unterhalten wird. Dimitri kennt den Weg gut und endlich rollen sie auf einer Hochebene aus, die man im Normalfall besser per Helikopter erreichen kann.

„Willkommen daheim", grinst Dimitri.

Von Eschke kann nicht sehen, dass sie ausgerechnet bei dem Herrenhaus angekommen sind, welches er unlängst besichtigt hat, um es zu einem horrenden Preis zu kaufen. Damals war die Anreise allerdings viel bequemer.

„Da wird dich bestimmt keiner suchen, ist ja Dein eigenes Haus, hahaha."

Er stößt ihn rein in die kleine verfallene, mit Graffiti besprühte Wirtschafts-Casita.

Fritz taumelt an die Wand und sinkt zu Boden, dabei bleibt der Jutesack an einem Nagel hängen und reißt ein stückweit auf. Das macht für Fritz zumindest teilweise den Blick frei. Dimitri holt noch eine angebrochene Flasche Wasser aus dem Auto und stellt sie vor ihm auf den Betonboden. Gnadenhalber greift er ihm noch in den Schritt und nimmt die Plastikklemme ab. Tür zu, Schloss davor und ab geht die Post, dahin wo man einen guten Handyempfang hat. Hier oben im Schatten der Antennen ist es mit seinem Billighandy nämlich tote Hose.

„Mach es gut Fritz", ruft er ihm zum Abschied zu.

Ach du Scheiße, das hätte er vielleicht nicht sagen dürfen, zu viel Detailwissen einerseits, andererseits wird Fritz doch nicht seinen eigenen, regelmäßigen Nuttenverkehr an die große Glocke hängen wollen. Dimitri starrt auf die gelb blinkende Tankanzeige und dreht hoffnungsvoll den Zündschlüssel um. Der Pick-Up startet sofort einwandfrei.

„Gut gemacht, Alter!"

Damit meint er sowohl sich als auch den Wagen. Doch der fährt nur noch knapp hundert Meter weit, bevor der Motor anfängt zu stottern. Danach Stillstand. Der Sprit ist jetzt endgültig zu Ende und Dimitri reißt fluchend die Wagentür auf, tritt zornig gegen den linken Vorderreifen.

Von hier aus ist die Aussicht auf das Meer und auf die Finca mit all ihren Nebengebäuden tatsächlich phänomenal. Das interessiert ihn jedoch jetzt am Allerwenigsten.

„Scheiß drauf", brüllt er in die Steilwand hinein.

Mehrfach hallt das Echo zurück, als würde es sich über ihn lustig machen wollen.

Einige Stunden später steht er an der CEPSA Gasolinera am südlichen Soller Tunneleingang und zählt seine letzten drei Euro. 1,11 pro Liter Diesel, Mindestabgabe zwei Liter, na geht doch. Er fischt eine zerknäulte Wasserflasche aus dem Plastikmüllcontainer und bläst sie mit dem Mund auf, bis sie sich fast wieder zur Normalform zurückgeformt hat. Behutsam steckt er den Schlauch hinein und beginnt, vorsichtig die Dieselsäule zu melken. Mit Argusaugen beobachtet ihn die Kassiererin dabei. Bis er endlich einen Liter beisammen hat, vergeht viel Zeit. Mit einer zweiten Flasche wiederholt er die Prozedur. An der Kasse klaut er noch unbemerkt einen Schokoriegel, denn der Aufstieg wird hart.

Jetzt ist endlich der Moment gekommen, auf den er sich schon lange freut. Er ruft den letzten eingegangenen Anruf zurück, *"Fritz, S&M"* steht bei seinen Kontakten und Fritzens Handy liegt bestimmt bei ihm auf dem Küchentisch. Er holt noch ein gebrauchtes Kleenex aus dem Müll und hält es sich vor den Mund, um seine Stimme zu verfremden. Gleich wird Fritzens Freundin abheben und er wird sie auffordern, Sonja anzurufen und die beiden Frauen sollen dann sehen, wie sie gemeinsam das Lösegeld für Fritz auftreiben. 100.000 Euro sind eine schöne runde

Summe. Je schneller, desto besser. Katzie wird es ihm ewig danken, dass er ihr so gute Nachrichten in Bezug auf Fritz überbringt. Immerhin lebt er noch und nur er, Dimitri, kann die beiden Damen zu ihm führen.

Nach nur einmal Klingeln antwortet Katzie. Ihre Stimme klingt eher aufgekratzt als besorgt. Das stellt Dimitri sofort fest. Sie brüllt geradezu ins Telefon.

„Wo auch immer Du bist Fritz, Du elendes perverses Dreck-schwein, wage es nicht, hier wieder einmal aufzukreuzen! Was sollen die Präservative auf unserem Esstisch und die Peitsche und Hand-schellen in unserem Ehebett. Ha? Weißt Du was, verpiss Dich für immer, Du perverses, perverses, perverses, ekeliges Arschloch. Die Wohnungs- und die Autoschlüssel habe ich für Dich ins Meer geworfen."

Und damit legt sie auf.

Dimitri beginnen die Knie zu zittern. Er hat mit einem vernünftigen Gespräch über Lösegeldangelegenheiten gerechnet und nicht mit so einer vollkommen außer Kontrolle geratenen Schlampe. Was ist er doch für ein Pechvogel. Was ist das denn für ein verdammter Tag.

Er nimmt die beiden fast vollen Flaschen mit Diesel und stapft los, immer bergauf. Er muss jetzt dringend über Plan B nachdenken, aber erstmal das Auto retten.

Message

Im Präsidium herrscht „*business as usual*". Hektisches Treiben über Delikte von relativ geringer Natur. Falschparken, verlorene Schwimmflossen oder verlorene Hunde, Taschendiebstahl mit Anzeige gegen Unbekannt bis „Oben-ohne-Baden", was natürlich erlaubt ist. Des Weiteren werden diverse Alkoholleichen aus ihren Ausnüchterungszellen in die Freiheit entlassen und stürzen sich gedankenlos sofort wieder in die nächste Kneipe an der Playa.

Leon sitzt in einem Büro im zweiten Stock und denkt und kombiniert. Die vorhandenen Spuren in seinem Mordfall lassen sich eigentlich ganz einfach zusammenführen, trotzdem bewegt sich der Fall einfach nicht vom Fleck. Die schlechte Nachricht aus dem Labor hat ihn nicht überrascht. Die Fingerabdrücke auf dem Fleischmesser stimmen mit keiner polizeibekannten Person überein. Auf dem Schreibblock vor ihm stehen drei Namen, Montserrat – Ramon - Dimitri. Alle drei haben ein Ziel verfolgt, nämlich Sonja den Deal mit dem Kloster zu vermasseln. Das ist immerhin ein Motiv. Sonja steht im Mittelpunkt und er selbst sollte ausgebremst werden - von Montserrat. Mit einem fetten Strich streicht er Dimitri von der Liste, dahinter fügt er ein großes Fragezeichen. Es gibt noch immer einen Unbekannten, den Alten, den Dimitri erwähnte. Wer ist das? Er muss diese eine neue Spur finden. Jetzt ist der Zeitpunkt gekommen, Sonjas damaligen Vertragspartner zu googeln.

„Klosterverwaltung Palma, 1995 – 2010" - Search. Die Liste ist nicht lang. Ein Name kommt ihm aus Sonjas Erzählung bekannt vor, *„Puig"*. Er hat nur einen Eintrag ohne Foto, und der liegt schon acht Jahre zurück.

„Seine Exzellenz Rinaldo Franziskus Puig war der Leiter der Klosterverwaltung in Palma."

Alles bekannt, unwichtig.

„Er hat stets gute Arbeit für die Diözese geleistet..."

Auch egal. Jetzt aber kommt der Knaller, der sich in Leons Gehirnwindungen festsetzt.

„Nach mehreren Unregelmäßigkeiten wurde er vom Vatikan einberufen und eine Untersuchung seiner Finanzgeschäfte eingeleitet. R. Puig wurde daraufhin seines Amtes enthoben und hat danach eine unbestimmte Auszeit im Vatikan angetreten. Betrug, Rechtsmissbrauch und Unredlichkeit sind nur einige der Vorwürfe gegen ihn."

Leon hat sein neues Ziel gefunden. Rinaldo Puig. Er schreibt den Namen ganz oben auf den Zettel mit den Verdächtigen, als Pepe sich umständlich mit zwei Café con leche in Pappbechern und einer Zeitung unterm Arm durch die Tür zwängt. Leon ist froh darüber, dass er seine Gedanken endlich mit jemandem teilen kann.

„Gracias, Pepe."

Sie schlürfen beide mit Genuss, wie Kaffee-Junkies.

„Die Mordsache schleicht mir zu langsam dahin. Dimitri kommt als Mörder nicht mehr in Frage, er ist ein Chaot, der nicht fähig ist, so eine Tat zu planen und er hat vor allem kein Motiv. Ich weiß das, weil ich gestern die Nacht mit ihm verbracht habe."

Pepe reagiert neugierig mit hochgezogenen Augenbrauen.

„Ja, im Puff. Es ist sehr wahrscheinlich, dass er den Täter kennt und uns zu ihm führen könnte. Wir sollten ihn als Kronzeugen in Betracht ziehen. Des Weiteren haben wir Montserrat. Der wollte mich auf eine fiese Tour ausschalten. Durch die fingierte Anzeige beim Staatsanwalt mit einem von Dimitri gestellten Selfie-Video. Wen schützt Montserrat oder ist er selbst der Täter? Was nützt es ihm, mich außer Kraft zu setzen?"

Pepe sind solche Kombinationen zu kompliziert.

„Es geht um Sonja und ihr Vorkaufsrecht von Santa Magdalena. Verstehst du das?"

Pepe versteht nur Bahnhof, die Zeitung scheint ihm interessanter zu sein.

„Nein, aber das ist ein sehr guter Gedanke", meint er geistesabwesend.

„Ferner gibt es da noch Ramon, der höchst undurchsichtig und vor allem total unsichtbar ist, allerdings hat er einen einflussreichen Vater, der ihn immer beschützen wird. Da kommen wir schwer ran. Und es gibt zusätzlich noch einen großen Unbekannten, den noch keiner im Visier hat. Sag mal hörst Du mir eigentlich zu?"

„Hier, kennst Du die beiden?" Er hält Leon die erste Seite vor die Nase. Sonja und Omar toben glücklich im Sand herum. Leon kriegt gerade noch ein „Wow!" heraus, als eine Polizeibeamtin aus der Telefonzentrale das Büro betritt.

„Entschuldigen Sie Señor Hebler, soeben kam ein Anruf, ich dachte, das könnte etwas für Sie sein. Die instrucciones, die Wegbeschreibung habe ich Ihnen aufs Handy geschickt."

Er liest die Nachricht von dem kleinen Zettel ab.

„Nicht schlecht, vielen Dank, das ist schon die zweite gute Nachricht in kürzester Zeit."

Pepe hat Angst, dass er seinen Kaffee nicht wird genießen können, das klingt sehr nach Aufbruch und Leon ist auch schon aufgesprungen.

„Ein auf Dimitri Karaschenkow zugelassenes Auto musste von einem Bautrupp der Antennen-Wartungs-SL aus dem Weg geräumt werden, den Rest der Geschichte hören wir uns wohl besser selber an. Das hier ist der Standort, Pepe. Sie warten schon auf uns, vamos."

Appelboom

D ie Headquarters von "Green Inmobiliaria Baleares" sind in einem geschmackvollen und zweckmäßigen Bungalow in Portals Nous, einem noblen Vorort von Palma untergebracht. Sonja hat ein Büro mit Meerblick. Moderne Kunst an den Wänden und sanfter Freejazz aus Deckenlautsprechern unterstützen die schicke Atmosphäre.

„Na wo seid ihr gerade?" fragt sie in ihr kleines I-Pad hinein und sieht dabei Omar zu, wie er auf einem Felsen mit anderen Gleichaltrigen herumturnt.

„*So schön hier, auf irgendeinem Berg, dann noch zwei Stunden wandern bis zur Herberge...*" ist die Antwort, doch dann setzt das Bild aus.

„*Batterie alle...*" kriegt sie noch mit, bevor das Bild schwarz wird. Sie lächelt zufrieden. Omar gesund und glücklich, das ist das Wichtigste. Was soll da noch schiefgehen?

Von ihrer gläsernen Zelle aus winkt sie ihre Assistentin Miranda zu sich.

„Miranda, irgendetwas Neues von der Bank?"

„Heute noch keine Eingänge, Señora."

„Dann geben Sie mir bitte London, Mr. Appelboom, Herrn Von Eschkes Anwalt."

„Sehr gerne."

Miranda stellt die Verbindung her und nickt ihrer Chefin durch einige Trennscheiben hindurch zu.

„Mr. Appelboom auf der Eins, one moment please."

Wasser

V ollkommen dehydriert und unterzuckert schleppt sich Dimitri die steilen Haarnadelkurven hoch. Er hat sich mehrere kurze intensive Nickerchen während des Aufstiegs gegönnt, doch der Weg nimmt kein Ende. Aus herabgefallenen Zweigen und Blättern hat er sich einen provisorischen Hut gebastelt, trotzdem bleibt ein

Sonnenstich wahrscheinlich nicht aus. Die Blasen an den Füßen sind mittlerweile aufgeplatzt und die Schmerzen sind unerträglich. Manchmal schwappt das Dieselöl aus den Flaschen, die er kaum noch tragen kann. Es läuft dann in die offenen Wunden an den Füßen. Er wünschte, er wäre tot. Aber die Hoffnung stirbt zuletzt, als er ein lauter werdendes Motorengeräusch aus dem Tal vernimmt. Er lugt hoffnungsvoll über den Abgrund und erkennt zu seiner großen Enttäuschung einen SUV der Guardia Civil, der mit Lichtgeschwindigkeit den Berg hoch rast. Im allerletzten Moment kann er sich seitlich ins Gebüsch retten und schluckt nur noch den Staub des vorbeirasenden Polizeiwagens. Leon und Pepe waren von seiner geduckten Position aus einwandfrei zu erkennen. Die beiden kostbaren Dieselreserven wurden ihm bei der hektischen Rolle seitwärts aus den Händen geschleudert und versickern jetzt langsam und stinkend im Waldboden. Das Ausweichmanöver hatte seinen Preis. Er ist am Ende.

„Da drüben."

Der kräftigste von den vier Arbeitern, alle mit Bauhelm und verölten Handschuhen, zeigt zu einer Casita mit ausgehebelter Eingangstür und einem fußgroßen Loch. Davor sitzt bibbernd ein dünnes Männlein in Boxershorts und starrt verwirrt in die Weite. Friedrich Von Eschke.

„Si, da drüben haben wir ihn gefunden, er hat laut um Hilfe gebrüllt und war fast verdurstet und erfroren."

Zum Glück versteht Pepe das schwere Mallorquin, das der Compañero spricht.

„Danke die Herren, wir kümmern uns um ihn."

Pepe schindet bei den Kumpels in seiner schmucken Uniform großen Eindruck, während Leon in Zivilklamotten schon mal losgeht.

„El coche, abajo? Das Auto runter ins Dorf?" fragt der nicht so wortkarge Hillbilly und Pepe lässt weiterhin den Chef raushängen.

„Si perfecto, gracias, abajo a la Gasolineria, ich lasse ihn dann später an der Tankstelle abholen."

Die anderen betätigen wortlos, nur durch Hand- und Kopfzeichen den schweren Kranarm. Ihre karge Kommunikation lässt Rückschlüsse auf eine extrem harte Arbeitssituation zu, einsam in höchster Höhe, das nächste Bier so fern. Dimitris Pick-Up hängt jetzt perfekt festgemacht am

Haken. Die Antennen-Jungs haben kurzen Prozess gemacht und fahren grußlos ab. Für sie war das die einfachste Übung.

Leon hat sich inzwischen vorsichtig Fritz Von Eschke, dem Häufchen Elend genähert und kniet sich vor ihm hin.

„Alles OK?" fragt er, um ein Gespräch in Schwung zu bringen.

Fritz bibbert vor Kälte, Angst und Verwirrung. Langsam scheint er zu begreifen, wo er überhaupt ist.

„Was ist heute für ein Tag?" Leon bekommt natürlich keine Antwort.

„Sprechen sie Deutsch, English, Español?"

Pepe bringt eine Wasserflasche aus dem SUV mit. Fritz trinkt sie in einem Zug aus. Dann dauert es noch einige Minuten bevor er stotternd, verwirrt, und scheinbar zusammenhanglos zu sprechen beginnt.

„Das Haus da... das habe ich gekauft vor ein paar Tagen, es ist schön, nicht?"

„Ja sehr schön, wirklich schön", sagt Leon. Pepe nickt zustimmend.

„Wissen Sie, wie Sie hierhergekommen sind, hier in dieses Haus?"

„Mit dem Helikopter, können wir mit dem wieder nach Hause fliegen, aber nicht zu wild. Das ist so wild mit dem Helikopter."

„Ja klar. Na kommen Sie, wir bringen Sie jetzt mit dem Helikopter nach Hause, dort haben Sie sicher auch was zum Anziehen."

Santa Magdalena

Sonja sitzt jetzt ganz allein in ihrem gläsernen Käfig. Die Mitarbeiter sind entweder am Strand oder in den angrenzenden Cafés und Chiringuitos und machen bei einem Cocktail Feierabend. Die Arbeit im Büro spielt meistens nur vormittags eine Rolle. Danach geht es für die Immo-Agenten entweder zu Besichtigungen oder an den Strand. Leben und leben lassen ist auch hier Sonjas Devise, das hat sie auf den Balearen gelernt.

Mr. Appelboom hat ihr mitgeteilt, er könne Herrn Von Eschke seit gestern früh auf keinem seiner Handys erreichen. Außerdem sagte er, dass das sehr ungewöhnlich sei, da er für ihn normalerweise rund um die

Uhr erreichbar ist. Appelboom hat die Überweisung der Anzahlung - 30% des Kaufpreises, immerhin 3,9 Millionen auf seinem Schreibtisch liegen und Von Eschke hätte sie gestern früh freigeben sollen. Seither ist Funkstille. Für Sonjas Situation ist das gar nicht gut. Der Dispokredit mit der Banca March ist nahezu ausgereizt und Ramons Erbschaft, die geschmalzene Steuernachzahlung, ist in drei Wochen fällig. Sonja schließt beunruhigt das Büro hinter sich ab und setzt sich ins Auto.

Über die einsamen Bergstraßen der Tramuntana lässt sie sich dahintreiben. Kurzfristig hat sie sich entschieden, Omar einen Überraschungsbesuch abzustatten. Der detaillierte Plan, den die Schule herausgegeben hat zeigt ihr an, dass die Kinder gegen Nachmittag an ihrem Ziel eintreffen werden - ausgerechnet im Kloster Santa Magdalena. Eigentlich ist es ein guter Tag für eine Inseltour, trotzdem stimmt irgendetwas nicht. Sonjas Gedanken kreisen. Wieso gerät Friedrich Von Eschke, ein seriöser, sehr vermögender Geschäftsmann aus Frankfurt am Main, mit der Anzahlung eines Immobilienkaufes in Verzug? So jemand wird nicht vertragsbrüchig, das kann sie sich nicht vorstellen. Sein Anwalt und gleichzeitig Notar Mr. Appelboom hat ihn aus den Augen verloren, obwohl er sicher ist, dass Von Eschke auf der Insel sein muss. Zumindest bis gestern noch dachte Appelboom das. Ein Unfall?

Das Kloster Santa Magdalena scheint schicksalshaft in Sonjas Leben zu stehen. Hier hat vieles begonnen. Die ganze Misere, die ihr jetzt auf den Kopf zu fallen scheint. Der einstige Deal mit dem damaligen Verwalter Rinaldo Puig, das Verschwinden von Omar, der Mord an der jungen Nonne und der Angriff auf Pepe. Die Vergangenheit scheint sie gerade einzuholen.

Die schönen kleinen Dörfer, durch die sie fährt, tun ihr wohl in der Seele. Sie beruhigen sie und vermindern den Druck auf sie, befreien sie ein wenig von den Gedanken an die ernsthafte finanzielle Not, der sie gerade ins Auge blickt. Ein verwittertes Holzschild zeigt ihr den Weg nach Santa Magdalena. Nach wenigen Minuten ist sie auf dem Vorplatz mit der schönen alten Olive angelangt. Keine Menschenseele ist zu sehen. Nur im Garten pflegt eine Nonne das Gemüse.

„Hola buenas tardes", sagt Sonja und die Nonne lächelt zu ihr herüber.

„Buenas, necesita ayuda, brauchen Sie Hilfe?"

„Ich besuche eines der Kinder, Omar. Hola, ich bin Sonja."

„Hola, soy Luzdivina, Die sind gerade beim Essen, wird nicht mehr lange dauern."

Die Kinder haben eine lange Wanderung hinter sich und sind sehr froh, als sie das Kloster erreichen. Endlich eine Ruhepause. Morgen werden sie sehr früh zur nächsten Schutzhütte aufbrechen. Und der Hunger ist groß.

Abfahrt

Nachdem sich Fritz anfänglich gewehrt hat einzusteigen, gelingt es den beiden Polizisten dann doch, ihn mit sanfter Gewalt ins Auto zu wuchten. Mit weit geöffneten, starren Augen blickt er während der Fahrt aus dem Fenster, seine Hand hält er immer noch schützend vors Gemächt. Trotz des rasanten Fahrstils, der Pepe anhaftet, ziehen die Bäume für Fritz wie in extremer Zeitlupe vorbei. Konzentriert scannt er den Urwald, als würde er etwas ahnen. Immer wieder nimmt er einen Schluck aus der Wasserflasche. Dann, ganz plötzlich, trommelt er mit beiden Fäusten auf die ausbruchssichere Scheibe.

„Stopp, stooooppp, anhalten", brüllt er und instinktiv macht Pepe eine gekonnte Vollbremsung.

„Lass mich raus."

Fritz spricht zwar langsam und verhalten, aber mit einem gefährlichen Brummen im Unterton. Nach einem kurzen Blickwechsel mit Leon öffnet Pepe die Verriegelung und Fritz springt aus dem Auto wie ein Panther, der eine Witterung aufgenommen hat. Dann rennt er los, immer bergauf.

„Das Schwein, das Schwein, das Schwein", brüllt er unentwegt.

Die beiden Polizisten folgen ihm neugierig.

„Der muss wahrscheinlich nur mal", meint Pepe.

„Das glaube ich nicht, schau mal genauer hin."

Fritz hat den vor Erschöpfung ohnmächtig gewordenen Dimitri am Straßenrand sofort entdeckt. Beinahe eins geworden mit der Landschaft hängt er quer auf einem Felsbrocken und umklammert verkrampft zwei zerknautschte Wasserflaschen. Fritz sprintet barfuß auf dem rohen Schotter bergan, als hätte er keinerlei Schmerzempfinden. Einige Zentimeter neben Dimitris Kopf liegt dessen selbstgebastelter Hut, zerquetscht von den Zwillingsreifen eines LKWs, der kürzlich vorbei gefahren sein muss. Dimitris ganzer Körper hat die gelbliche Tönung des Straßenstaubs angenommen. Eine perfekte Tarnung.

Fritz ist nur noch einen Meter von Dimitri entfernt, lässt sich mit seinem ganzen Körpergewicht und mit seinen spitzen Knien auf die Magengrube des Ohnmächtigen fallen. Dann drischt er haltlos, mit beiden Fäusten drauf los, als gäbe es kein Morgen. Dimitri kommt durch diese Extrembehandlung schnell wieder zu sich, öffnet halb die Augen und rappelt sich hoch. Leon und Pepe verlangsamen ihren Schritt, nachdem sie erkennen, um was es hier geht. Einen Augenblick lang genießen sie sogar das Geschehen. Gerade als Dimitri zum Gegenangriff ansetzen will, klicken die Handschellen. Bei Fritz und bei Dimitri.

So sitzen die beiden Kontrahenten, am Rücken gefesselt nebeneinander auf der hinteren Bank des Polizei-SUV's und verströmen puren Hass. Leon zieht einen Schreibblock heraus und richtet sich an den erschöpften Fritz.

„Also, wie ist Ihr Name?"

Fritz fällt es schwer zu denken, er hat nur einen Wunsch und den äußert er ganz schnell.

„Friedrich Von Eschke. Können Sie mich bitte nach Hause bringen."

Und mit zornigem Blick auf Dimitri,

„Der da weiß, wo ich wohne und wie man da hinkommt." Dann schließt er die Augen und schläft unmittelbar ein.

Tooor

Luzdivina ist richtig erleichtert, dass mal eine Frau vorbeigekommen ist, statt Polizeiaufgebot und Mordkommission. Einfach eine ganz normale Frau, die keine aufdringlichen Fragen stellt und nichts von ihr will. Mit ein bisschen Neid beäugt sie Sonjas Äußeres, so würde sie auch gerne mal aussehen, sexy, selbstbewusst und cool, Wörter, die sie hauptsächlich aus Zeitschriften kennt, die der Gemüsehändler manchmal mitbringt.

„Sehr schön hier oben", meint Sonja.

Nach einer langen Pause kommt endlich die überraschende Antwort.

„Sehr schön einsam."

Luzdivina seufzt und atmet dabei Sonjas wunderbares Parfum ein.

„Wenn man wirklich etwas erleben will, muss man schon weit rausgehen, auf die vordere Terrasse, dann kann man ganz weit unten die nächste Stadt sehen. So viele Lichter."

„Aha."

Sonja findet das alles auf einmal gar nicht mehr so schön.

„Haben Sie nicht manchmal Lust, noch ein wenig weiter rauszugehen, um andere Menschen zu sehen? Sie sind noch so jung und können noch so viel erleben."

„Unser Glaube gestattet das nicht, wir sind hier verhaftet und so ist es und so bleibt es und so wird es immer sein. Beten, Singen, Geschirrspülen. Das ist mein Tag."

Luzdivina droht wieder in ihrer Kapsel aus Einsamkeit und Depression zu versinken. Es ist ihr ewiger Kampf gegen sich selbst. Sonja will ihr helfen.

„Du hast doch sicher schon mal an etwas Anderes gedacht als beten, singen und... das Dritte habe ich gerade vergessen."

Beide müssen jetzt über diesen simplen Scherz lachen. Luzdivina liebt Humor und den von Sonja besonders, bloß ist Humor hier im Kloster abgeschnitten, beinahe verboten. Sie selbst ist auch abgeschnitten, findet sie. Das erste Mal ignoriert sie jetzt ihr Leben voll Unterwürfigkeit und Unterdrückung und scherzt mit einer fremden Frau. Auf einmal wird sie redseliger und frecher. So kennt sie sich gar nicht. Sonja macht ihr Mut, endlich jemand, dem sie sich ein wenig anvertrauen kann.

„Ich bete, singe und spüle das Geschirr schon von Kindesbeinen an. Ich musste immer arbeiten und konnte mich nie mit anderen treffen. Meine Mutter ist abgehauen und danach hat mich meine Stiefmutter sofort ins Kloster gesteckt, bevor sie am Alkohol zugrunde gegangen ist."

Sonja schaut sie lange an, blickt in ihr hübsches, aber trauriges Gesicht, ihre zarten Hände, runzelig mit abgebrochenen, schwarzen Fingernägeln von der schweren Gartenarbeit.

„Und mal abgesehen vom Glauben und Deinen sonstigen kirchlichen Verpflichtungen, hast Du nicht mal Lust auf das Leben draußen? Dort unten in der leuchtenden Stadt?"

Sonja hat kein Gefühl dafür, ob sie gerade zu intim mit ihr wird.

„Denn vergiss eines nicht Luzdivina, Du lebst leider nicht zweimal. Nutze daher Deine einzige Chance."

Luzdivina tastet Sonjas Gesicht sorgfältig mit den Augen ab, sie ist hingerissen von ihrer Schönheit und Kraft. Sie weiß, dass sie einerseits auf diese Versuchung nicht eingehen darf, aber andererseits würde sie alles dafür geben. Das wäre so spannend. Die Stadt nicht als Nonne, sondern als normaler Mensch zu erleben. Sonja lässt nicht locker.

„Eva hat auch in den Apfel gebissen und ihr Leben hat dann erst so wirklich begonnen - gut oder schlecht - was weiß man schon."

Luzdivina senkt verlegen den Blick. Es dauert etwas, bis sie die Worte findet.

„Wir kennen einen Spruch und kauen ihn immer wieder durch, ...und Gott schuf den Menschen zu seinem Bilde, und er schuf sie als Mann und Weib."

Sonja macht einen überraschenden Vorstoß und ergreift sanft ihre Hand.

„Hast Du etwas zum Anziehen, ich meine außer der Nonnenkluft?"

Luzdivina wird knallrot im Gesicht.

„Nichts Besonderes, verglichen zu Dir."

Luzdivina erwidert den Händedruck zärtlicher als normalerweise und zeigt dabei ein höchst unsicheres Lächeln. So sitzen sie eine ganze Weile und genießen ihr gegenseitiges, wortloses Einverständnis.

Die Pforte fliegt auf und mit lautem Geschrei stürmt eine Horde Teenager aus dem Kloster. Omar ganz vorne als Erster, er hat einen Fußball und holt gerade zum Schuss aus. Völlig überrascht bleibt er stehen, als er die beiden Frauen sieht.

„Sonja, Sonja, Sonja", ruft er ohne Unterlass.

Er pest auf Sonja zu, umringt von seinen zukünftigen Schulkameraden. Sie sehen in ihren modischen Uniformen mit dem Emblem der „Palma International" sehr schick aus. In hohem Bogen schießt Omar jetzt den Ball in die Luft und umarmt Sonja auf das Herzlichste. Das Glück ist den beiden geradezu ins Gesicht geschrieben.

Luzdivina erkennt das erste Mal aus nächster Nähe, was an ihr bisher alles vorbeigegangen ist. Liebe, Zuneigung, Respekt und Freude.

„Omar, Flanke, komm Alter, das Leben ist kein Ponyhof", ruft der Dicke Jimmy aus Neuseeland. Der Fußball und Omar werden jetzt eins, er dribbelt durch die Menge und "T o o o o r".

Sonja und Luzdivina applaudieren begeistert.

Omar kommt sichtlich stolz herangelaufen und teilt Sonja die wichtige Nachricht mit.

„Den Hundertmeterlauf habe ich schon zum zweiten Mal hintereinander gewonnen."

Feierabend

In der Hochsaison ist es ziemlich schwierig, einen Verhörraum zu bekommen. Daher sitzen Pepe und Leon unten in der Bar *"Feliz Policia Local"*, nachdem sie Dimitri oben in der U-Haft abgegeben haben. Sie verarbeiten die letzten Stunden im Geiste. Es ist wie in einem guten Krimi.

„Na sowas, dieser Dimitri ist wirklich ein Depp", sagt Pepe.

„Ja, gut erkannt", antwortet Leon.

„Oft glaubt man gar nicht, was noch alles kommen wird. Und dann kommt es doch."

„Und vor allem glaubt man nicht, wie alles zusammenhängt."

Leon bestellt zwei Bier, aber diesmal mit Alkohol.

„Eine Sache habe ich noch."

Und Pepe dachte schon, der Feierabend hat gerade begonnen.

„Geht ganz schnell, Du rufst jetzt im Einwohnermeldeamt an und erkundigst Dich, ob ein Rinaldo Puig auf den Balearen gemeldet ist."

„Si, Claro, Oficina nacional de registro, no problem."

Er geht vor die Tür, wo es ruhiger ist als in der belebten Bar. Leon greift ebenfalls zum Telefon. Nach einigen Minuten kommt Pepe zurück, gerade als Leon sein Gespräch beendet.

„Danke Kollege, so machen wir es. Vale."

Pepe deutet leider mit dem Daumen nach unten.

„Nada, Rinaldo kennt man nicht. Die sind alle 325 Puigs durchgegangen, aber kein Rinaldo. Der hat seine Spur gut verwischt. Wahrscheinlich ist er überhaupt nicht auf der Insel, sonst würde man ihn kennen im Amt."

Er nimmt einen tiefen Zug vom Getränk.

„Das haben wir uns ohne Frage verdient", sagt Pepe jetzt in sein halbleeres Glas.

„Ahhhh. Und Schluss für heute, Comisario Hebler."

Leon hat noch etwas auf Lager.

„Pass auf Pepe, neuer Deal."

„Sehr schön, das freut mich für Dich", lügt Pepe, immer noch erschöpft von den letzten Stunden auf dem Berg.

„Ich lasse gerade Montserrats Garagenausfahrt beobachten. Er ist beim jetzigen Stand der Dinge sozusagen mein Hauptverdächtiger."

„Du liebst es, mit dem Teufel zu spielen, oder?"

„Mit dem Teufel zu spielen und ihn dann zu fangen, das mag ich. Das ist doch mein Berufsbild. Prost."

Vor einer privaten Tiefgarage in Palmas Altstadt steht ein unauffälliger Golf. Der Fahrer scheint in der Diario de Mallorca zu lesen, beobachtet aber in Wirklichkeit die Ein- und Ausfahrenden. Kurz nach Büroschluss kommt tatsächlich Montserrat mit seinem Range Rover herausgefahren, biegt in den Paseo Maritimo ein und beschleunigt ziemlich zügig auf die Ma-19.

„Ich folge ihm Richtung Aeropuerto."

„Sehr gut, dranbleiben, Manolo", sagt Leon ins Telefon.

Nach fünfzehn Minuten kommt erneut ein Anruf.

„Er geht in ein Haus in der Altstadt von Llucmajor."

„Sehr gut, dranbleiben. Sende mir den Standort und ein Foto."

Manolo macht im Vorbeifahren ein Foto des etwas heruntergekommenen Stadtpalastes, parkt das Auto und spaziert auf die Plaça d´España. Das Treiben auf dem Marktplatz von Llucmajor ist spektakulär. Die Cada Semana ist in vollem Schwung. Jedes Wochenende wird ein Fest gefeiert, den ganzen Sommer hindurch. Musik, Tombola, Tanzen, Essen und Trinken. Hier sind die Mallorquiner unter sich. Sie haben ihre Stadt und die wunderbare Tradition gepflegt, die Zeit hier scheint still zu stehen. Glückliche Gesichter, wohin man blickt. Leon schwingt sich auf sein Rad, Feierabend.

Der Freudentanz

Das Kloster Santa Magdalena hingegen lauert still und leise in der bizarr hingegossenen Landschaft der Sierra Tramuntana. Geheimnisvoll wie ein Raubtier kurz vor dem Angriff.

Die Oberin Apolonia ist die einsame Wölfin im Hühnerstall, vollkommen in sich ruhend, aber dennoch stets angriffslustig. Sie schließt mit einem sehr schweren, angerosteten Eisenschlüssel die Tür einer Bibliothek auf, zu der nur sie Zutritt hat. Ein vollkommen abgeschotteter Zufluchtsort. Immer wenn ihr der allgemeine Trubel zu viel wird, zieht sie sich hierher zurück. Lärmende Kinder auf Ferienlager, Polizei aus weiß Gott was für Gründen und alle sonstigen Besucher nerven sie einfach.

Vorsichtig zieht sie einen speziellen Schatz aus einem der oberen Regale hervor. Ein ledergebundenes Gesangs- und Gebetsbuch mit ziseliertem, barockem Goldkreuz und der Jahreszahl „1763", alles in großen, goldenen Lettern.

Sie schlägt eine Seite auf mit dem von ihr selbst verfasstem Gebet. Sie spricht es nicht oft. Nur, wenn sie wirklich Hilfe von oben braucht. Jetzt spricht sie es.

„Herr behüte mich vor allzu großer Habgier,
ich werde als guter Mensch fortan für dich
weiterleben, bitte verzeih mir alle meine Sünden.
In alle Ewigkeit Amen."

Sie bekreuzigt sich und blättert danach behutsam weiter. Eine DIN A5 Mappe mit dem Titel „Masterplan" taucht zwischen den altehrwürdigen Seiten auf. Sie nimmt ein Blatt heraus, glättet es auf dem Schreibtisch und greift nach einer Riesenlupe mit Hirschhorngriff. Damit kann sie trotz ihrer Sehschwäche den enormen Umfang der geplanten Maßnahmen genau erkennen. Eine Fotomontage zeigt die digitale Ansicht des geplanten „Luxury-Retreat - Santa Magdalena", eines 5 1/2 Sterne Hotels. Nichts wird so sein wie es jetzt ist, kein Stein wird auf dem anderen bleiben. Apolonia beugt sich nah zu der computeranimierten Fotografie hinunter und küsst sie.

„Nur noch ein paar letzte kleine Schritte", murmelt sie, während sie sich aus der Schreibtischlade gut gelaunt eine Flasche vom Hochprozentigen angelt.

Wenn sie erst einmal die Generalerbin der Posesiòn Santa Magdalena ist, beginnt ein neues Leben. Sie hat einen sehr speziellen Plan, einen Joker, ein Ass im Ärmel. Einen Plan, mit dem niemand bisher gerechnet hat.

Ein wahres Feuerwerk der Gefühle durchdringt sie. Der Schnaps lockert Apolonia und sie legt einige Tanzschritte auf dem alten Dielenboden hin. Nichts kann mehr schiefgehen.

Panama

Seine Exzellenz Rinaldo Franziskus Puig, Ramon Miralles und Dr. Montserrat sitzen an dem langen Eichentisch in der Bodega. Diverse halbvolle Weingläser stehen rund um Rinaldo auf einem angekleckerten, ehemals weißen Tischtuch. Seine Exzellenz ist wie immer zornig. Dr. Montserrat hat das Wort.

„Bisher seid Ihr kläglich daran gescheitert, Sonja Möllemann aus dem Weg zu räumen. Ich will es Euch erleichtern. Wir müssen nicht die Person wegschaffen, sondern bloß den Vertrag, den wir mit ihr vor fünfzehn Jahren geschlossen haben."

Ramon horcht angespannt zu, Rinaldo wünscht, Montserrat käme endlich zur Sache.

„Fasse Dich kurz, Du hattest um ein Dreißig-Minuten-Gespräch gebeten", bellt er ihn an.

„Er ist hier drinnen in meinem Kopf. Kein Stück Papier, kein Memory-Stick, kein Video."

Montserrat klopft sich dabei auf die Stirn und wiederholt sich.

„Alles da drinnen, alles da drinnen."

Rinaldo schnaubt und spuckt Wein auf den Boden. Er glotzt aus glasigen Augen,

„Aber...", brummt er in seinem mürrischen Bass,

„... das klingt doch sehr nach einem Aber, oder?"

Wie immer wird Puig sehr schnell ungeduldig und verhält sich dann wie ein verletzter Stier in der Arena, hochgradig gereizt und zu allem fähig. Montserrat spürt das instinktiv und wartet noch einen Moment, um die Spannung anzuheizen. Es gibt jetzt kein Zurück mehr.

„Aber ...", sagt er.

Die Kunstpause dauert etwas zu lang.

„Jetzt spuck schon Deinen verdammten Plan aus", brüllt ihn Rinaldo an. Montserrat nimmt mittels geschickter Atemtechnik erneut Anlauf.

„...aber, wenn wir weiter zusammenarbeiten wollen, werde ich meinen Anteil auf 65 Prozent erhöhen müssen - den Anteil am Gewinn versteht sich, vom Hotel, den Merchandising-Rechten, Autovermietung, Airline-Tickets, Werbeeinnahmen, der Golfplatz mit allen Lizenzen und Memberships etc. pp. Von allem, was mit den offiziellen Einnahmen zu tun hat, nehme ich 65 Prozent. Da wir außerhalb der offiziellen Geschäfte auch einen großen Anteil an inoffiziellen Geschäften machen werden, habe ich dafür ebenfalls einen Schlüssel vorbereitet, davon nehme ich 80 Prozent."

Jetzt reicht es Ramon.

„Du weißt wohl nicht, wer hier vor Dir sitzt, du kleines mieses Stinktier. Ich finanziere den Kuchen zu fast 50 Prozent mit meiner Panamakohle, Rino hat 40 Prozent reingebuttert. Wir halten hier die finanzielle Mehrheit und hatten uns schon mehrmals mit dir auf 33 Prozent Gewinnanteil geeinigt. Lass Dir eines sagen, es gibt andere und bessere Anwälte als Dich. Claro?"

So schnell lässt sich Montserrat jedoch nicht aus der Ruhe bringen. Er lächelt jetzt sogar.

„Ramon, hör mal ganz genau zu. Das Problem ist, dass ich einfach viel zu viel über euch weiß. Ich werde keinesfalls mit ansehen, wie ihr Euch Eure Taschen mit Kohle zuschaufelt, nehmt mein Angebot an oder die Sache erübrigt sich von selbst. Ohne mich geht gar nichts. Ramon, ein Anruf von mir beim Finanzamt und Du sitzt so lange im Knast, bis Dir der Hintern abfällt. Da wird auch Dein von mir sehr geschätzter Herr Papa nichts machen können, die Zeiten haben sich geändert. Das kannst Du mir glauben."

Überraschenderweise meldet sich Rino, wie ihn seine wenigen Freunde nennen dürfen, relativ ruhig und verständig zu Wort.

„Lass es gut sein Ramon, wir machen was er sagt, immerhin ist er ein Freund der Familie und das soll auch noch lange so bleiben."

Rinaldo versucht den Zynismus seiner Worte mit größter Mühe zu unterdrücken, trotzdem legt sich ein leichtes Zucken auf Montserrats Gesicht. Diese Wendung kam ihm jetzt doch zu schnell. Ab sofort ist größte Vorsicht geboten.

„Wir beide akzeptieren Deinen Vorschlag, arbeite ihn bis morgen schriftlich aus, ich werde unterschreiben, wir werden unterschreiben", sagt Rinaldo mit Blick auf Ramon.

Das hätte hier keiner gedacht. Ramon blickt zu Boden und schweigt.

Gute Nachbarschaft

Leon fährt auf seinem Mountainbike durch die Innenstadt von Palma und ist froh, als er endlich den Radweg am Wasser erreicht. Noch ein paar ausgiebige Pedaltritte und schon steht er vor dem Haus, in dem sein Apartment ist. Er huscht hoch, das Bike über der Schulter und als er an der Wohnung von Stella vorbeikommt, geht die Tür auf.

„Señor Leon, warten Sie einen Augenblick."

Sie holt einen kleinen geflochtenen Korb aus dem Zimmer.

„Hier, das sind frisch gepflückte Pfirsiche und selbstgebackenes Brot, alles von der Finca meiner Tochter Fernanda. Bitte sehr."

Stella hält ihm den Korb hin und Leon ist sprachlos über diese nette Geste.

„Fernanda hat die Geschichte mit den Ballermännern sehr gefallen. Ich habe ihr ausgiebig darüber berichtet, zum Beispiel wie Sie mit den jungen Männern umgegangen sind, kein Pardon, muy bien, zum Beispiel wie Sie..."

Hier stockt sie, da ihr Gedächtnis doch nicht mehr so schnell funktioniert und sie nicht weiß, ob sie dasselbe schon erzählt hat.

„Muchas gracias, Señora, und bitte richten Sie ihrer Tochter ganz liebe Grüße aus."

„Vielleicht wollen Sie uns mal besuchen am Wochenende, Fernanda würde sich sehr freuen."

„Ja, sehr gerne, bestimmt einmal."

Leons Handy vibriert. Manolo ist nochmal zu dem Haus zurück, in dem sich Montserrat mutmaßlich aufhält. Da er keine Hand mehr frei hat, stellt Leon auf Lautsprecher.

„Soweit keine Bewegung, keine besonderen Vorkommnisse", schnarrt es.

„Trotzdem dranbleiben, wenn Du willst, schicke ich Dir noch Verstärkung", antwortet Leon.

Stella lacht ihn mit verschmitzten Augen an. Sie ist sehr stolz auf ihn, den Schwiegersohn in spe.

Der Einbruch

Rinaldo stützt sich mit beiden Fäusten auf dem Tisch auf. "Wir drei haben einander viel zu verdanken, wir werden das doch nicht wegen so einer Kleinigkeit gefährden, oder Ramon?"

Ramon ist zu feige, um zu antworten. Langsam dreht Rinaldo seinen Riesenschädel hinüber zu Montserrat.

„Was ist die große Idee, Montserrat? Wie schaffen wir den Scheißvertrag mit der Möllemann aus der Welt? Jetzt sag endlich, was Du ausgeklügelt hast."

Montserrat ist sofort wieder auf Spur.

„Ich habe den Vertrag zwischen uns und Frau Möllemann so abgewandelt, dass er rechtlich keinerlei Bedeutung mehr hat. Wir werden Zutritt zu ihrem Büro haben und einen Austausch der entsprechenden Originalpapiere vornehmen. Ihre Unterschrift ist bereits eingescannt. Tipp Topp! Zack, zack!"

Ramon muss jetzt hell auflachen.

„Du glaubst doch nicht im Ernst, dass jemand ins Büro meiner Ex hineinspaziert, den Tresor öffnet und uns dann ganz cool den Vorkaufsvertrag aushändigt."

„Ja, genau das glaube ich, und derjenige der das macht, wirst Du sein, mein Freund. Ich habe den Code für den Tresor durch einen ehemaligen Mitarbeiter von Frau Möllemann erhalten, einen alten Kumpel von mir."

Er verzieht sein Gesicht zu einem fiesen Lächeln.

„Er hat ihn in einem ihrer niedlichen Moleskin Notizbücher gesehen und er hat ihn sich gemerkt. Guter Junge, sehr guter Junge, exzellenter Junge. Wir brauchen nur noch jemanden, der sich bei Green Inmobiliarias auskennt, angeblich ist der Tresor sehr geschickt versteckt - und ich glaube jetzt kommst Du ins Spiel, Ramon."

Ramon schwitzt plötzlich heftig unter den Achseln, das Blut in seinem Körper kocht.

„Ich bin doch nicht bescheuert. Du kennst offenbar ihr Hightech-Security-System nicht."

„Doch das kenn ich. Das wird ein Mitarbeiter von ihrer Security-Gesellschaft in die Hand nehmen. Hier, Dein Einsatzplan für heute Nacht ist simpel, um Mitternacht triffst Du meinen Vertrauensmann vor Deinem ehemaligen Büro."

Montserrat wechselt sofort und elegant das Thema. Dadurch entzieht er Ramon jede Chance, weiter zu jammern.

„Ich will noch einmal das Problem Klosterinsassinnen ansprechen. Ich frage mich, was mit den drei Pinguinen geschehen soll, speziell mit der einen jungen. Lebt sie noch? Und die Alten, doch sicher auch nicht mehr lang, oder?"

Rinaldo zuckt zusammen.

„Die Nonnen sind nach wie vor meine Angelegenheit. Da wirst Du Dich nicht einmischen. Verstanden?"

Montserrat betrachtet ihn misstrauisch. Es wäre doch so einfach, die drei auszuschalten. Der liebe Gott würde sie mit Handkuss in Empfang nehmen.

Girls

Ganz am Ende der Bucht von Palma schwenken Suchscheinwerfer im Rhythmus von Reggae bis Heavy Metal den Himmel ab, als würden sie feindliche Flugzeuge abfangen wollen. Genau das Gegenteil aber ist der Fall, Flugzeuge sind hier jahrein, jahraus willkommen.

Der Platz der Plätze, an dem die Megalichter weißes Feuer speien, heißt Turo Beach Club. Und heute ist Girls Night Out, der Tag, an dem die Girls mal so richtig wild sind und es für die Männer ein klein wenig komplizierter ist, an Girls ranzukommen, weil die in der Überzahl sind. Aber die wirklich guten Boys schaffen es trotzdem.

Sonja tanzt in einer Menge von Frauen zu einem bitteren Metallic Groove. Sie hat sich für heute Abend wilde afrikanischen Locken machen lassen, welche sie oben zu einem großen Knoten gebunden hat und deren Enden bei jeder Bewegung streng über ihren Körper schlagen. Man muss schon etwas Sicherheitsabstand halten.

Völlig losgelöst von der Realität rockt eine der wahnsinnigsten sexy Bienen des Clubs in einem allzu kurzen Mini, so dass die Stielaugen der Männer am Rand der Tanzfläche herauszufallen drohen.

Sonja brüllt ihr zu:

„Luzdivina, go, go!"

Luzdivina kann sich vor Ausgelassenheit nicht halten, die Bässe dröhnen sie fast taub, ihr Gesichtsausdruck ist vom Beat leicht verzerrt. Sonja hat ihr dieses Wahnsinns-Sexy-Outfit geborgt und die Boys rundum haben wirklich nur das Eine mit ihr vor.

Durch Luzdivina werden hier und jetzt alle Männerfantasien wahr. Sonja macht ganz auf Disco Queen und gibt schlangengleiche Bewegungen vor, Luzdivina kopiert sie perfekt. Ein außerordentlich erotisches Paar. Nach einigen überlangen, heißen Nummern sind sie endlich ausgepowert.

„Reset, komm, kleine Pause", brüllt ihr Sonja ins Ohr. Erschöpft lassen sich die beiden in die Lounge Chairs fallen.

„Das ist ja der Wahnsinn hier!" schreit Luzdivina gegen die wummernden Lautsprecher an und steckt sich noch mehr Fingerfood in den Mund.

„Gott, ich bin soooo glücklich!"

„Lass mal Gott besser aus dem Spiel, der darf das alles nicht wissen", schreit Sonja und blickt auf die Uhr.

Sie sucht nach einem stillen Platz zum Telefonieren.

„Bin gleich wieder da."

Luzdivina genießt diese Welt aus vollen Zügen und hat auch schon einen leichten sitzen. Ein junger Bursche in einem Matrosenoutfit will sie zurück auf die Tanzfläche ziehen, doch sie winkt entschieden ab. Dazu ist sie noch zu schüchtern. Sonja kommt zum Glück sehr schnell zurück.

„Mein Freund ist auf dem Weg hierher, allerdings kommt er mit Begleitung, er bringt seinen Freund mit, sonst müsste der Arme heute ganz allein ins Bett. Verstehst du?"

Luzdivina ist das zu kompliziert, sie will nur noch tanzen. Sie zieht Sonja auf die vibrierende, nebelige, stroboskopzuckende, unwirklich erscheinende, überfüllte Tanzfläche. Nackte männliche Oberkörper, die sie nur aus ihrer Kapelle und aufs Kreuz genagelt kennt, umschwärmen sie mit ziemlich offensichtlichen Bewegungen. Viele Frauen tragen ebenso wie Luzdivina viel zu kurze Röcke, Latex Hotpants oder knappste Bikinis, viele davon sind oben ohne. Im harten Rhythmus der Mucke berührt schnell einmal jemand den oder die andere. Luzdivina wird davon richtig high. Die Bässe hämmern und hämmern und hämmern ihr ein Loch in den Kopf. Sie tanzt bereits routiniert wie ein halber Profi.

Langsam nähern sich vom Rand her zwei männliche Schattenrisse, Leon und Pepe. Im Strobe zucken sie wie Comicfiguren im Weltraum. Pepe ist wie von Sinnen, für ihn ist das außerhalb jeder Realität. Er beginnt den Rhythmus des Elektropop zu erfassen, zu begreifen und mitzuschwingen. Er folgt Leon, der sich selbstsicher durch die Masse der Tanzenden drängt. Dabei stößt er mit der einen oder anderen Schönen zusammen. Der DJ schaltet einen Gang zurück und macht jetzt auf achtziger Jahre des vorherigen Jahrhunderts.

„Drah' di net um, da Kommissar geht um...da da da."

„Gutes Timing für uns oder, Pepe?"

Pepe befindet sich in einer Mischung aus Begeisterung und Platzangst. Mühsam nähern sie sich den beiden hüpfenden Silhouetten. Leon scheint Sonja zu erkennen und strahlt sie mit der I-Phone-Taschenlampe an.

„Polizei, Hände hoch", brüllt er ihr lachend zu.

Sonja, die ihre Hände ohnehin konsequent durch die Luft wirbelt quietscht laut vor Freude ihn zu sehen und küsst ihn heiß auf den Mund. Leon kann es nicht glauben, knapp neben Sonja tanzt die wunderbar verwandelte Nonne aus Santa Magdalena. Wie das wohl sein Kumpel

Pepe aufnehmen wird? Luzdivina ist so in Trance, dass sie nichts erkennt. Ein zehntausend Watt starker Scheinwerfer badet die Menge plötzlich in gleißendes Licht und eine Sekunde lang herrscht absolute Stille. Allen klingen die Ohren.

Luzdivina hält sich geblendet die Hände vor das Gesicht. Pepe verharrt starr im Lichtstrahl, wie ein Tier auf der Landstraße, kurz bevor es überfahren wird. Die Rhythmen setzen schlagartig wieder ein und Pepe ist wieder hingerissen von diesem wunderschönen zuckenden Schmetterling vor sich, der in exotischen Bewegungen vor ihm her flattert, als würde er gleich wegfliegen wollen. Er kann sie nur von hinten sehen, aber selbst das reicht ihm schon. Jetzt setzt sie zu einer Drehung an und da tanzt sie vor ihm in voller Pracht. Lange braucht er, aber er täuscht sich nicht. Er kann es nicht glauben. Es ist Luzdivina, die sich mit geschlossenen Augen vor ihm immer wieder um die eigene Achse dreht. Dann öffnet sie die Augen plötzlich und wird vor Schreck beinahe ohnmächtig. Sie erkennt Pepe. Ihre Knie geben nach und sie droht rücklings auf die Tanzfläche zu stürzen, Leon kann sie gerade noch fangen und trägt sie sofort raus zur Pool-Area, die er noch so gut von früher kennt. Er wusste schon, dass dieser Frontalzusammenstoß zwischen den beiden heftig sein wird. Wie einen toten Schwan legt er Luzdivina auf eine Poolliege, befeuchtet ein Badetuch und legt es ihr auf die Stirn. Sonja kniet sich neben die beiden, blickt zu Leon, zurück zu Lucie und wieder zu Leon.

Pepe ist wie vom Erdboden verschwunden.

In der Firma

Weit entfernte Hunde kläffen, weil sie unbeaufsichtigt sind und deswegen ihre Gärten verteidigen müssen. Jedes Blatt, das sich im sanften Sommerwind bewegt, ist für die Pastores Mallorquin - die spanischen Wachhunde - ein Feind. Der volle Mond sowieso. Mallorquiner stört das nicht, ihre Hunde dürfen immer, und besonders die ganze Nacht lang laut bellen.

Ramon nickt dem Sicherheitsbeamten zu, der auf dem Parkplatz vor „Green Inmobiliaria Baleares" auf ihn wartet.

Es ist kurz nach Mitternacht. Die Tür zum Büro ist bloß angelehnt. Ramon kennt den Weg nur allzu gut und steht im Nu im Konferenzsaal der Agentur, vor einer eindrucksvollen Sammlung abstrakter Kunst. Einen Moment lang betrachtet er die wunderbaren Gemälde, und da ist sie. „Die Schönheit" von Christian Ludwig Attersee. Sonja und er haben sie damals in Wien beim Künstler persönlich abgeholt. Und sie hängt immer noch an der gleichen unzugänglichen Stelle, in drei Metern Höhe. Dahinter ließen sie den Tresor einbauen, den sie sich in besseren Tagen angeschafft hatten. Sonja war damals so aufgeregt, dass sie sich für keine Zahlenkombination entscheiden konnte. Dann hat sie endlich Ramons Geburtsdatum gewählt.

„Da werden wir bald ganz viel Geld reinlegen",
sagte er noch und sie hat ihn daraufhin ganz zärtlich geküsst. Ein Kuss, den er in seinem ganzen verdammten Leben nicht vergessen wird.

Seither hat sich aber vieles geändert, vor allem die Wahl seines Geburtsdatums, um den Tresor zu öffnen. Er holt die Leiter aus der Besenkammer, steigt hoch, Bild ab, die neue Kombination eingeben, 1,7,3,5,Y,R-OP-1972, öffnen, Vertrag raus, neuen Vertrag rein, Tresor zu und das Bild wieder gerade hinhängen. Eine Arbeit, die nur wenige Sekunden in Anspruch nimmt.

Der Sicherheitsbeamte steht immer noch rauchend vor dem Wagen. Er bietet Ramon eine Zigarette an, als der wieder vor ihm steht.

„Schöner Abend heute Abend, nicht?"

Ramon nickt.

„Buenas noches", wünscht er ihm noch, bevor er in der Dunkelheit verschwindet. Das Taxi wartet einige Blocks weiter unten.

Kasimira

Noch hängt der Frühnebel in den Ebenen der Pla y Llevant. Es wird ein toller Jahrgang in den dortigen Weinanbaugebieten. Feucht in der Nacht, sonnig und trocken während des Tages. Die scharfen langen Schatten, welche die pure Frühsonne auf das Kloster Santa Magdalena wirft, werden allmählich kürzer. Später am

Tag, wenn die Sonne wieder im Zenit steht, werden sie fast gänzlich verschwunden sein.

Luzdivina fährt mit dem Teewagen die langen Gänge entlang bis vor Kasimiras Kemenate. Bevor sie klopft, blickt sie auf das traditionelle Heiligenbild neben der Tür. Es zeigt eine dramatische Darstellung der Mutter Gottes, die leidend zum Himmel emporschaut zu ihrem Sohn. In der Reflexion des Glases erkennt sie sich selbst kaum wieder. Sie sieht vollkommen zerstört aus. Das aufwendige Make-Up, welches Sonja ihr gestern Abend aufgetragen hat konnte sie zwar entfernen, trotzdem kommen ihre tiefen, dunklen Augenringe jetzt sehr stark zur Geltung. Die zerfranste Frisur hat sie noch sehr gut unter dem Habit versteckt, nur Sonjas Parfum, diesen betörenden Duft, den sie so liebt - Zitrone auf Jasmin, konnte sie sich noch nicht vom Leib waschen.

Sie klopft und hofft, dass sie Kasimira wegen der Duftwolke nicht ansprechen wird, aber Kasimira spricht ja ohnehin nie.

„Schwester Kasimira?"

Da es wie üblich keine Antwort gibt, öffnet sie die Tür und schiebt den Wagen rein, Kasimira liegt wie immer schlafend im Bett. Sie sitzt mehr als sie liegt, dutzende von weißen leinenbezogenen Kissen stützen ihren Oberkörper. Luzdivina beginnt mit dem täglichen Ritual. Sie stellt den Teewagen ab, breitet ein weißes Laken über Kasimiras Oberkörper, stellt das kleine Tablett mit den Beinchen über ihr auf und verteilt Besteck und Geschirr.

„Guten Morgen, schönes Wetter heute Schwester Kasimira", sagt sie mit belegter Stimme und räuspert sich verlegen. Als sie gestern aus ihrer halben Ohnmacht erwacht war, hatte ihr jemand noch dazu einen Joint in den Mund gesteckt, nur um sie zu beruhigen. Das war die erste Zigarette ihres Lebens – und dann noch dazu so eine spezielle. Die Folgen davon spürt sie bis jetzt im Hals. Der Hard Rock der letzten Nacht, die Lightshow, das alles kriegt sie nicht mehr aus dem Kopf. Sie bewegt sich zu den imaginären Rhythmen und schnippt leise mit den Fingern, während sie die hartgekochten Eier und das Pan Moreno, ein salzloses, mallorquinisches Brot ordentlich auf dem Tablett verteilt. Am liebsten würde sie jetzt sofort wild zu tanzen beginnen, mit Sonja. Pepe kann sie in ihren Gedanken noch nicht unterbringen. Kein Platz dafür. Die

Begegnung mit ihm muss sie psychisch noch aufarbeiten, sie hat aber auch schreckliche Angst davor. Was für ein Schock, was für eine Nacht!

Kasimira lächelt jedes Mal so erfreut über Luzdivinas Geschichten, und deswegen gehört das Geschichtenerzählen ebenfalls zu ihrem Frühstücksritual. Auch wenn Luzdivina dazu heute vollkommen die Lust fehlt. Und Kasimira lächelt nicht einmal. Meistens schildert sie ihr, wie sich die Farben vor dem Fenster mit den Jahreszeiten verändern, oder wenn die beiden Eichelhäher beginnen, sich ein Nest zu bauen. Besonders spannend wird es, wenn es dann Nachwuchs gibt.

„Stellen sie sich vor Schwester Kasimira, während der Nacht hat die Bougainvilla zu blühen begonnen, schon zum zweiten Mal in diesem Jahr. Erinnern sie sich noch an das erste Mal? Das war schon sehr früh. Rosa und violett, so schön."

Wie immer kommt keine Antwort. Luzdivina möchte Kasimira auch nicht direkt ansehen, die Reste ihres Make-ups sind einfach zu hässlich. Sie serviert den Tee mit fünf Stück Zucker, Kasimira wacht davon meistens schon von selbst auf und die Prozedur der Morgentoilette nimmt ihren Lauf.

Diesmal ist aber irgendetwas anders. Ist es der strenge Geruch? Luzdivina durchsucht die Kemenate nach einer Ratte, die vielleicht eingeschlossen war und verwest ist. Die Klosterglocke bimmelt sechs Mal, während Luzdivina unter dem Bett nachsieht. Beim Hochkommen ist sie sehr nah an Kasimiras Gesicht, so dass sie deren Atem spüren müsste, aber Kasimira atmet nicht mehr und ihre offenen Augen sind starr gegen die Decke gerichtet.

Nach 88 Jahren muss heute Nacht irgendwann Schluss gewesen sein mit Kasimiras Leben.

Es dauert noch einige Momente bis Luzdivina realisiert, dass Kasimira tot ist. Stumm und ohne viel Aufsehen ist sie dahingegangen, sonst ist alles wie immer.

Luzdivina spricht ein kurzes Gebet und macht sich auf den Weg zu Apolonias Kemenate, um ihr die traurige Nachricht zu überbringen.

„Wo warst Du? Ich habe Dich die ganze Nacht gesucht und nicht gefunden?" Apolonia steht ihr plötzlich im Wandelgang gegenüber und schaut sie zornig an.

„Kasimira ist tot", sagt sie nur und Apolonias Mundwinkel zucken kurz auf. Ist es ein freudiges Zucken, das Luzdivina da erkennt?

„Oh", ist Apolonias einziger Kommentar.

„Du weißt, dass Du ohne mein Einverständnis das Kloster nicht verlassen darfst. Und übrigens, deine Augen sind schwarz umrandet."

„Ja, Schwester Oberin, ich weiß."

Der herbeigerufene Arzt kann nur bestätigen, dass die Nonne Kasimira Borghia, geboren in Palermo, Sizilien, an den Folgen eines Herzstillstandes und daher eines natürlichen Todes gestorben ist.

Das Datum für das Begräbnis wird an der Gemeindetafel angeschlagen. Sie wird mit Gottes Segen in einem der Gräber für gewöhnliche Ordensschwestern am Friedhof zur Heiligen Magdalena beigesetzt werden. Kasimira hatte keine Verwandten, daher wird es wahrscheinlich ein sehr einsames Begräbnis.

Gruß vom Anwalt

Die Luft steht still, der Sommer beginnt zu quälen. Die meisten Mallorquiner fliehen jetzt zwischen zwei und vier Uhr nachmittags in ihre fensterlosen Räume, von denen beinahe jedes Haus einen hat. Wenn nicht, wird verdunkelt. Aus den beiden Schloten der Bodega in Llucmajor steigt trotz der Hitze schwarzer Rauch. Wie immer dreht sich ein Spanferkel am offenen Feuer um die eigene Achse. Seine Exzellenz Franziskus Rinaldo Puig ist relativ gut gelaunt.

„Montserrat hat mit diesen absurden Ideen uns abzuzocken sein eigenes Leben so gut wie ausgehaucht. Sechzig Prozent, achtzig Prozent, warum nicht gleich hundert Prozent? Was glaubt er eigentlich, wer er ist?"

Er lacht ein schäbiges Lächeln und zeigt dabei seine Zahnlücken.

„Sehr gut, dass Du den Möllemann-Vertrag gleich hierhergebracht hast und nicht in sein Büro."

Rinaldo lümmelt auf seinem Lieblingsplatz, vor sich ein Holzbrett mit Schwein und Wein und liest den Vertrag, den ihm Ramon feierlich auf den Tisch gelegt hat.

„Sehr gerne, war kein Problem", sagt Ramon äußerst devot.

„Sieht aus wie der andere, nur durch die juristische Lupe betrachtet natürlich nicht."

Rinaldo neigt seinen Kopf sehr nah an das Papier, um auch das Kleingedruckte zu entziffern.

„Gut gemacht Montserrat, wirklich schade, dass du nicht hier sein kannst, um das mit uns zu besprechen."

Rinaldo schnalzt zynisch mit der Zunge und wird nachdenklich.

„Jetzt, wo wir dieses Goldstück hier in Händen haben, brauchen wir Montserrat eigentlich nicht mehr. Wir wissen, dass er nichts mehr für uns tun kann, und wir können für ihn auch nichts mehr tun, außer ..."

Er macht mit dem Pata Negra Messer die typische „*Kopf ab*"- Bewegung und verfehlt seine eigene Halsschlagader nur um Millimeter.

„Dieser elende Bastardo. Ich habe ihn schon immer gehasst, obwohl er mir zeitweise sehr geholfen hat, aber das ist jetzt tiempo pasado."

Ramon bringt Nachschub vom Schwein für Rinaldo. Solange er isst, bleibt er ruhig, vor allem ihm gegenüber. Rinaldos Entscheidung, Montserrat zu entsorgen, wirkt sich auf Ramons Stimmung höchst positiv aus.

Ein weiteres Kuvert auf dem Tisch, welches er plötzlich entdeckt, macht ihn neugierig.

„Was ist das?" fragt er in den Raum.

Er kann keine offizielle Post empfangen, da es ihn offiziell nicht gibt.

„Wurde eingeworfen, Exzellenz, durch die Persianas", antwortet der Bodyguard James mit einer leichten Verbeugung in Richtung Esstisch.

Rinaldo fischt das interessante Stück Papier abermals mit dem Pata Negra Messer zu sich heran. Verspielt wie ein kleiner Junge, der angeben will, fuchtelt er mit dem Messer vor seinem Gesicht herum.

„Sieh mal, das nenne ich scharf."

Rinaldo legt den verschlossenen Brief auf die Klinge und allein das Gewicht des Papiers schneidet das Kuvert entzwei.

„Na, wie war ich?"

Er heischt nach Anerkennung.

„Grandios" sagt Ramon mit schlecht gespielter Bewunderung.

Rinaldo entfaltet den amtlich aussehenden Brief und beginnt zu lesen. Was er sieht, leitet einen emotionalen Countdown ein. Ein Grummeln, eine Mischung aus Brüllen und Rülpsen kommt aus seinem nun schäumenden Mund. Zornig wischt er das Holzbrett mit dem Schwein und die antike Tonkaraffe mit brutalem Schwung vom Tisch. Die Karaffe zerschellt auf dem Boden, der Wein versiegt langsam im Lehm.

„Lasst mich allein", sagt er jetzt ganz sanft.

James will noch die Gunst der Stunde nutzen, wagt sich einen Schritt näher an ihn ran, um ihm aus dem Notizbuch des Handys vorzulesen.

„Verzeihen sie Exzellenz, ich sollte sie noch an eine wichtige Verabredung erinnern. Abfahrt wäre dann in...."

Rinaldo wiederholt den Satz nun in enormer Lautstärke. Seine Stimme überschlägt sich.

„Alleinlassen habe ich gesagt. Alle raus!"

Ramon sucht sofort das Weite, zu oft durfte er diese Wutausbrüche schon miterleben. Sie beginnen immer auf dieselbe ruhige Art und Weise. Rinaldo trägt seinen kleinen geflochtenen Holzsessel trotz der 30 Grad Lufttemperatur ganz nah ans Feuer ran, setzt sich in die Hitze und beginnt laut zu lesen.

„Ich, Dr. Silvestro Morales, Anwalt in Barcelona, vertrete meinen Kollegen, den Anwalt Dr. Montserrat aus Palma in dessen eigener Sache. Alle zwischen den Parteien Montserrat und Puig abgeschlossenen Verträge liegen mir in Kopie vor. Sollte Herrn Montserrat etwas Unerwartetes zustoßen oder sollte er zu Schaden oder gar ums Leben kommen, bin ich beauftragt, nicht nur sämtliche Unterlagen in den sozialen Netzwerken sowie den herkömmlichen Medien zu veröffentlichen, sondern Herrn Montserrat bei einem gerichtlichen Prozess zu vertreten. Mit vorzüglicher Hochachtung, Dr. Silvestro Morales."

Rinaldo kann es nicht glauben und kocht vor Wut. Die Fetzen fliegen.

Männerprobleme

Leon hat lange in den Monitor seines Computers im Büro gestarrt und seine Augen schmerzen. Facebook, Instagram, Suchforen, Reiseberichte junger Menschen mit Abenteuerlust und einer ganz speziellen Ausbildung. Er ist damit schon weit gekommen und legt deshalb eine verdiente Pause ein.

Er will sich nochmal den ominösen Standort vornehmen, an dem Montserrat mindestens zwei Mal innerhalb von 24 Stunden aufgetaucht ist. Leon ruft Pepe an, mit dem er sowieso noch ein Hühnchen zu rupfen hat.

„Wir machen einen Ausflug, Pepe. Dann kannst Du mir auch endlich erzählen, was gestern Nacht in Dich gefahren ist. In zehn Minuten treffen wir uns unten."

Auf der Flughafenautobahn ist Stau, wie so oft, und dann, ohne Grund, geht es plötzlich auf einer ausgestorbenen Autobahn weiter. Leon gibt Gas.

„Na was war mit Dir, gestern in der Disco?"

Pepe reagiert nicht, Leon mustert ihn von der Seite. Ein verschlossener Mann, die Lippen fest zusammengepresst sitzt neben ihm.

„*Despues de tres kilómetros a la derecha y a la rotonda, Nach drei Kilometern nach rechts abbiegen und am Kreisel...*" quasselt die Computerstimme. Pepe hüllt sich weiterhin in trotziges Schweigen.

Die Straßen von Llucmajor sind nach einem quadratischen Prinzip angelegt, wie ein kleines Manhattan aus dem 15. Jahrhundert, konzipiert für Eselskarren und Fußgänger. Ein schmales Auto passt heute gerade noch durch. Einbahn nach links, Einbahn nach rechts, immer rechtwinkelig und meist muss man auf den schmalen Gehsteigen fahren. Der Hauptplatz wäre ohne Navi kaum zu finden und Parkplätze gibt es sowieso nicht, zumindest keine freien. Leon nimmt schließlich den, der ohnehin für Polizeiautos reserviert ist.

„Den Rest gehen wir am besten zu Fuß", sagt Pepe angesichts der Aussichtslosigkeit, in Llucmajor überhaupt Auto zu fahren.

„Ah, Du kannst ja reden, na dann erkläre mir doch mal folgendes. Du siehst eine der schönsten Frauen der Welt und haust ab? Eine Frau, in die Du noch dazu unendlich verliebt bist? Wie geht das denn? Bist Du denn bescheuert, oder was?"

Pepe benötigt einige Schritte, um darauf zu reagieren.

„Sie hat mit mir Schluss gemacht letzten Sonntag im Beichtstuhl, wegen ihrem "Gott". Habe ich Dir das nicht erzählt?

„Im Beichtstuhl, mhh? Gott? Nö, hast Du mir nicht erzählt."

„Und dann, von jetzt auf gleich, ist sie auf einmal keine Nonne mehr, sondern eine Disco Queen. Das hat mich umgehauen, hat mich echt schockiert."

„Du musst das Wort *Toleranz* noch lernen, Pepe."

Leon lässt wieder den klugen Gutmenschen raushängen, aber er hat recht. Pepe hilft es sehr, darüber zu reden. Er wird lockerer.

„Sie sah wirklich wahnsinnig geil aus gestern im Club, aber mir war das einfach zu viel, zu schnell, zu schön, zu Schock."

„Zuviel Schock, besseres deutsch", witzelt Leon.

Pepe leidet jetzt richtig. Er lebt moralisch gesehen in einer völlig anderen Zeit, mit Regeln, die nicht durchbrochen werden dürfen, Regeln, die es heutzutage nur noch in sehr traditionellen Familien gibt und aus einer solchen stammt er. Vater Hafenarbeiter - immer müde. Mutter Hausfrau - auch immer müde. *Toleranz* - nicht im Wortschatz der Familie vorhanden. Er ist plötzlich froh, dass er es bis zum Polizisten bei der Guardia Civil gebracht hat und die Bekanntschaft mit Leon bereichert sein Leben immens.

„Ja versteh mich doch Leon, heute so morgen so, Kloster oder Disco, Disco oder Kloster, da kann ein normaler Mann doch nicht mithalten in diesem Tempo."

Leon wird jetzt ein wenig zornig auf Pepes altmodische Ansichten. Aber Pepe hört nicht auf zu lamentieren.

„Und dann war das alles so freizügig, Frauen tanzen mit Frauen und Männer mit Männern. Wie soll man das verstehen? Mierdoso!"

Jetzt reicht es Leon.

„Du verdammter Spießer. Geht das in Deinen kleinen Schädel denn nicht rein? Das ist heutzutage so. Der Tatbestand für Dich ist doch nur, dass zwei Frauen einfach Spaß haben wollten und ihn auch hatten, bis zu dem Moment, wo du angetanzt kamst. Lass sie doch fröhlich sein, das ist doch ihr gutes Recht und es ist doch nix passiert, oder anders gesagt, was hätte den passieren können?"

Pepe ist jetzt noch niedergeschlagener als vorher. Es war wirklich zu viel für ihn.

„Ja ich habe mich blöd verhalten, das tut mir leid. Ich hätte nicht verschwinden dürfen."

Pepe setzt sich auf eine Steinbank auf dem Hauptplatz.

„Kannst du mir bitte helfen, Leon? Was soll ich denn tun? Ich habe doch auch keine Erfahrung, genau wie Luzdivina."

Leon versteht den Ernst der Lage.

„Na claro helfe ich Dir compañero, aber es gibt nur einen Ausweg aus der Misere. Frauen wollen geliebt werden, wollen beschützt werden. Wegrennen schreckt sie ab. Du musst das ganz allein wieder regeln. Du musst ihr das Gefühl geben, dass sie die einzige Frau auf der Welt für Dich ist. Sei ein Mann, sei ein spanischer Mann, sei stolz. Und geh hin zu ihr. Ich weiß, dass sie auf Dich wartet."

„Du glaubst, ich soll zu ihr gehen?"

„Claro", sagt Leon und klopft ihm ermutigend auf die Schulter.

„Claro", antwortet Pepe.

Von der Placa d´Espania sind es nur noch wenige Schritte. Leon beäugt das große Haus in der engen Carrer de Sant Pere neugierig. Nichts Besonderes fällt ihm auf. Die großen Häuser der Nobles, wie die reichen Mallorquiner sich nannten, sind von außen ziemlich normal aber innen eine einzige Pracht. Kein Hinweis auf einem Türschild, keine Klingel, undurchdringliche Holztore versperren den Blick hinein.

„Na denn, nichts zu sehen aber gut zu wissen, vielleicht haben wir ein anderes Mal mehr Glück und können wenigstens mit der Putzfrau reden."

Leon wendet sich schon zum Gehen, als sich just in diesem Moment das große Tor automatisch und lautlos öffnet. Eine schwarze Limousine kommt herausgeschossen. Der Fahrer nimmt die Kurve millimetergenau mit Bravour, ohne an die gegenüberliegende Hauswand zu schrammen. Die beiden können sich gerade noch in die Türöffnung des Nachbarhauses retten. Im Fond des Wagens blitzt ein riesiger, kahler Schädel für eine halbe Sekunde lang in der tief stehenden Sonne auf. Dann verschwindet jeder Hinweis im Schatten der engen Häuserflucht. Die beiden müssen sich einen Augenblick lang sammeln.

„Sollen wir?" fragt Leon mit Blick auf das sich langsam schließende Tor.

„Oder sollen wir nicht?"

Pepe ist sich unsicher. Der Spalt ins Innere des geheimnisvollen Gebäudes wird zusehends schmaler. Noch 3,2,1 Sekunden.

Die E-Mail

Sonja checkt E-Mails vom Schreibtisch ihres Büros aus. Appelboom@co.uk. Na endlich, Ihre Augen bohren sich in die Zeilen.

Re: Finca Mallorca. Dear Mrs. Moellemann, I am very sorry to tell you that Mr. von Eschke is not interested in buying the property you were showing to him. As a courtesy to your excellent efforts he will transfer five percent of the sales price instantly. With best regards from London. AA - Appelboom – Advocats. Inc."

Sonja wird blass. Was ist da denn bloß schiefgelaufen. Fünf Prozent klingt wie ein unanständiger Witz, es wird jetzt richtig eng für sie und die Firma.

Dunkles Netz

„Hola" ruft Pepe mindestens drei Mal, um sicher zu gehen, dass niemand zu Hause ist. Gleichzeitig ortet er den Schalter, mit dem man das automatische Tor wieder öffnen kann. Dabei kommt ihm unmittelbar seine Grundausbildung bei der Guardia Civil in den Sinn. Reinkommen ist wichtig, aber Rauskommen ist viel wichtiger. Fest steht jedenfalls, dass das, was sie hier gerade abziehen, für ihn und Leon der absolute Karriere-Gau werden könnte, wenn es irgendwann mal zu Tage kommt. Und erfahrungsgemäß kommt früher oder später alles irgendwann zu Tage.

Leon hingegen geht schnurgerade auf das Ziel zu. Sie durchqueren einen 30 Meter langen Tunnel, über dem sich offensichtlich Wohnräume befinden, rütteln an mehreren Türen, aber alle sind verschlossen. Nur eine desolate Tür steht halb offen. Sie führt zu einer Treppe. Zehn Stufen tiefer stehen sie in einem dunklen riesigen Raum, einer Bodega. Die restliche Glut im Kamin gibt noch genug Licht, um sich einigermaßen zurechtzufinden, rötlich und unheimlich. Reste vom Spanferkel riechen verheißungsvoll. Leon und Pepe halten ihre Waffen im Anschlag.

„Lust auf ein frühes Abendessen?" flüstert Pepe, aber Leon hat gerade jetzt nichts übrig für Späße.

Eine bläuliche Lichtquelle interessiert ihn viel mehr. Sie kommt aus einem der Nebenräume, der überladen ist mit elektronischem Gerät und zahlreichen 21,5 Zoll Macs. Manche davon sind an und schimmern bläulich. Rote Led-Indikatoren blinken. Einer der Macs ist sogar noch online. Leon drückt die Maus, um ihn nicht sterben zu lassen. Die Computer stehen auf rohem Kantholz, aufgebockt auf zwei Holzschragen an einer seitlichen Wand. Der Kabelsalat hängt wild durcheinander, daneben eine ganze Reihe von Schränken, bis oben vollgefüllt mit Aktenordnern. Eingetrocknete Ränder von Rotweingläsern pflastern eine Pressspanplatte, die als Tisch für alles dient. Leon drückt einmal auf die Maus und der Rechner beginnt zu arbeiten.

Pepe begutachtet inzwischen die wunderbaren alten Gewölbe. Er ist mehr als beeindruckt, noch nie hat er ein ähnliches Bauwerk auf Mallorca gesehen. Unzählige Säulen aus Mares, schwindelerregend hoch, Weinfässer riesig wie kleine Häuser. Alles vergammelt und heruntergewirtschaftet. Die Bodega muss vor mehr als einhundert Jahren noch in voller Blüte gestanden haben. Eine verschimmelte Theke, auf der Geschäftsbücher aus dem Jahr 1921 liegen, ist ein verlässlicher Zeuge dafür.

Der kahle Schädel in der Limo hat offenbar fluchtartig das Gebäude verlassen und war sicher genug, dass niemand herumschnüffeln wird. Alle Internetseiten des Hauptrechners öffnen sich problemlos und ohne Passwort. Leon ist jetzt mittendrin.

Erster Click und <Darknet> baut sich auf. Ein stark gepixeltes Narbengesicht starrt ihn von einer Website aus an. Sie heißt <www.putsch.pa> und hat eine Ansammlung interessanter Artikel anzubieten. Sprengstoff, Prostituierte, Waffen, menschliche Organe, Ausbildung zum Nahkämpfer, Kontakte zu Dschihadisten, arabischen Nutten und allerlei mehr, was jenseits der Legalität steht. Einen Click weiter öffnet sich wie automatisch das <deepnet>, die extremere Version von Darknet und ebenfalls mit Panama-Kennung. Auf der Shopping-Cart Liste findet Leon sogar das neueste Modell des deutschen Schützenpanzers Puma nebst einer Liste von Bitcoin-Dealern.

160

„Schreib mal Rafel eine Mail, wir brauchen sofort eine richterliche Durchsuchungsanordnung, aber das wird bei der Sachlage kein Problem sein. Das hier ist brennheiß", ruft er Pepe zu, der gerade den Raum betritt. Pepe starrt erstaunt auf den Monitor.

„Hey, was für ein Wahnsinnsfund, ich nenn Dich ab sofort Leon-007."

„Für den Betreiber bedeutet das mehrere Jahre hinter Gittern aufgrund des spezifischen Angebots. Hier, das ist besonders gut, 15 bis 16 Jahre junge Frauen aus Thailand, der Ukraine und Kambodscha, Aufenthalt in Europa, kostenlos, no problem. $$$."

Leon macht ein paar Screenshots und sendet sich selbst die Webadresse des Darknets ins Büro. Man kann ja nie wissen, wie schnell das eigene Netz verseucht werden kann.

„Aber hier ist eine ganz eigenartige Verbindung zu unserem Fall. Vieles dreht sich um Panama. „*Rosebud*" - die Yacht von Ramon, Sonjas Ex, fährt unter panamaischer Flagge. Ramon selbst hat seine letzte Nachricht von einem Internet-Café in Panama City abgeschickt. Die Internet-Kennung hier hat ebenfalls die Endung >pa< für Panama."

Leon ruft sein optisches Gedächtnis ab und ist sich jetzt ziemlich sicher. Dieser hässliche Kahlkopf auf dem Screen ist zweifellos der Mann, welcher im Fond der rasenden Limo saß. Die Spur nach Panama ist heiß. Die Suche nach dem Kahlkopf wird sicher noch heißer.

„Ich glaube wir sind ein ganzes Stück weiter. Vamos."

Und ab geht es Richtung Palma, es gibt viel zu recherchieren.

Zwei Kugeln

Luzdivina springt von der Ape und winkt dem Gemüsehändler dankend zu. Enge Gassen führen sie vom Markt durch die Innenstadt direkt zum Polizeipräsidium. Dort wird sie auf Pepe warten, solange es eben dauert. Sie hat eine Entscheidung getroffen. Sie wird nicht aufgeben und sie wird ihn heute um ein klärendes Gespräch bitten. Er kann doch nicht so einfach verschwinden aus ihrem Leben, nur weil sie einmal zum Tanzen gegangen ist.

Das geschäftige Treiben in der Hauptstadt fasziniert sie. Bei jedem Schritt atmet sie tief ein, jeder Blick ist eine Pracht, die es zu verarbeiten gilt. Sie hat ein wenig Geld aus der Portokasse mitgenommen, das wird sie bestimmt bei nächster Gelegenheit zurückgeben. Die paar Münzen klingeln beim Gehen in ihrer Tasche und sie kann an dem Eisverkäufer nicht vorbei, ohne anzuhalten. Ein Eis, das wäre gut. Manchmal bringt ihr der Gemüsehändler eins mit hoch ins Kloster. Ohne ihn wäre sie vollkommen ausgeschlossen von dieser Welt. Minutenlang, als gäbe es nichts Wichtigeres zu tun, steht sie da und bewundert die handgemalten Hörnchen auf der Tafel. Eine Kugel ein Euro, zwei Kugeln ein Euro fünfzig. Gleich zählt sie nach, ob sie sich das leisten könnte.

Wie gerne würde sie öfter hier sein, umgeben von freundlichen Menschen und nicht nur von einer griesgrämigen Nonne. Was für eine befreiende Luft ist das hier unten. Das Meer, der Hafen. Für ganz und für immer hier wohnen, das wäre ihr Traum.

„Bitte sehr Schwester. Zwei Kugeln, Erdbeere und Zitrone."

Der Eismann reicht ihr ungefragt ein Hörnchen rüber. Hat sie am Ende schon bestellt, ohne es zu merken? Woher kennt er ihre Lieblingssorten? Sind das immer noch Nachwirkungen des Joints? Verlegen kramt sie nach dem Geld und fischt endlich zwei Euros heraus. Der Eismann jedoch winkt freundlich ab.

„Señora, ya pagado, schon bezahlt."

Pepe hat sich von hinten unbemerkt an sie ran geschlichen und sie hat ihn nicht bemerkt. Zärtlich fast er ihr an die schmalen Hüften und sie wirbelt erschrocken herum. Nach einer Schrecksekunde ruft sie:

„Pepe, was machst Du denn hier?"

„Ich arbeite hier, ich bin Polizist, schon vergessen?"

Am liebsten würde sie ihm vor Freude um den Hals fallen, aber das ziemt sich hier ganz bestimmt nicht.

„Pepe, ich habe Dich gesucht."

„Und ich habe Dich gefunden", antwortet Pepe.

„Ich, ich, ich muss mich bei Dir entschuldigen", stammeln beide gleichzeitig und lippensynchron und müssen darüber herzlichst lachen.

Das Eis zwischen ihnen scheint mit einem Mal gebrochen, in Luzdivinas Hand beginnt es bereits zu schmelzen.

„Gracias, Alfredo", ruft er dem Eismann zu und der zwinkert aufmunternd zurück.

„Na dann erzähl mal, Liebling", bittet Pepe sie.

Auf einer Mauer mit Hafenblick finden sie ein schattiges Plätzchen. Luzdivina ist wie immer zunächst schüchtern, doch sie beginnt alles langsam zu erklären.

„Also, Sonja kam hoch ins Kloster, um Omar zu besuchen und wir kamen ins Plaudern, sie ist ja so nett. Du kennst sie doch alle, oder? Sonja, Omar, Leon?"

Es ist ihr, als würde sie gerne mehr Menschen aufzählen, aber es sind tatsächlich nur drei, die sie kennengelernt hat, und dann natürlich Pepe.

„Ich kenne sie besser als Du denkst, meine liebe Luzdivina."

„Dann hat mir Sonja von Palma so vorgeschwärmt, dass mir das Wasser im Munde zusammengelaufen ist. Und dann haben wir einfach kleine Mädchen gespielt und haben alles ausprobiert. Nicht mehr und nicht weniger. Wir waren sogar shopping."

Pepe ist wieder einmal hingerissen von ihr.

„Du hast total heiß ausgesehen in der Disco. So anders und so sexy. Wenn wir uns noch nicht gekannt hätten, wäre ich auf Dich zugegangen und hätte Dich gefragt, ob du nicht ..."

Ihm gehen die richtigen Worte aus.

„Aber ich habe mich sofort wieder an unser Treffen im Beichtstuhl erinnert, das war der größte Schock für mich, kannst Du das verstehen? Und da wollte ich einfach nur noch weg."

Pepe nimmt ihre Hand, Luzdivina drückt sie fest und doch so zärtlich.

„Ich war ein blöder Idiot, bitte verzeih mir."

Er kniet spontan vor Luzie nieder und küsst ihre Hand. Hochrot im Gesicht sitzt sie da. So etwas passiert einer Nonne nicht allzu oft. Sie blicken einander tief in die Augen.

Eine Gruppe Touristen bleibt stehen und beginnt zuerst langsam, dann immer schneller und lauter zu applaudieren. Das ist vielleicht die schönste Erinnerung, die sie von ihrer Kreuzfahrt mit nach Hause nehmen werden. Click, Flash, eintausend Fotos.

„Ja in Spanien ist so etwas erlaubt, das ist eben ein freies Land", sagt ein schwäbischer Rentner.

Die Kreuzfahrerkollegen und -kolleginnen sind begeistert.

„Geh Xaverl, schau da des amal an, so liab, gell?"

Der Pate

D er Abend senkt sich über Palma, doch der Tag ist noch lange
nicht zu Ende. Die Front eines Gebäudes im katalanischen
Jugendstil leuchtet grell in den Hafen hinaus. Palmas
nobelster Nachtclub mit Casino und höchst illustrem Publikum mischt
hier das Nachtleben auf. Wo viel Licht ist, werden auch viele Motten
angezogen. In einer separierten Lounge sitzen ein Dutzend Gentlemen in
tiefen Chesterfield-Chairs, es handelt sich fraglos um die Cracks von
Palmas Unterwelt. Mainstream-Mafia, Nachtclubbesitzer und deren
Verwalter plus das eine oder andere politische Früchtchen – Männerwelt
im Smoking eben, bei einer nicht ganz koscheren Geschäftsbesprechung.
Seine Exzellenz Franziskus Rinaldo Puig thront mittendrin. Damen in
glänzenden Shorts bieten exquisite Rauchwaren an. Toni, der Sub-Capo,
betritt das Rednerpult und zählt die Anwesenden ab, macht einen Haken
auf seiner Liste und klopft auf das Trinkglas. Schlagartig kehrt Ruhe ein.

„Exzellenz!"

Die Zigarettengirls verschwinden. Alle Blicke richten sich auf seine
Exzellenz Rinaldo Puig, welcher minimales Kopfnicken in diverse
Richtungen andeutet. In seinem weißen Smoking mit katalanischer
Schärpe ist er zweifellos der absolute Pate Mallorcas plus der restlichen
Balearen. Toni, goldkettenbehangen, setzt mit gesenkter Stimme fort.

„Wir freuen uns, Exzellenz, dass Sie sich die Zeit genommen haben,
an der Jahreshauptversammlung der Cosa Nostra de Catalunia
teilzunehmen. Es gibt Anzeichen für schlechte Nachrichten. Unsere
Familia in Barcelona schlägt vor, dass wir das Schutzgeld nicht mehr nur
unter uns aufteilen, sondern uns auch ab sofort sozial betätigen sollen.
Wir finden das nicht gut, werden die Mehrkosten aber den Hoteliers
berechnen, die wissen Bescheid und sind einverstanden. Was haben sie
auch für eine andere Wahl?"

Nobles Lachen dringt aus dem Publikum.

„Die Hoteliers ihrerseits werden die Mittel aus der Touristensteuer requirieren, also ändert sich für uns rein gar nichts. Ich bitte nur die Gegenstimmen um ein Zeichen."

Keine Gegenstimmen, trotzdem richten sich alle Augen auf Rinaldo, der sein Einverständnis wieder nur durch leichtes Kopfnicken unterstreicht. Die Gruppe quittiert diese erste und eindeutige Abstimmung mit verhaltenem Applaus. Toni macht wieder einen Haken auf seiner Liste.

„Als Punkt zwei auf der Tagesordnung Exzellenz, freuen wir uns, ihnen mitteilen zu dürfen, dass ihrem Ansuchen zur Errichtung einer Hotelanlage im Naturschutzgebiet des Weltkulturerbes Tramuntana nichts mehr im Wege steht. Wir haben die Cedula de habitabilidad, die Bewohnbarkeitsbescheinigung ohne große Anstrengung von unserer bewährten Agentur erhalten, die Sonderkosten dafür sind im Jahresbericht angeführt, Ihren Zahlungseingang hierfür haben wir unserem Offshore Institut gutgeschrieben. Wenn jemand Einwände haben sollte, möge er sie bitte jetzt vorbringen."

Keine Einwände. Alle im Raum nicken das Projekt ab. Rinaldo sieht sich in seiner Funktion als Capo bestätigt und verteilt großzügig sein Lächeln. Toni macht abermals einen Haken.

„Das war eine einstimmige Annahme des Antrages, wir alle werden von dem Projekt zu den üblichen Konditionen profitieren. Bitte um eine kurze Pause."

Die Mafiagrößen scharen sich um Rinaldo und versuchen, sich in bestem Licht zu präsentieren.

„Vale, grandiosa idea", sagt ein Nachtklubbesitzer aus Magaluf.

„Hätte ich mal draufkommen sollen", meint der Controller von Transport und Taxis.

„Aber wie soll das gehen? Das liegt doch alles bei den Pfaffen", meint ein leitender Funktionär vom Puerto de Palma.

„A bissl was geht immer, Spatzl", meint der Chef der Schinkenstraße und klopft sich auf die Schenkel.

Rinaldo jedenfalls hat eine letzte große Hürde genommen. Durch die Absegnung des Projektes seitens der katalanischen Cosa Nostra kann nun absolut nichts mehr schiefgehen. Er bekommt langsam Hunger. Vorher nur noch kurz zur Toilette. Während er sich erleichtert, lässt er die

Eindrücke dieses wichtigen Meetings Revue passieren. Neben ihm taucht wie aus dem Nichts ein Schatten auf. Rinaldo vermeidet den Blickkontakt, doch der andere beginnt leise zu sprechen.

„So ein Zufall."

Es ist Montserrat, der neben ihm am Urinal steht.

„Das ist eine kleine Insel Rinaldo, nichts bleibt geheim. Man hat Beziehungen oder man hat keine. Der Brief von meinem Anwalt ist eine reine Vorsichtsmaßnahme, der soll Dich nicht weiter beunruhigen. Ich fühle mich von Dir nicht bedroht, dafür bist Du zu träge und zu langsam. Ich bin durch mein Netzwerk abgesichert, du kannst einpacken. Sobald mir irgend etwas passieren sollte, wird Dr. Silvestro Morales, mein Freund und Kollege in Barcelona, Deine kleine beschissene Welt mit einem einzigen Click ausradieren, Dich sozusagen viral atomisieren."

Rinaldo schließt seinen Hosenschlitz.

„Was hast Du hier zu suchen? In der Höhle des Löwen?" knurrt er. Montserrat ist darüber mehr als amüsiert.

„Öffentlicher Raum, öffentliches Casino, öffentliche Pissbude in Marmor. Du bist ebenfalls hier Rinaldo, also was ist Dein Problem? Ich wollte dir nur mitteilen, dass ich auf dem längeren Ast sitze als Du." Und mit einem frechen Blick auf seinen Hosenschlitz,

„Dein Kurzer wird übrigens schnell abbrechen."

Rinaldo trocknet sich seelenruhig die Hände ab.

„Du glaubst, ich krieg Dich nicht? Du irrst. Gerade, wenn du schläfst, gerade, wenn du an was Schönes denkst, wenn du nicht damit rechnest, wenn du mit Deinen Supernutten im Bett liegst - ich werde Dich genau dann zermalmen. Und mit meinen eigenen Händen. Ich habe Dich in der Tasche. Und ich halte mich dabei noch dazu an das Gesetz."

Montserrat lacht kurz auf.

„Das wäre das erste Mal. Alle werden überrascht sein, das zu hören. Was macht Dich so sicher, Puig? Deine Lizenzen laufen aus, habe ich gesehen. Ich habe hervorragende Angebote, sie auf andere Namen verlängern zu lassen. Ich habe mir außerdem schon die Domain auf unser Hotelprojekt gesichert, ich bin schneller, verstehst du? Entweder Du spielst mein Spiel oder Du spielst nicht mehr mit, ganz einfach."

Rinaldo spuckt ihm vor die Füße. Damit hat der Kampf um Leben und Tod offiziell begonnen. Wie viele Runden wird es wohl geben, bis ein

Sieger hervorgeht? Wer wird zu Boden gehen? Rinaldo hat das Recht auf seiner Seite, seit er den gefälschten Vertrag von Montserrat besitzt. Das ist sein großer Trumpf. Vielleicht aber ist es sogar besser, ihm nichts anzutun, sondern ihn auf zivilem, gerichtlichem Weg straucheln zu lassen. Keine Gewalt ist eine sehr gute Idee. Montserrat denkt ganz genau so, Rinaldo Puig verklagen, das kann er, das ist sein Job. Grußlos trennen sich die beiden voneinander.

Nach Hause

Unten an der Freitreppe des Casinos wartet James und öffnet diensteifrig den Wagenschlag, sobald er Rinaldo kommen sieht. Der wuchtet sich in die Limo, so dass die Stoßdämpfer ächzen. Lange verharrt Rinaldo stumm auf dem Rücksitz und betrachtet sich selbst in der Spiegelung der Seitenscheibe. Leichter Regen setzt ein und seine hässliche Fratze zerrinnt langsam, löst sich bald gänzlich auf. Er wurde gerade zum ersten Mal in seinem Leben zum Duell herausgefordert. Jemand war anderer Meinung als er, so etwas kennt er nicht. Das leitet für ihn einen neuen Lebensabschnitt ein. Verunsichert wartet James darauf, endlich Anweisungen zu bekommen, während in Rinaldo ein völlig unbekanntes Gefühl aufsteigt. Es beginnt im Kopf und wandert langsam zum Herzen. Ist es Sehnsucht? Sind es ganz frühe Erinnerungen an seine Kindheit, die nach Kamillentee schmecken? Kamillentee macht sich in seinen Geschmacksnerven bemerkbar. Auf einmal kann er diese innere Stimmung von ganz weit her definieren. Es ist Liebe. Liebe, die Zeit seines Lebens unerwidert blieb. Liebe, nach der er sich so sehnt - und plötzlich weiß er, wo er sie finden kann.

„Santa Magdalena", befiehlt er und James gibt Vollgas.

Apolonia - im Alter von zarten 17 Jahren wickelt ein Baby. Ein älterer Geistlicher beobachtet sie dabei durch den engen Türspalt. Angespannt schließt er endlich die Tür von außen, greift nach seinem bereitgestellten Koffer und eilt durch den endlosen Gang davon. Die junge Nonne geht ans Fenster und sieht gerade noch seinen Wagen in der Nacht verschwinden. Ihr Gesicht bleibt dabei unbewegt, nahezu reglos. Das Baby auf ihrem Arm grunzt abscheulich laut.

„Sei doch endlich still, Rinaldo."

Das Kloster liegt dräuend im eisig kalten Vollmondlicht. Zikaden zirpen ohrenbetäubend, während in weiter Ferne ein Hund voller Sehnsucht nach einer Hündin heult. Ein greller Blitz fährt aus einer pechschwarzen Wolke herab und hellt die Schattenrisse der Sierra für den Bruchteil einer Sekunde auf.

Rinaldos Limo erreicht die Auffahrt, Nebelschwaden machen sich breit. James geleitet Rinaldo mit aufgespanntem Regenschirm zur Pforte. Rinaldo donnert mit dem Eisenring ungestüm gegen das Tor.

Der dickliche kleine Junge springt wild in seinem Gitterbett auf und ab. Dabei trommelt er mit einer leeren Babyflasche ungestüm gegen die Holzstäbe, flennt und schreit unentwegt. Geifer rinnt aus seinem Mund.

Die junge Apolonia eilt durch die dunklen Gänge von Santa Magdalena. In den Händen trägt sie eine Kanne mit heißem Kamillentee. Sie nimmt zwei Stufen gleichzeitig und kommt rasch in der obersten Etage vor einer schweren Eichentür an. Das Geschrei des Kindes sickert von innen durch. Sie schließt mit einem blank polierten Eisenschlüssel die Tür auf. Nur sie kennt dieses geheime Verlies, ihren vollkommen abgeschotteten Rückzugsort in einem weit entfernten Winkel des Klosters. Den Schlüssel dazu hat sie einst beim Fensterputzen gefunden. Seither ist es ihr persönlicher Raum, ihre Bibliothek. Die anderen zwanzig Nonnen wissen davon nichts. Mit denen hat sie kaum Kontakt. Niemand weiß von der Existenz des Kindes, welches sie vor nun schon fast zwei Jahren hier ganz allein geboren hat.

„Sei doch endlich still, Rinaldo."

Die kleinen Kinderhände rütteln wild an den Streben des Gitterbettes, beinahe brutal. Apolonia gießt Tee in einen Blechnapf und gierig greift der kleine, dicke Junge danach. Sie beginnt still zu beten.

„Padre nuestro que estás en los cielos
Vater unser, der du bist im Himmel ..."

Apolonia ist ein hübsches Mädchen mit einem sehr harten Gesichtsausdruck, denn sie ist in einem Dilemma. Der Kleine lächelt sie an und wirft den Blechnapf in hohem Bogen aus dem Gitterbett, ein Zeichen, dass er noch mehr will. Als sie ihm den gefüllten Becher abermals gibt, lacht er fast schelmisch, fast bösartig. Er schlürft und schmatzt, es schmeckt ihm. Apolonia nimmt ihn an sich, doch ihre innere Stimme lässt diese Nähe eigentlich nicht zu. Sie reißt das Fenster auf, um kühlere Luft hereinzulassen, dabei gerät das Baby gefährlich knapp an den Abgrund. Sie will, koste es was es wolle, Klosterkarriere machen. Das Kind muss weg.

Apolonia schreitet, immer noch rüstig, durch die dunklen Gänge von Santa Magdalena. Ihre Hände umklammern eine Kanne mit heißem Kamillentee. Vorsichtig nimmt sie die hohen Stufen und kommt endlich vollkommen außer Atem oben an. Sie klopft an der Tür zur Bibliothek, dreht den rostigen Eisenschlüssel um und betritt den spärlich beleuchteten Raum. Mit nassen, weit aufgerissenen Augen liegt die Silhouette eines dunklen Kolosses in einem viel zu kleinen Bett. Apolonia gießt Kamillentee in eine Blechtasse und setzt sich zu ihm. Er streckt die Hand nach ihr aus, sie nimmt sie und beginnt zu beten.

„Padre Nuestro que estás en los cielos ..."

Die Petroleumleuchte wirft einen tänzelnden, übergroßen Schatten von Apolonias Umrissen auf die weiße Wand. Davor hatte er immer schon Angst, daran erinnert er sich, als wäre es gestern gewesen. Aber der Geruch des Kamillentees lässt all diese Angst sofort verschwinden. Durch den Kamillentee kommen all die Erinnerungen zurück. Als das Gebet zu Ende ist, verharren beide in einer Art Schockstarre.

„Willkommen daheim, Rinaldo", flüstert sie endlich.

Apolonia verspürt plötzlich längst vergessene, verdrängte Gefühle. Ja, es sind Muttergefühle, im Bauch und im Kopf. Das macht sie beinahe schwach, aber Schwäche kann sie sich gerade jetzt nicht leisten. Ihr Sohn erwartet von ihr Stärke. Rinaldo richtet endlich mit größter Hingabe und Verehrung das Wort an sie.

„Meine geliebte Mutter, ich danke Dir, dass ich heute bei Dir sein darf. Ich sehnte mich so sehr nach Liebe, mein ganzes Leben lang und nur in Dir und durch Dich kann ich diese Liebe finden."

Ihr leiblicher Sohn spricht endlich aus, was die beiden ein Leben lang verheimlichen und ignorieren mussten. Was für eine Last für das Kind, was für eine Last für die Mutter. Rino ist beinahe über seine Wortwahl erschrocken, das Wort "Mutter" hat er sein ganzes Leben lang noch nicht in dieser Art ausgesprochen und auf einmal fällt es ihm so leicht. Nur im Traum kam es ihm bisher über die Lippen.

„Ich hatte so große Sehnsucht nach Dir, nach all den Jahren, ich fühlte mich so allein bei den Padres, bei denen Du mich zurücklassen musstest. Nie durfte ich Dich als Mutter erleben."

Apolonia blickt ihn mit gütigen Augen an.

„Mein Sohn, ich muss Gott danken, dass er aus Dir einen so guten Menschen hat werden lassen. Es ehrt mich, wenn du Deine Sorgen mit mir teilst und mir dein Herz ausschüttest. Du hättest schon viel früher kommen sollen, mein heiliger Franziskus, mein großer Rinaldo, mein einziger Sohn",

sie neigt sich nah an sein Ohr und wispert,

„um alle meine Versäumnisse wieder gut zu machen, um all meine Scham vergessen zu können, dass ich Dir im Verborgenen habe das Leben schenken müssen, dass ich nie für Dich da sein konnte, wie ich es wollte, verspreche ich Dir, Deinen größten Wunsch zu erfüllen, so wahr mir Gott helfe."

Rinaldo ist geradezu überwältigt von so viel Mutterliebe.

„Mama, ich danke Dir."

Rinaldo weint haltlos und Apolonia streicht ihm die großen Tränen aus dem Gesicht.

„Wir werden Dein Projekt schon sehr bald in Angriff nehmen. Wir sind auf dem besten Wege. Vertraue mir, mein Sohn."

Apolonia deckt ihn mit einer groben Wolldecke zu und beginnt, ihm ein Lied zu singen. Dabei drückt Rinaldo ihre Hand so fest, dass es beinahe schmerzt. Doch sie erträgt es mit Würde und Stolz.

„Mutter, ich liebe Dich und ich danke Dir."

Friedlich schließt Rinaldo die Augen und beginnt regelmäßiger zu atmen. Der Duft des Kamillentees garantiert ihm einen tiefen, festen Schlaf, das war schon immer so. Der erste Hahn des Tages kräht.

Überraschung

Die letzte Steigung, bevor die Hitze des Tages einfällt, die letzte Kurve und Schluss. Leon checkt den Bordcomputer am Lenker seines Mountainbikes und staunt.

„Wow, eine Stunde neununddreißigkommazwölf. Nicht schlecht, zweiunddreißig Sekunden schneller als gestern."

Leon kommt von seiner morgendlichen Trainingstour zurück, hängt das Bike an den Haken neben dem Porsche und startet in der Küche die Nespresso Maschine an. Sonja kommt aus dem Pool, wo sie dreißig Längen hinter sich gebracht hat.

„Morgen Liebling."

„Morgen Schatz, alles claro?"

„Perfecto, con leche?" fragt er sie mit Blick auf die Kaffeemaschine.

„Si por favor. Ich liebe Dich."

„Und ich Dich."

„Nein, ich Dich."

Leon liebt dieses Spiel.

„Ich wollte Dich schon gestern etwas fragen, aber dann hat es sich von selbst erledigt."

Er gießt mit großer Geste die aufgeschäumte Milch in Sonjas Tasse und formt damit kunstvoll ein Herz. Er hat sie jedenfalls neugierig gemacht.

„Was hat sich denn so wunderbar von selbst erledigt?"

„Der Böse sitzt im Knast und fällt nicht mehr zur Last, so wie es sein soll."

„Du bist unter die Dichter gegangen, oder?"

„Kennst Du eigentlich einen, warte mal, eigenartigen Deutschen, hager, untere Grenze Leichtgewicht wie wir beim Taekwondo sagen würden. Ich habe ihn jedenfalls in einer zerklüfteten Bergregion aufgelesen, in Boxershorts, vor einer Casita mit eingetretener Tür. Aus medizinischer Sicht war er ziemlich am Ende. Kein Wunder, nach einer langen Nacht bei fast Minusgraden war er völlig unterkühlt und halb verhungert. Ach ja, jetzt fällt es mir wieder ein, Friedrich, Fritz Von Eschke? Kennst Du den?"

Sonja kriegt leichte Gänsehaut. Kann diese Geschichte nicht endlich mal zu Ende gehen. Leon plaudert weiter und denkt, er sei dabei witzig.

„Ich dachte du kennst ihn vielleicht, da er Deinen Stalker kennt, Dimitri. Ich habe den beiden ein wenig später Handschellen anlegen müssen."

Sonja wird jetzt beinahe zornig.

„Hör endlich auf mit mir Suaheli zu sprechen. Eine Sache wollte ich Dir nämlich auch schon gestern sagen. Mir ist ein Mega-Deal geplatzt. Vollkommen unerwartet und ohne Angaben von Gründen."

Jetzt ist es Leon, der stutzig wird.

„Der Mega-Deal mit den vielen Mios?"

„Ganz genau dieser Mega-Deal, peng, weg ist er. Und willst Du wissen, wer mein potenzieller Kunde war?"

Leon ahnt es bereits.

„Sag es bitte nicht."

„Friedrich Von Eschke."

Für Leon nimmt die Zufallsgeschichte eine vollkommen neue Wendung. Er berichtet Sonja jetzt ausführlicher von seinem Ausflug in die Berge.

„Dimitri hat von Eschke entführt und in einer entlegenen Casita versteckt. Er war drauf und dran von Fritzens Freundin, einer gewissen Katzie, Lösegeld zu erpressen. So viel hat er zumindest beim ersten Verhör erzählt."

Sonja verdreht genervt die Augen.

„Ich kenne diese Katzie, ein blondes Goldstück, es würde mich wundern, wenn die etwas bezahlt hätte. Die hängt doch voll drin in Von Eschkes Tasche."

„Hat sie auch nicht, denn da verliert sich Katzies Spur ganz schnell. Von Eschke war ihr offensichtlich keinen einzigen Centimo wert. Sie ist noch am selben Abend von der Insel abgereist, wie uns der PMI mitgeteilt hat - nach London."

Sonja braucht jetzt zur Stärkung noch einen starken Kaffee, während Leon weiter grübelt.

„Lösegeld, Lösegeld, Lösegeld, mehr passt doch in Dimitris aufgeblasenes Hirn nicht rein. Eigentlich geht es um Dich, um Deine Immobilie. Du wärst sein nächster Anruf gewesen."

„Kommt mir irgendwie bekannt vor."

„Von Eschkes Lösegeld war in Dimitris Fantasie sicher ziemlich hoch. Er muss die Seiten gewechselt haben und wollte in die eigene Tasche arbeiten. Da wird er allerdings mindestens fünf bis sieben Jahre warten, denn so viel Zeit wird er im Knast von Palma verbringen müssen. All inclusive, versteht sich."

Schlagzeile

K nast-Alltag, unterlegt mit dem Gebrüll einzelner Wärter, aber ansonsten keine besonderen Vorkommnisse.

„Der Bulle und die Nonne, die große Romanze vor den Toren Palmas", lautet die Schlagzeile auf der Frontseite des Diario de Mallorca. Das halbseitige Foto von Luzie und Pepe ist wirklich süß geworden. Der Typ, der die Zeitungen heute in den Zellen verteilt, steckt Dimitri ein Exemplar durch das Gitter.

„Das ist doch Dein spezieller Freund der Bulle, Dimmi oda? Wegn dem da biste doch drinn, oda Dimmi?"

Dimitri sitzt schweißgebadet von der unerträglichen Hitze des Sommers in einem winzig kleinen, fensterlosen Kellerloch. Er schaut kurz das Foto an, überfliegt den Artikel und legt den Diario ordentlich gefaltet zu-rück auf den Tisch, wo bereits andere ordentlich gefaltete Zeitungen lie-gen. Er liebt einfach die Ordnung.

„Gratulación, Du Arschloch, ich verwünsche Dich, Du Scheißbulle", sagt er zu dem Foto, auf dem der uniformierte Pepe Luzdivina im Habit die Hand küsst.

Sogleich wendet er sich wieder seiner eigentlichen Arbeit zu. Langsam und mit Bedacht befeuchtet er eine Papiertüte nach der anderen mit Speichel und klebt sie am unteren Ende zu. Dann schichtet er sie ordentlich gefaltet in einen kleinen Karton mit der Aufschrift "Feliz Navidad". Fröhliche Weihnachten.

Im Grunde seines Herzens ist er glücklich darüber, dass er endlich eine regelmäßige Beschäftigung hat und ein geregeltes Leben leben kann. Er hatte keine Idee mehr, wie er aus der Scheiße rauskommen soll. Er hat einsehen müssen, dass er leider kein guter Verbrecher ist. Da nützt es nichts, dass er gerne einer wäre.

„Der Kaiser von Mallorca", sein Traum ist endgültig ausgeträumt, endgültig gekippt, endgültig good bye. Zumindest für fünf Jahre, wenn es gut geht bei der Verhandlung. Fünf, maximal sieben Jahre wegen Nötigung, körperlicher Gewalt, Mordversuch, Freiheitsberaubung, Entführung, Stalking, Drohung, falschen Angaben gegenüber einem Polizisten, tätlicher Angriff auf einen Polizisten, Piraterie und Hausfriedensbruch, mehrere Einbrüche und diverse Einbruchsversuche,

Mitglied einer noch unbekannten Betrugsbande, und so weiter. Die Liste ist jedenfalls länger, als es der Fluchtweg hier raus wäre. Mit Montserrat als Anwalt kann er leider nicht mehr rechnen.

„Mittagessen fassen."

Ein Wärter in Uniform schlägt mit dem Schlagstock auf die vergitterte Tür und schließt sie auf. Zahm wie ein Lamm folgt Dimitri den Fluren hinauf bis in den Speisesaal, wo es täglich um Punkt 13 Uhr verwässerte, kaum essbare Reissuppe gibt.

Schutzheilige

Die Zigarre ist ihm soeben wieder ausgegangen und Maria eilt herein, zündet ungefragt ein langes Streichholz an und hält es Rafel Miralles hin. Durch den dichten Rauch, der aufsteigt, ist Leon fast nicht zu erkennen.

„Gracias Guapa", bedankt sich Rafel bei seiner emsigen Biene.

„Du wolltest mich auf dem Laufenden halten, Leon?"

„Ja, wollte ich. Wie Du weißt, haben wir Dimitri hinter Schloss und Riegel, das erleichtert aber leider nicht die Aufklärung des Mordes an der Nonne Isolde und an dem Mordversuch an Pepe."

„Also?"

„Also muss ich die letzten Verbliebenen im Kloster, die drei Nonnen Luzdivina, Kasimira und Apolonia einer DNA-Probe unterziehen. Der Verdacht spitzt sich leider zu, dass die Ordensfrauen verstrickt sind. Peinlich für die heiligen Damen, aber notwendig. Habe ich Deine Unterstützung? Mir ist bewusst, dass Apolonia, die Unberührbare, höhere Mächte für sich ins Spiel bringen wird. Vielleicht sogar den lieben Gott. Aber da müssen wir durch."

„Sehr witzig, mein Lieber. Wie Du wahrscheinlich weißt, steht die Äbtissin Apolonia unter dem besonderen Schutz von besonderen Beschützern. Sie ist eine Instanz auf der Insel. Aber lass mich mal telefonieren. Maria por favor, esta muy importante. Ganz wichtig."

Leon verlässt das Büro, der Alte wird es schon richten, das sind ja seine Pflichten. Auf in den Kampf.

DNA-Test

Leon kurvt die altbekannte Serpentinenstraße hoch. Pepe am Nebensitz plaudert diesmal frisch von der Leber weg. Er ist ein völlig neuer, ausgetauschter Pepe, wieder so wie früher. Leon gibt vor, interessiert zuzuhören.

„So, also stell Dir vor. Ich den Weg runter zum Eisverkäufer, wo Du und ich immer hingehen, weißt Du doch, um ein Eis zu holen. Aber diesmal, ich ganz allein, will mir bei Alfredo ein Eis holen, kannst Du mir folgen?"

„Bis jetzt kann ich Dir sehr gut folgen, Pepe." Leon gähnt.

Innerlich aber muss er schmunzeln. Die Geschichte hat doch längst die Runde gemacht und die Zeitung mit dem "Romantischen Pärchen" liegt in jedem Büro und in jedem Café Mallorcas aus. Aber Pepe denkt er ist der Einzige, der sie kennt.

„...und denk Dir mal wer sich da noch bei Alfredo um ein Eis anstellt? Ich war wie vom Blitz getroffen, verstehst Du, wie vom Blitz, aber ohne Donner."

„Ach nee, und wer stellt sich denn da um ein Eis an, kenn ich den?"

„Kenn ich die, die, nicht den. Luzdivina steht da, Und ich natürlich sofort zu ihr hin und sie hat sich umgedreht und hat sich..."

Pepe nimmt erneut Anlauf, zu wichtig ist ihm dieser Teil der Geschichte.

„Und?" drängt Leon nach.

„Und, sie hat sich total gefreut, mich zu sehen."

Leon stellt ihn vor vollendete Tatsachen und zieht den berühmtesten Zeitungsausschnitt Mallorcas hervor.

„Und wie ist es dann zu dem hier gekommen?" fragt er.

Pepe ist verblüfft.

„Ach, Du kennst das schon und ich wollte Dich damit überraschen."

Er hat gleichzeitig den Artikel aus seiner Jacke gezogen und hält ihm Leon ebenfalls vors Gesicht.

„Ganz Mallorca kennt es, die alten Männer im Café nannten es heute früh „propuesta de matrimonio", „Heiratsantrag". Die Bäckerin in der „Cali-Forn" hat Freudentränen vergossen, als sie es einer Kundin zeigte.

Du bist wahrscheinlich der erste Bräutigam, der an seiner Zukünftigen einen DNA-Test wegen Mordverdachts vornimmt."

„Es war doch kein Heiratsantrag, verdammt nochmal."

„Sieht aber genauso aus", lacht Leon, und Wumm schlägt ihm Pepe die Zeitung mit voller Wucht auf den Kopf.

„Hey, während der Fahrt nicht auf den Fahrer einschlagen."

Endlich erreichen sie den Vorplatz zum Kloster. Pepe nimmt einen kleinen Koffer mit dem DNA-Zubehör aus dem Kofferraum.

Die Prozedur ist immer dieselbe. Zuerst ein lautes Pochen an der Puerta, dann passiert lange nichts. Bevor Leon ein zweites Mal den eisernen Ring gegen das Tor schlägt, unterbricht ihn Pepe,

„Schau mal hier, eine Todesanzeige."

Pepe liest den Text, der an der Tür angeschlagen ist.

„Unsere treue Gefolgin und gute Hirtin Schwester Kasimira wird nach einem erfüllten Leben am ..., oh, heute."

Er schaut auf die Uhr,

„...besser gesagt, genau jetzt – nach einem erfüllten Leben bestattet um 15.00 h."

Nach leichtem Drücken öffnet sich die Tür und die beiden Polizisten treten ein. Sie durchqueren die unübersichtlichen Gänge bis vor die Kapelle, wo alles begann. Leon erklärt die Perimeter.

„Angeblich lässt die liebe Oberin Apolonia niemanden an sich ran, drei Schritte Abstand gilt für jedermann und jede Frau. Rafel Miralles hat vorsichtshalber den Staatsanwalt verständigt und wenn sie sich gegen die DNA-Probe wehren sollte, muss die Staatsanwaltschaft eine Verfügung erlassen, die sie dann aber wieder anfechten kann. Claro?"

Pepe ist sich nicht sicher, ob er alles verstanden hat. Er ist zu aufgeregt, Lucie wieder zu sehen, wenn auch nicht unter den erfreulichsten Umständen. Leon erklärt das ganze nochmal mit etwas mehr Geduld.

„Wenn der Staatsanwalt zustimmt, muss sie die DNA vornehmen lassen. Jetzt claro?"

„Claro Sir, muy claro Sir."

Leons Telefon sendet eine SMS. Sie ist von Rafel Miralles.

„*Staatsanwalt hat entschieden: Hände weg von Apolonia, Saludos y lo siento, tut mir wirklich leid. Rafel M.*"

Kasimira ist in einem einfachen offenen Holzsarg aufgebahrt, welcher sehr schön mit Feldblumen, wilden Rosen und Lavendelblüten an langen Stielen geschmückt ist. Sie trägt ein feierliches Obergewand, eine weiße Kukulle, die glockenartig bis auf ihre Füße fällt mit langen, weiten Ärmeln und einer Kapuze. In die Hände hat man ihr einen Rosenkranz gelegt.

Ein Priester hält die Trauerrede. Vier Sargträger, allesamt kräftige Burschen aus dem mallorquinischen Bauernstand, warten ungeduldig auf ihren Einsatz. Doch der Redner scheint noch nicht einmal bei der Hälfte angekommen zu sein. Zu viele Blätter hält er noch fest in seiner Rechten, die zu Ende gelesenen Seiten legt er jeweils mit der linken Hand auf dem Pult ab.

Apolonia, Luzdivina und ein paar wenige Ordensbrüder und Ordensschwestern anderer Kongregationen sind gekommen und beten oder singen aufmerksam mit oder lauschen den heiligen Worten.

Apolonia sitzt als Oberin auf einer seitlich aufgestellten Kirchenbank, getrennt von allen anderen. Leon muss sofort an die drei Schritte Abstand denken, die man zu ihr einhalten muss.

Wenn Blicke töten könnten, würden Pepe und Leon jetzt tot umfallen, denn als sie die Kapelle betreten, sticht Apolonia ihnen aus zwanzig Metern Entfernung mit gezielten, messerscharfen Augen direkt ins Herz. Trotzdem fassen sie den Mut, sich in die letzte Reihe zu kauern. Leider hat der mitgebrachte schwarze Koffer etwas Verräterisches. Auf allen Seiten, silbrig glänzend, stehen die drei großen Buchstaben *"DNA"* drauf. Die beiden versuchen, ihn unauffällig zwischen sich verschwinden zu lassen.

„Falscher Zeitpunkt", flüstert Leon im Hinknien, da sich alle gerade hinknien.

„Wir hätten unser Meeting auf einen anderen Tag verschieben sollen. Un otro dia."

„So viel Spanisch kann ich auch schon", feixt ihn Leon an.

Die Bauernjungs haben endlich den Sarg geschultert und die kleine Menge quillt durch den engen Ausgang ans Tageslicht. Nur ein einzelner Mensch in der zweiten Reihe hat offensichtlich Schwierigkeiten beim Aufstehen, er ist in den Bankreihen eingeklemmt. Der glatzköpfige Koloss sieht sich hektisch nach Hilfe um. Pepe erkennt die Situation und will auch gleich zu ihm hin und beim Aufstehen helfen. Leon bremst ihn vehement ein. Er erkennt den Koloss „Puig" alias „Putsch" wieder, das Gesicht, welches auf der Darknet-Webpage zum Drogenkonsum, Töten oder Panzerkaufen aufruft.

„Was zum Teufel macht der denn hier?"

Pepe zieht fragend die Schultern hoch. Laut polternd hat es Rinaldo geschafft, sich aus der unfreiwilligen Gefangenschaft zu befreien. Er hat die Bankreihe vor sich einfach umgeworfen. Schnaufend folgt er nun dem Sarg.

Pepe stellt den verräterischen Koffer im Beichtstuhl ab, niemand wird hier jetzt die Beichte ablegen wollen. Den Umständen entsprechend trippeln sie langsam hinter den Trauergästen her, während Leon Pepe seinen Plan erklärt. Er zieht ein Paar Plastikhandschuhe aus der Tasche und deutet mit dem Kopf unauffällig in Richtung Luzdivina. Diese steht wie angewurzelt neben Apolonia und hält ein rotes Kissen in ihren Händen, auf dem ein Weihwassersprengel gebettet ist. Pepe versteht sofort und nickt. Die Trauergemeinde hat im Halbkreis Aufstellung genommen. Luzdivina wittert den Geruch von Pepe in ihrer feinen Nase und hat von da an nur noch Augen für ihn. Apolonia leiert ein sehr kurzes Gebet herunter und schnippt danach mit dem Finger in Richtung Luzdivina. Die hält ihr sogleich das rote Kissen hin, Apolonia nimmt den Weihwassersprengel an sich und Luzdivina entfernt sich unauffällig. Sie stellt sich direkt vor Pepe, der von hinten ihre Hand ergreift. Er steckt ihr etwas eigenartig Weiches zu. Ist es ein Geschenk? Was hat er jetzt schon wieder vor? Was kann das sein? Pepe ist ihr angenehm nah, fast zu nah für so eine ernste Angelegenheit.

„Das sind Gummihandschuhe", flüstert er ihr ins Ohr und Luzdivina stöhnt sogleich vor Aufregung.

Niemand merkt etwas, nur Leon beobachtet den Fortschritt der Mission mit großer Genugtuung. Er nickt Pepe zufrieden zu. Der Sarg senkt sich in die Grube und Apolonia beginnt ihn mit Weihwasser zu bespritzen. Dazu spricht sie noch ein paar ergreifende Worte.

„Meine liebe Schwester Kasimira. Auf dass es Dir im Himmel so gut gehen möge wie auf Erden, Amen."

„Amen", wiederholt die Menge. Sogar Rinaldo spricht das kleine zweisilbige Wort mit voller Inbrunst aus. Während ein bunt zusammengewürfelter Chor das Ave Maria anstimmt, wendet sich Luzdivina zu Pepe um.

„Und was machen wir mit den Gummihandschuhen?" fragt sie unschuldig.

„Die ziehst du Dir jetzt unauffällig an und wenn die Oberin mit dem Segnen fertig ist, nimmst Du ihr den Sprengel aus der Hand und bringst ihn uns. Vale?

„Vale, mi amor."

Gesagt, getan. Ganz in der Art einer aufmerksamen Assistentin nimmt Luzdivina der Oberin den Weihwassersprengel beizeiten aus der Hand. Apolonia genießt das mit großer Arroganz. Die Aufmerksamkeit junger Nonnen hat sie schon immer sehr geschätzt und jetzt auch noch Coram Publico, wie schön. Die hauchdünnen, feinen Handschuhe bleiben von ihr unbemerkt, sie schmiegen sich wie angegossen an Luzdivinas Hände an. Das rote Kissen strahlt in der Sonne.

Leon hält einen Plastiksack für Beweisstücke bereit und Pepe lässt den Weihwassersprengel mit Genugtuung hineinfallen.

„Bingo", sagt er sehr leise.

„Das war's dann wohl Pepe. Wir gehen."

Leon ist ungeduldig und will aufbrechen, die Prozedur sollte nicht so lange dauern, aber wer konnte schon mit einem Todesfall rechnen. Leon hat genug von dem anstrengenden Tag und will jetzt den Rest davon nur noch genießen. Es gibt viel zu tun. Er will in Richtung Ausgang abhauen, doch Pepe stellt sich quer.

„Einen Moment bitte, wir sind hierhergekommen, um von allen Nonnen DNA-Tests zu machen. Oder?"

„So viele gibt es gar nicht mehr, wie Du unschwer erkennen kannst, genaugenommen nur noch zwei lebende und eine tote. Für Kasimira ist jetzt aber nicht der angemessene DNA-Moment, komm wir gehen", antwortet Leon genervt.

Pepe hat es auf einen wirklich anderen Test abgesehen.

„Ich meine nicht Kasimiras DNA-Test."

Luzdivina kommt neugierig hinzu.

„Was ist denn ein DNA-Test?" fragt sie.

Pepe nimmt sie forsch an der Hand, den Koffer in die andere und sie eilen in den Gebäudeteil mit den Kemenaten.

„Das werde ich dir jetzt ganz genau erklären. Hör zu, jeder Körper, also auch Deiner hinterlässt winzige Spuren, und die gilt es jetzt zu finden und zu analysieren. Das nennt man einen DNA-Test. Die Teile können sich überall verstecken, man glaubt gar nicht, wo man die oft findet."

Apolonia schaut ihnen durch zusammengekniffene Augen nach. Rinaldo schlurft an sie ran, um ihr sein Beileid auszusprechen.

„Es tut mir so leid. Wenn Sie irgend etwas brauchen, ich bin für Sie da."

Apolonia und Rinaldo blicken einander tief in die Augen. Apolonia sagt ihm etwas, was für andere unhörbar bleibt.

„Vielen Dank, aber Sie sollten jetzt besser gehen, sofort, schnell, rapidó."

James steht bereit und nimmt Rinaldo stützend unter der Schulter. Leon muss ihn gehen lassen.

Der Parkplatz vor dem Kloster ist leer. Leon sitzt im Auto und wartet auf Pepe. Er trocknet sich die Stirn, denn die Hitze ist groß. Er steigt daher gleich wieder aus, tratscht mit den Bewachungsbeamten, schaut mehrmals auf die Uhr, macht ein Foto von der großartigen Abendstimmung auf der Terrasse, klopft vehement mit dem eisernen Ring an die hölzerne Pforte. Beim zweiten Mal kommt Pepe endlich raus und verschraubt gerade gewissenhaft eine Phiole.

„So wir haben es, zuerst gab es ein kleines Problem aber beim zweiten Versuch hat es einwandfrei geklappt. Hier ist eine einwandfreie DNA-Probe", sagt er und spielt ganz auf sorgfältig. Leon kann Luzdivinas abgeschnittene Locke in dem Schraubglas ganz klar und deutlich sehen.

„Das war wirklich ziemlich schwierig", fügt Pepe noch hinzu.

„Ja ich verstehe. So etwas kann manchmal bis zu anderthalb Stunden dauern."

Leon ist mehr als genervt.

„Gut Ding brauch eben Weile, aber sie ist unschuldig. Das hat sie mir mehrmals gesagt

„Aha, das ist gut zu wissen."

Und sie fahren ab, Leon am Steuer. Sie sind schweigsam wie ein Grab. Während der Fahrt konnte Leon mehrmals beobachten, wie Pepe in sich hineingrinst oder leise auflacht. Dabei hält er sich jeweils die Hand vor das Gesicht, um Leon nichts anmerken zu lassen bis sie endlich vor dem Präsidium anhalten.

„Sofort ins Labor damit, und ich meine mit beiden Proben und ich meine wirklich sofort."

Leon ist immer noch sauer wegen der Verzögerung. Er ist mit Sonja verabredet, Omar kommt heute zurück vom Sommercamp und er hat eine Torte für ihn bestellt und einen riesigen Blumenstrauß für Sonja. Beides muss noch abgeholt werden. Pepe springt aus dem Auto und hält noch kurz am heruntergelassenen Fenster.

„Is ja schon gut, tranquilo compañero, tranquilo. Ich habe mich halt noch ein bisschen auf ihrem Bettchen herumgedrückt, während der Dienstzeit, aber deswegen musst Du nicht gleich böse auf mich sein. Wir sind doch ein Team, oder nicht?"

Treuherziger als Pepe könnte in diesem Moment sicher kein Mensch dreinschauen. So ein Schlitzohr, denkt Leon.

„Doch doch, ist schon in Ordnung, ich habe aber auch noch ein Leben nach der Kirche. Luego."

Und er gibt Gas in Richtung Son Vida. Im Rückspiegel sieht er Pepe, der mit den DNA-Tests so schnell er nur kann ins Polizeipräsidium läuft.

„Was täte ich nur ohne ihn, ein guter Kumpel."

Alltag

„ **B** esuch!" brüllt der Wärter. Es ist schwer vorstellbar, dass der einmal nicht brüllt, sondern normal spricht. Dimitri jedenfalls ist mehr als überrascht. Das ist das erste Mal, dass Besuch kommt, dabei hat er doch gar keine Freunde mehr. Er läuft knallrot an vor Aufregung. Besuch, was ist das denn? Ne Nutte vielleicht mit Sehnsucht, aber keine von denen weiß, dass er einsitzt. Außerdem halten die sich naturgemäß lieber fern von der Anstalt.

Irgendwie hat ihn der Knast stark verändert. Er glaubt von sich, dass er jetzt ein ganz normaler Mensch ist, entspannt, ohne Stress und eben ohne Nutten. Mann, was haben ihn die immer nervös gemacht. Genauso wie die anderen kleinen Geschäfte, die er nebenbei auf der langen Liste hatte. Jetzt erst kann er das Leben in vollen Zügen genießen. Ein echtes Glücksgefühl.

Bis zu diesem Moment zumindest. Unangekündigt und überraschend steht der Rechtsanwalt Dr. Montserrat vor ihm. In Dimitris Fantasie dreht sich die Realität kurzfristig um und er, Dimitri ist draußen und Montserrat drinnen. Doch als der Wärter das sperrige Schloss aufschließt, sind die Gitter wieder auf der richtigen Seite. Dezent lässt der Beamte die hundert Euro von Montserrat in seiner Hosentasche verschwinden.

„Caballero, ich warte dann draußen", sagt der Wärter und begibt sich außer Hörweite.

Dimitri erhebt sich aus Hochachtung vor dem hohen Besuch und räumt die Weihnachtskartons zur Seite. Es riecht nach Leim mit Spucke. Montserrat zieht sich einen Stuhl heran.

„Wenn Du mir hilfst, helfe ich Dir und Du kommst hier raus."

Das ist genau das Gegenteil von dem was Dimitri will, er fühlt sich hier drinnen sicher und sehr gut aufgehoben.

„Dr. Montserrat, ich bin noch nicht bereit rauszugehen. Alles macht hier drinnen Sinn für mich. Bitte lassen sie mich hier."

„Zehntausend Euros. Cash."

Dimitri wird schwarz vor Augen. Damit könnte er allerdings ein neues Leben beginnen. Vielleicht sogar zurück nach Tschetschenien gehen. Er könnte sich schicke Klamotten kaufen und vielleicht einen Fernseher. Vorsichtig stellt er die einzig wichtige Frage.

„Um was geht es denn?"

„Ganz einfach, du gehst raus aus dem Knast, erschießt die Schwester Oberin Apolonia und bekommst die Kohle. Abgerechnet wird pünktlich nach Lieferung. Das Ziel ist ganz gut zu erkennen, sie trägt was Nonnen so tragen, Nonnentracht."

Dreizehn Kerzen

Sonja und Leon mussten beim Ausfüllen der Formulare Omars Geburtsdatum angeben, da haben sie das heutige Datum gewählt und als Jahr schreiben sie 2008, eine schöne Zahl. Damit ist er heute dreizehn geworden, der Tag, an dem er von seinem ersten

Sommercamp zurückkommt. Ein sehr spezieller Tag für Omar – er ist erstmals wieder mit Freunden zusammen gewesen, erstmals seit Langem ohne Angst. Dreizehn Kerzen sollen auf die Torte, sagt Sonja, Leon hat vorsichtshalber vierzehn gekauft.

Die Torte ist ein echter Hit, Orange-Mandel. Omar soll die Kerzen ausblasen und sie anschneiden. Sonjas Rosen, die Leon gebracht hat stecken in einer übergroßen Bodenvase und duften wunderbar. Die kleine Familie ist glücklicher denn je. Omar hört gar nicht mehr auf zu quasseln.

„Und dann sind wir auf die Felswand hoch und auf der anderen Seite mit einer selbstgebauten Seilbahn, auf der wir uns anhängen mussten, wieder runter. Da waren so Rollen auf einem Seil, so was habe ich noch nie gemacht, aber die anderen waren viel langsamer, ich habe den ersten Preis gewonnen."

Stolz zeigt er die Nadel, die an seinem T-Shirt steckt. Sonja hat noch andere Neuigkeiten.

„Am Samstag gibt es eine Veranstaltung von der Schule, Omar will da gerne mitmachen."

„Sehr schön, um was geht es denn?"

„Tanzen in historischen Kostümen am Marktplatz von Llucmajor, hier nennt man es den „Ball de Bot". Kommst Du auch mit?"

„Na klar kommt Leon auch mit. Immerhin habe ich schon die ganzen letzten Tage geübt", ruft Omar aufgeregt dazwischen.

„Llucmajor, mhh?"

Leon muss an den Koloss denken, der da irgendwo sein geheimes Leben lebt. Was hatte der eigentlich bei der Beerdigung im Kloster zu suchen, dieses Monster, das urplötzlich in sein Leben getreten ist, Darknet und Deepnet inklusive.

„Es wird eine Riesen-Charity-Party mit gesetztem Essen im Freien, ich habe schon für uns gespendet. Rafel hat uns an den Bonzentisch geladen, da kommst du als normalsterblicher Nichtmallorquiner nicht einmal in die Nähe. Vielleicht ist da für mich auch geschäftlich etwas Interessantes dabei", sprudelt es aus Sonja heraus.

„Dich hat Rafel eingeladen, willst du wohl sagen. Dich, seine Ex-Schwiegertochter."

Leon dreht die Schraube ein paar Gewindegänge zurück. Er weiß, dass er nicht direkt an diese großspurige Tafel geladen wurde.

„Nein, Omar, und ... uns - also wie auch immer, wir sollen alle kommen, auch der beleidigte Oberinspektor aus Deutschland Leon Hebler soll kommen, den mein Schwieger- pardon, Ex-Schwiegervater so schätzt. Er sagte mir, dass es speziell für Dich sehr spannend werden kann."

„Die Tanzveranstaltung?"

„Ja, genau die, Omar ist der einzige dunkelhäutige Tänzer. Da wird das Publikum staunen."

Leon schmollt noch immer ein wenig. Endlich kriegt er sich ein. Er boxt Omar kumpelhaft auf den Oberarm.

„Na klar komm ich mit, Du einziger dunkelhäutiger Mensch der Tanzgruppe, Du."

Omar muss hell auflachen und gibt Leon ein kräftiges High Five zurück.

„Aber jetzt brauche ich wieder meine halbe Computerstunde, das kennst Du doch schon. Meine Messages leuchten wie wild."

Kuss für Sonja, Omar wirft sich etwas mürrisch vor den Fernseher und Leon verzieht sich in den Nebenraum, startet sein I-Pad und geht auf die Facebook App.

Tipp, tipp, tipp. Fragen, Antworten, Chats, ja, nein, aber wieso, Foren über Foren.

Sonja betritt mit zwei Gläsern Rotwein das Arbeitszimmer. Neugierig versucht sie einen Blick auf den Screen zu erhaschen, aber Leon hat das Bild schnell gewechselt.

„Na, hast Du eine Brieffreundin?" fragt sie keck.

„Eine? Mehrere. Prost mein Schatz."

„Prost und danke Dir für den schönen Abend."

Fiesta Grande

Llucmajor zeigt sich im besten Licht. Trotz der tiefstehenden Sonne ist es noch unerträglich heiß. Auf der Placa d`Espania werden mit rotem Klebeband die Startpositionen für die Tänzer markiert. Neugierige blicken viel zu früh von ihren Balkonen hinunter und kommentieren lautstark das Geschehen. Luis vom Bistro Mercat stellt "Reservado" Schilder auf die zahlreichen Tische. Letzte Rennradfahrer wackeln im schrägen Entengang in grellen Trikots zu ihren Rädern, um noch rechtzeitig die Stadt zu verlassen. Die Stadtältesten spielen seit acht Uhr früh im Café Colon Karten und lassen sich durch nichts aus der Ruhe bringen. Ab und zu stößt einer einen harten mallorquinischen Urlaut aus, wenn er gerade eine glückliche Hand hatte. Vereinzelt spazieren nobel gekleidete Pärchen über den Platz, um zu sehen und um gesehen zu werden. Eine lange Tafel, weiß eingedeckt und mit wunderschönen Blumen geschmückt, steht zentral vor der Bühne.

Dimitri betritt eine schäbige Airbnb-Kleinwohnung und macht es sich sogleich auf einem abgewohnten Sofa bequem. Er öffnet den Schraubverschluss der mitgebrachten Flasche billigen Whiskeys. Von draußen dröhnt das einschläfernde Gemurmel des Platzes herauf.

„Zielwasser", lacht er selbstbewusst in sich hinein. Einen raschen Blick noch auf das Geschehen durch die halb geschlossenen Persianer. Das gibt ihm das Selbstvertrauen, dass er es diesmal schaffen wird. Warum auch nicht? Die Golftasche mit geladener Flinte und Zielfernrohr, der geschmückte Tisch geradeaus vor ihm, in direkter Schusslinie, die genaue Gästeliste, Apolonia wird neben dem Bischof am Kopfende sitzen. Fabelhaft, was will man mehr?

Dimitri wurde als Soldat im zweiten Tschetschenienkrieg wegen auffälliger Trunksucht unehrenhaft entlassen, aber er pustet immer noch mit Leichtigkeit eine Coladose aus achtzig Metern Entfernung weg - mit einer sehr gut eingestellten Kalaschnikow.

Noch ein Schluck aus der Pulle und ein Power-Nickerchen, bis es so weit ist. Dimitri stellt den Radiowecker auf sieben Uhr. Die Ehrengäste werden frühestens um acht eintreffen. Er wird inzwischen von Reichtum und Glück träumen. Die Discomusik, die jetzt von der Placa heraufströmt, macht ihn schon mal sehr glücklich.

Das balearische Fernsehen sucht für die Übertragung des abendlichen Spektakels nach einem günstigen Kamerastandpunkt. Der Regisseur fuchtelt mit den Händen, der Kameramann auch, aber beide in unterschiedliche Richtungen. Bis sie die ideale Position gefunden haben, wird noch etwas Zeit vergehen. Der Mann auf der Hebebühne mit der Aufschrift "IB3 Television Baleares" wartet geduldig auf die Entscheidung.

Die ersten Kinder und Jugendlichen kommen in historischen Kostümen aus dem Umkleidezelt und beginnen lautstark auf der Bühne rumzualbern. Omar schäkert mit einer hübschen Blondine, vielleicht zwei Jahre älter als er selbst. Sie sitzen etwas abseits auf einer Schaukel des Kinderspielplatzes.

„Ich will nicht angeben, verstehst Du? Also nicht weitersagen, ich habe das noch niemanden erzählt."

Mary fährt sich mit zwei Fingern über ihre Lippen.

„Schweigen werde ich wie ein Grab", lächelt sie frech.

„Na gut, ich traue Dir. Also, vor ein paar Wochen bin ich mit einem ganz kleinen Boot übers Meer gefahren und fast verhungert und verdurstet. Von Afrika bis hier her. Weißt Du, wo Afrika ist?"

Mary ist hingerissen von solch einem Abenteurer.

„Na klar, südlich von hier."

Omar ist beeindruckt, das hätte er selbst nicht gewusst. Mary himmelt ihn weiter an.

„Cool, also bist Du ein Flüchtling?"

Omar nickt.

„Claro, ein Flüchtling bin ich - und ich bin sehr stolz darauf."

Dann hält er inne und verharrt einen Moment nachdenklich.

„Mein großer Bruder Sihab ist ins Wasser gesprungen, weil er meine kleine Baby-Schwester Fatima Zohra retten wollte, die ist beim Spielen aus dem Boot gefallen. Dann sind beide immer weiter weggetrieben, bis ich sie nicht mehr gesehen habe."

„Ist das wahr?" fragt Mary ungläubig.

„Ja klar."

„Und deine Eltern, wo sind die?"

„Meine Mutter ist noch in Algerien, sie hat uns ins Boot gesetzt und ganz weit aufs offene Meer hinausgeschoben, bis sie fast nicht mehr stehen konnte. Dabei ist ihre Dshellaba ganz nass geworden. Aber sie hat uns nachgerufen, dass sie nachkommen wird, wenn es uns hier erstmal gut geht. Willst Du ein Bild von ihr sehen?"

Er öffnet das Amulett, das er um den Hals trägt und hält es ihr hin. Mary sieht es mit großen Augen an, nimmt all ihren Mut zusammen und streichelt ihn zart am Oberarm. Omar ist mehr als verlegen.

„Sie ist sehr schön, nicht wahr."

„Sehr schön", nickt Mary.

Omar erzählt weiter, es ist für ihn wie Selbsttherapie.

„Dann habe ich endlich diese Insel hier gesehen, ey, aber das hat noch ewig gedauert bis ich da war und dann haben mich die Wellen beinahe umgebracht. Als ich dachte, alles ist aus bin ich von einem sehr tapferen Mann gerettet worden und der ist jetzt mein Freund."

Mary ist hingerissen von der spannenden Erzählung und Omar zieht noch ein weiteres Register.

„Wenn du willst, können wir uns nachher an den großen Tisch zu ihm setzen. Leon heißt er und seine Freundin ist Sonja."

Mary rutscht jetzt näher zu ihm hin.

„Wirklich? Das könnten wir?" fragt sie.

Mary trägt einen langen Rock, der in wunderschöne Falten fällt, und fast eins wird mit Omars weiter Pluderhose. Sehr schöne mallorquinische Bauerntrachten.

„Ja klar. Ich check das für uns."

Sie machen den Faustgruß und schlagen sich in einer runden Bewegung jeweils auf die Brust.

„Peace" sagt Omar,

„Yo, Peace, Homie", antwortet Mary und ahnt nicht, wie stolz sie ihn macht. „Homie" nennt sie ihn, angekommen, angenommen.

Die große Tafel füllt sich langsam. Auf dem Podest steht ein Bösendorfer Flügel. Ein junger Pianist aus der Musikschule intoniert das Mozart Klavierkonzert in A-Dur, KV 414, Andante. Sehr sanft wird er von einer ersten Geige begleitet.

„Und das ist meine Mutter, die mit der Geige", flüstert Mary. Omar lauscht ganz verträumt den ihm noch unbekannten Tönen.

„Das ist aber cool, Geige", sagt er jetzt und Mary gibt ihm einen schnellen Kuss auf die Wange. Omar ist auf einmal im Glück, das Leben scheint für ihn neu zu beginnen.

„Na, Ihr zwei."

Sonja, verdammt nochmal, sie muss auch immer im falschen Moment auftauchen, denkt Omar. Aber aufgrund des Kusses hat es ihm die Sprache komplett verschlagen. Sonja merkt es und hilft aus.

„Wer ist denn Deine hübsche Begleitung? Wie ich sehe, habt Ihr heute noch ein Tänzchen vor."

Mary springt sofort von der Schaukel hoch und lächelt Sonja unwiderstehlich an.

„Guten Abend, ich bin Mary Miller-Deskau, die Tochter der ersten Geige, die Sie gerade hören. Sehr angenehm."

Sie streckt Sonja ihre Hand hin. Omar beginnt sich zu schämen vor so viel guter Erziehung.

„Ach, ich kenne Deine Mutter, so ein Zufall, ich bin Sonja Möllemann und habe Euch das Haus vermittelt, in dem Ihr wohnt. Frag Sie doch, ob Ihr nicht später zu uns an den Tisch kommen wollt, ich habe noch zwei Karten über."

„Sehr gerne, vielen Dank, Omar hat mich auch schon eingeladen."

„Na dann, gut gemacht mein Großer, bis später, Ihr beiden."

In der Sakristei des Pfarrhauses neben der imposanten Kirche findet unterdessen ein interessantes Treffen zwischen dem Bischof von Palma, der eigens zum Ball de Bot angereist ist und der Oberin Apolonia statt.

„Eminenz, ich danke Ihnen, dass sie mich empfangen konnten und diese große Sorge mit mir teilen."

Sie legt die Tageszeitung mit dem Foto von Luzdivina und Pepe auf den schweren Eichentisch. Der Bischof nickt verständig.

„Ich kenne das Bild bereits und bin sehr empört darüber. So etwas ziemt sich nicht, das junge Ding hat wahrscheinlich sogar schon gesündigt, was das Keuschheitsgebot betrifft. Was hat sie denn außerhalb des Klosters auf der Straße zu suchen?"

„Ich wollte Ihre Meinung dazu kennenlernen, Eminenz. Ich persönlich habe meine Entscheidung bereits getroffen."

„Sehr schön, sie müssen hart durchgreifen. Sie haben meine volle Zustimmung, was eine sofortige und permanente Exkommunizierung dieser Person betreffen würde."

„Danke Eminenz, das ist sehr großzügig von Ihnen."

Der Bischof hebt seine rechte Hand und neigt den Kopf als seine Art der Zustimmung.

„Bitte gerne. Wie viele Nonnen seid Ihr eigentlich noch in Santa Magdalena?

„Nicht mehr so viele. Sie haben bestimmt die traurige Nachricht über Schwester Kasimira erfahren?"

Von draußen ertönt das Gekreische eines Dudelsacks, der problemlos die dicksten Kirchenmauern durchdringt. Apolonia würde sehr gerne das Thema wechseln. Sie hat noch ein anderes, viel wichtigeres Anliegen parat. Das muss unbedingt noch heute unter vier Augen besprochen werden. Sie greift nach der Hand des Bischofs und küsst sie.

„Ich möchte Sie gerne noch in einer privaten Angelegenheit befragen, Eminenz."

Da dem Bischof Unangenehmes schwant, versucht er die Flucht nach vorne. Er deutet in die Richtung des Gedudels.

„Ich glaube wir sollten uns fertigmachen und unser Gesicht zeigen, ich darf mich noch kurz entschuldigen. Wie Sie wissen, je später der Abend, desto schöner müssen die Gäste sein."

Und damit verschwindet er eilig in die Sakristei.

Leon führt einen Smalltalk mit Luis dem Wirt, der ihn an der Bar auf eine Cerveca eingeladen hat. Luis gerät ins Schwärmen. Ja, der Ball de Bot findet drei Mal im Sommer statt, man kann auch als Fremder mittanzen und die Llucmajoraner seien sehr stolz auf das Brauchtum und dessen Pflege. Ein deutscher Resident mit hohem Gesprächsbedarf versucht, sich zu den beiden zu gesellen. Er zeigt mit dem Finger in Richtung Bühne.

„Habt ihr es schon gesehen, eine Frechheit. Da tanzt heute ein Schwarzer mit. Wir müssen aufpassen, dass das nicht überhandnimmt hier auf Mallorca."

Leon und Luis wenden sich von ihm ab, doch er lässt nicht locker.

„Ich bin ja quasi auch ein Flüchtling, ein Flüchtling aus Deutschland, ein besser gestellter Flüchtling, sollte ich wohl sagen."

Die beiden versuchen ihm zu entkommen, aber er schafft es immer wieder, sich in den Vordergrund zu schummeln.

„Ich musste mein Haus verkaufen in der besten Gegend von Leipzig, weil die Stadt nicht mehr sicher ist."

Jetzt zieht der Typ Leon am Arm. Das hasst Leon ganz besonders.

„Meine Tochter haben die im Bus bedrängt, in der Nachbarschaft haben sie ein Auto aufgebrochen. Das geht alles auf das Konto der Illegalen. Das ist jedenfalls nicht mehr mein Deutschland, wie ich es noch von früher kenne."

Leon überlegt, ihm ganz schnell eine auf die Fresse zu hauen. Ganz ruhig aber sagt er,

„Hören Sie zu, das waren doch sicher rechtsradikale Deutsche aus den Vorstädten. Die marschieren jede Woche durch Ihre Stadt und beleidigen Gott und die Welt. Gucken Sie nicht fern?"

Der Alte dampft vor Zorn.

„Na was sind denn Sie für ein liberales Früchtchen. Pegida ist doch Pflicht in Leipzig. Jetzt hören Sie mal gut zu, junger Mann, ich habe mein ganzes Leben lang hart gearbeitet und lasse mich von Ihnen nicht beleidigen."

Damit dreht er sich empört um und geht seines Weges.

„Die Zeiten haben sich radikal geändert. Freie Fahrt für Arschlöcher", sagt Leon zu Luis.

„Was will so ein Verrückter denn hier? Nur wegen des schönen Wetters, das kann es doch nicht sein", lacht Luis und fügt noch hinzu,

„Wir sagen zu so einem „El que sabe nada de nada duda, wer nichts weiß, hat auch keine Zweifel."

Leon nimmt einen Zug vom Bier.

„Oder wie man bei uns sagt, fick Dich, Du Volltrottel."

Luis und Leon stoßen mit lautem Klirren an.

Der Dudelsackpfeifer führt den Rundgang um den Platz im Schneckentempo an, die Kinder folgen ihm in ihren schmucken Kostümen, manche klappern bereits mit den Kastagnetten. Die Mädchen tragen alle Spitzenkopftücher und knielange Röcke, die Burschen farbige Seidenwesten und Pumphosen im mallorquinischen Stil. Heute werden sie den Fandango tanzen, einen alten mallorquinischen Volkstanz.

Dimitri ist schockartig aus dem Tiefschlaf erwacht. Die Flasche Whiskey ist fast leer. Der Radiowecker ist gleichzeitig mit dem Gefiepse des Dudelsacks losgegangen und verstärkt seine starken Kopfschmerzen immens. Aber er hat einen Job, den es zu erfüllen gilt und der ihm Reichtum bringen wird, ewigen Reichtum. Gewehr zur Hand, die Persianas aufgeklappt und - er erstarrt. Die Hebebühne mit dem Logo "IB 3 Television Baleares" fährt die letzten paar Zentimeter hoch und stoppt direkt vor seinem Fenster.

„Perfecto", rufen Regisseur und Kameramann dem Techniker unten zu. Sie geben sich ein schallendes High Five, denn sie sind erstmals einer Meinung. Dimitri kriegt nichts mehr von dem Geschehen auf der Plaça mit, geschweige denn kann er unbeobachtet einen gezielten Schuss aus dem Fenster abfeuern. Die Hebebühne blockiert vollkommen die Sicht auf sein Ziel. Verzweifelt sucht er nach einem weiteren Fenster, doch „nada", nichts, die Wohnung ist zu billig und zu klein, eben eine Einzimmerwohnung. Er drischt mit den Fäusten gegen die hauchdünne Nachbarwand, was entsetzliches Hundegekläffe erzeugt.

Rafel Miralles stellt sich in Begleitung eines grauhaarigen Mannes mit Bürstenschnitt und runder Trotzki-Brille an die Bar des Bistros Mercat. Die beiden sind bester Laune.

„Luis, com va? Dos cañas por favor. Für mich und den Herrn Staatsanwalt."

Jetzt erst merkt er, dass sie direkt neben Leon stehen.

„Ah, Oberinspektor Leon, auch da, lange nicht gesehen. Darf ich bekannt machen, Staatsanwalt Perez, Comisario Hebler."

Leon drückt die schlaffe Hand des Staatsanwaltes, der genau einen Millimeter an ihm vorbeischaut.

„Na, was gibt es Neues zu berichten von den diversen Fällen. Nichts Besonderes, wie ich höre."

Leon ist es unangenehm, dass Rafel gerade jetzt den Chef raushängen lässt.

„Wir sind dran, im Moment herrscht Friede im Kloster", antwortet er suchenden Blickes, als wolle er jemanden finden. Dann entfernt er sich ein paar Schritte.

„Ich sollte dann mal zu Sonja. Gracias Luis."

Luis nickt ihm zu, macht aber eine Geste mit erhobenem Zeigefinger.

„Achtung, aufpassen, der mit den kurzen Haaren kann ganz schnell die Seiten wechseln."

Rafel kommt Leon aufgeregt einige Schritte hinterhergelaufen.

„Leon, ich habe was läuten hören, eine alte Bekannte wird heute hier erscheinen. Bitte keine unüberlegten Handlungen. Du weißt schon."

„Aha", ist alles was Leon dazu einfällt. Aber er hat Blut geleckt. Die Einsamste aller Einsamen, die Unantastbarste aller Unantastbaren, die Äbtissin geht zum Tanz an einen überfüllten Platz? Ins Gedränge? Das stinkt definitiv nach Fisch.

Die erste Geige, Margarete, kommt zu Sonja an den Tisch.

„Sonja, das ist ja nett von Dir. Danke für die Einladung."

„De nada, wie geht es Dir? Immer noch im Orquestra Sinfònica?"

„Wie Du hörst, ich spiele noch."

„Das Töchterchen ist ja groß geworden, Mensch, sie war doch noch ein Baby vor... Kinder, wie die Zeit vergeht."

Sonja sieht hinüber zur Bühne, wo sich Mary und Omar auf die ersten Schritte und Drehungen vorbereiten.

„Mary ist fast fünfzehn."

Sie hält inne, die Spannung steigt, Margarete will mehr wissen.

„Und, der junge Mann? Erzähl mal, klingt nach einer spannenden Geschichte."

Margarete deutet auf Omar.

„Omar ist ein Glücksfall. Er wurde uns in die Hände gespült, sozusagen."

Margarete spitzt die Ohren.

„Was genau bedeutet uns? Du und – wer genau?"

Sonja wird verlegen, sie blickt zu Boden. Margarete hat ein gutes Gespür und wartet noch einen Moment, dann zieht sie Sonja nah an sich heran, blickt ihr freudig in die Augen und bringt die Sache auf den Punkt.

„Mensch Sonja, Du bist ja bis über beide Ohren verliebt."

Leon hat sich im selben Moment neben Sonja gesetzt. Das macht Margarete noch neugieriger. Sie verschlingt ihn mit ihren Blicken.

„Das ist er übrigens, der neue Held von Mallorca, mein ähh, er und Omar..."

Noch nie geriet Sonja in die Verlegenheit, Leon vorstellen zu müssen. Deswegen schaut der sie jetzt gespannt an. Margarete guckt ebenfalls zwischen den beiden hin und her, bis Leon auf ganz einfache Weise die Situation rettet.

„Hi, ich bin Leon, Sonjas neuer Freund, war doch gar nicht so schwierig auszusprechen, oder?" meint er zu Sonja und gibt ihr einen Kuss auf die Backe.

„Und ja, ich war das, ich habe den Kleinen da aus dem Meer gefischt, seitdem sind wir ziemlich beste Freunde."

Margarete schmilzt dahin vor diesem Charmeur. Sonja schämt sich jetzt ein wenig, dass sie das Wort ‚Freund' nicht herausgebracht hat. Leon streicht ihr sanft übers Haar.

„Und das ist meine alte Freundin Margarete", sagt Sonja, gerade als Leons I-Phone vibriert und ihn kurz ablenkt. Es ist eine Nachricht von Pepe. Margarete streckt ihm die Hand hin.

„Sehr erfreut."

Sie beneidet Sonja, Leon merkt das. Die Nachricht kann warten.

Auch der Bischof ist jetzt ausgehbereit. Frisch gekämmt, die violette Kalotte keck über seine Halbglatze geschoben kommt er abenteuerlustig aus der Sakristei und eilt auf Apolonia zu.

„Na, auch Lust auf ein Tänzchen?"

Dabei zischt er sich einen Schuss Minzspray in den Rachen. Apolonia ist keinesfalls seine erste Wahl für diesen Abend, aber er versucht, das Beste daraus zu machen. Sie hingegen hat schon die ganze Zeit auf diesen günstigen, lockeren Moment gewartet.

„Sehr gerne, aber eine Frage habe ich noch, Eminenz."

„Ach, lassen Sie doch dieses blöde Eminenz weg, wir sind doch auch nur Menschen", und er streckt ihr seine Hand hin.

„Ich bin Carlos, Also was gibt's noch?"

Apolonia schluckt vor Aufregung.

„Nach gültigem Recht bin ich die letzte Erbin des Klosters, falls Schwester Luzdivina von sich aus beschließt, den Stand der Nonne nicht mehr ausüben zu wollen oder zu können oder zu dürfen."

„Ganz recht, so ist es, bis eine Nachfolgerin jüngeren Alters gefunden wird, aber die wird sich schwer finden lassen. Welche junge Frau will heutzutage noch hoch oben in der Einsamkeit sitzen und Blümchen zupfen?"

„Und ich persönlich könnte das Kloster natürlich nicht an andere Interessenten abgeben."

„Nein, keinesfalls, entweder an uns, die Diözese, oder aber an eigene, leibliche Nachkommen, aber das kommt bei ihnen ja bei Gott nicht in Frage, hahaha."

„Nein ganz bestimmt nicht", grinst sie und streckt ihm die Hand hin.

„Ich bin Apolonia. Carlos, vamos, werfen wir uns ins Getümmel."

Das Stimmengewirr auf der Placa verstummt mit einem Mal. Ein Raunen geht durch die Menge. Alle Blicke wandern in Richtung Pfarrhaus.

Die allseits verehrte Schwester Apolonia, Äbtissin des Klosters Santa Magdalena schreitet mit seiner Eminenz, dem Bischof von Palma durch die Menschenmenge. Respektvoll bildet sich eine Schneise, vereinzelt setzt Applaus ein, der schnell anschwillt und bald den gesamten Platz einnimmt.

„Ein Hoch, bravo, bravo, Molts Be! Molts Be!" tönt es allseits.

Die beiden Geistlichen mit ihren ausgebreiteten Armen und angedeuteten Kreuzzeichen verhalten sich wie Stars aus einer Reality Show. Als sie am Kopfende der Tafel Platz nehmen, bekommt das TV-Team endlich die Bilder, für die es hergekommen ist.

Die Musik setzt schlagartig ein. Gitarre und Flöte, Trommel, Geige und Dudelsack. Der Ball de bot, auf deutsch Hüpftanz beginnt. Die Mädchen geben das Tempo an und machen die Figuren vor. Gut für Omar, denn er kann sich an Mary orientieren und macht ihr jede Drehung und jeden Sprung nach. Es beginnt zwar langsam und sanft, wird aber schnell wild und immer wilder. Die mehrschichtigen Röcke der Mädels wirbeln und fliegen, die Jungs in den Pumphosen machen eine buena figura. Die Erwachsenen filmen und fotografieren.

„Sehr süß, wir haben ein neues Traumpaar", bemerkt Margarete mit Blick auf Mary und Omar. Leon checkt jetzt endlich die Message von Pepe.

„*Gratuliere, Fingerabdrücke auf dem Weihwassersprengel stimmen mit denen auf der Tatwaffe im Kloster überein. Die Äbtissin Apolonia ist zu 99,9 Prozent Täterin. Haftbefehl???*"

Leon war sich dessen sicher. Trotzdem huscht ein zufriedenes Lächeln über sein Gesicht. Noch lange starrt er so auf den blauschimmernden

Screen des Telefons, bevor sein Blick hinüberschweift zu Apolonia. Apolonia fixiert ihn jetzt ebenfalls. Er kennt diesen bösen Blick, der ihn schon bei Kasimiras Begräbnis hat auslöschen wollen.

„Gute Nachrichten?" fragt Sonja leicht vorwurfsvoll.

„Unterhalte Dich doch ein bisschen mit uns. Du schaust ja gar nicht zu wie Omar und Mary..."

Geistesabwesend sucht er nach Omar.

Dimitri kommt mit der Golftasche aus dem Seitenausgang des Hauses, wo sein Missgeschick begonnen hat. Wütend schaut er zu den beiden Fernsehleuten hoch und zeigt ihnen den Stinkefinger. Der plappernde deutsche Rassist von vorhin wittert von der Bar Colon aus Frischfleisch und eilt schnurstracks auf ihn zu.

„Entschuldigen sie, ich kenne sie, sie sind doch Mitglied im Golf Club Son Antem, oder?" Dabei klopft er auf Dimitris Golf Bag. Dimitri will ihm entkommen und eilt in die Calle zu seinem zerbeulten Pick-Up. Der Knallkopf aber lässt nicht locker.

„Ich gehe da nicht mehr hin. Ich habe jetzt Capdepera Golf ausprobiert, sehr elitär und natürlich viel zu teuer. Das Publikum ist da so so là là. Ich habe auch schon einen Schwarzen dort gesehen. Spielt einfach Golf da, vastehn Sie, wie ich das meine? Was ist denn Ihr Handicap, wenn ich fragen darf?"

Schlechter Moment. Dimitri legt seine Golftasche auf die Ladefläche, dreht sich ihm zu und reißt ihm das Jackett so fest nach hinten über die Schultern, dass er seine Arme nicht mehr bewegen kann. Hilflos wie ein Käfer auf dem Rücken steht er zappelnd mit großen Augen da.

„Verpiss dich, du verdammter Wixer", sagt Dimitri noch und steckt ihm sein Kaugummi in die Nasenlöcher. Dann pest er mit blau qualmenden Reifen aus der Stadt.

„Du bist ja mit Deinen Gedanken immer noch ganz woanders", hört Leon Sonja vorwurfsvoll sagen, während hübsche Feen aus Llucmajor bereits köstliche Paella servieren.

„Entschuldige mich, das ist wirklich wichtig."

Er zückt sein Handy mit Pepes Nachricht.

„Komm sofort her!"

schreibt er und drückt auf „Standort senden".

Der Ball de Bot für die Erwachsenen beginnt in diesem Augenblick. Er erinnert an schnelles Tai-Chi vermischt mit einem österreichischen Landler ohne Anfassen. Ein wunderbarer Tanz, die Frauen scheppern mit den Kastagnetten, die Drehungen sind absolut synchron, die Stimmung ist perfekt. Mallorca pur, weit ab von Touristen, obwohl nur einen Katzensprung vom Epizentrum der Touristen entfernt. Hier funktioniert die balearische Lebensart wirklich noch perfecto. Der Bischof ist bester Stimmung und flirtet mit allen, die ihm zu nahekommen. Er wird eins mit seinen Drehungen, vorwärts, rückwärts, andersrum, Sidestep vorwärts, Sidestep rückwärts und alles wieder von vorne. Die Damenwelt reißt sich um ihn, so mag er es. Apolonia sitzt allein und vergessen an ihrem Platz, aber sie ist mehr als glücklich über die Aussprache mit Carlos, dem Bischof. Sonst scheint sie aber in dieser Stadt keine Freunde zu haben, wenn sie überhaupt Freunde hat auf dieser Welt. Der Dudelsack treibt den Teilnehmern den Schweiß ins Gesicht. Sonja tanzt mit Omar, Rafel tanzt mit allen, der Bischof und Rafel klatschen sich zwischendurch mehrmals ab, Mary und ihre Mutter Margarete drehen konzentriert ihre Runden. Leon wird öfter mal von wildfremden Menschen zum Mitmachen aufgefordert, aber er hat nur ein Ziel, Apolonia und ihren nächsten Schachzug zu beobachten und sie schachmatt zu setzen. Der Staatsanwalt nippt an einem Glas Cava, hat aber alles gut im Blick.

Schleim

In der Bodega schimmert es matt und golden. Rinaldo wirft ein großes Stück Olivenholz in die schwelende Glut und erleuchtet damit die Gruppe am Tisch dramatisch. Montserrat sitzt mit seinem Pokerface Rinaldo gegenüber und will ihn glauben machen, er habe die besseren Karten. Ramon kann seine Nervosität nur schlecht verbergen.

„Du hast also ein Friedensangebot für mich, Anwalt?" fragt Rinaldo provokant in Richtung Montserrat.

„Und willst mich nicht mehr umbringen lassen?" setzt er noch einen drauf. Montserrat weiß, dass er nach dem Vorfall auf der Herrentoilette des Casinos nur noch ein geduldeter Gast ist. Seine Existenz hängt fürwahr an einem seidenen Faden, den Puig locker in der Hand hält und damit sein Spiel spielt. Er faltet die Hände und verneigt sich ehrfürchtig vor Rinaldo.

„Ich danke Ihnen, Exzellenz, dass ich hier sein darf. Ich muss mich entschuldigen für die harten Worte im Casino. Ich habe zwischenzeitlich viel gearbeitet und einen geeigneten Plan erstellt, so wie Sie es gewünscht haben. Mein Plan ist eine Lösung der kurzen Wege. Damit beschleunigen wir unser gemeinsames Projekt immens."

„Haben wir noch ein gemeinsames Projekt?" kontert Rinaldo.

„Das hoffe ich doch sehr. Der erste Schritt mit Sonja Möllemann ist mir gut gelungen, der zweite Schritt wird noch besser und ich könnte schon morgen die Pläne offiziell einreichen. Dazu müsste ich nur noch den Möllemann-Vertrag von Ihnen zurückbekommen".

1:0 für seine Exzellenz, wie kann Montserrat nur im Entferntesten denken, er bekäme den Vertrag zurück.

Turmglocken

Der Fandango wechselt jetzt zu einem sanften Bolero. Margarete steigt auf das Podium und die Menge applaudiert frenetisch. Sie verneigt sich dankbar. Sehr melodiös, beinahe kitschig beginnt ihre Geige in höchsten Tönen zu weinen. Als der Dudelsack sich in einer Art Jam-Session dazu gesellt, ziehen die Damen der Gesellschaft vereinzelt Taschentücher heraus, um sich die Tränen zu trocknen. Der erste Eindruck trügt aber. Die Musik wird sich im Verlauf langsam, aber stetig in ein extremes Gewitter steigern und jeden Tänzer, der mithalten will, gnadenlos erschöpfen. Das Feuer lodert endgültig auf, als eine Flamenco-Queen in einem knallroten Kleid, Jimmy Choo-Pumps bis zum Himmel - aber die Sorte mit den trittfesten Absätzen auf die Bühne springt. Das macht nicht nur die Tänzer schwindelig, sondern auch Leon. Er liebt dieses harte, angsteinflößende Aufstampfen, die intensive, fast psychodelische Kraft des Flamencos. Das weite, rasend schnell wirbelnde Kleid blockiert nur kurz seinen Blick und als er wieder klare Sicht hat, ist das Objekt seiner Begierde weg. Apolonia hat sich in Luft aufgelöst, ihr leicht verdrehter Stuhl steht einsam und verlassen da.

Alarm. Leon sprintet los, kämpft sich mitten durch die Tänzer und sieht gerade noch, wie Apolonias wallender weißer Habit in einer der engen Nebengassen verschwindet. Die Abenddämmerung ist zu Ende, die Nacht ist rücksichtslos hereingebrochen. Die schmalen, weißen Bänder ihrer Kapuze flattern hinter Apolonia durch die dunklen Calles und weisen Leon den Weg. Er trägt die kleine Stupsnase unauffällig im Schulterholster, eine Smith & Wesson, Kaliber 38, geladen mit sechs Schuss Dum-Dum-Patronen. Vorsichtshalber entsichert er sie.

Den Stadtpalast erkennt er sofort und problemlos wieder. Bis jetzt war es bloß Rinaldos Schlupfloch und der Zusammenhang ist für ihn nur schwer durchschaubar. Was zum Teufel hat Apolonia hier zu suchen, was hat sie mit Rinaldo Puig zu tun, dem Überraschungsgast auf dem Begräbnis, dem Internetkriminellen, dem Nutten- und Waffenhändler, der eigentlich schon mit beiden Füßen im Knast steckt?

Apolonia tippt einen Code ein und sofort öffnet sich lautlos das Tor. Sie muss eine Vertraute des Hauses sein, jemand, der hier oft ein- und ausgeht. Nichts weist darauf hin, dass noch andere Bewohner da sind. Die dicken Steinmauern aus dem 18. Jahrhundert lassen kein Geräusch nach außen dringen, die Fenster sind dunkel und die Persianas verriegelt. Dumpf gefiltert dringt der orgiastische Bolero von der Plaça herüber. Das euphorische Klatschen der Tänzer im Takt wirkt bedrohlich.

Leon schlüpft hinter Apolonia durch das Tor, zieht einen Gummihandschuh aus der Tasche und stülpt ihn über das Laserauge der Schließanlage. Das Tor bleibt von nun an offen. Jetzt nur noch Pepe den neuen Standort senden.

„Die Äbtissin ist tot, lang lebe Santa Magdalena...", hebt Montserrat feierlich an und versetzt Rinaldo damit einen ziemlichen Stromstoß. Das Monster erhebt sich schwerfällig, und seine Halsschlagader beginnt sichtbar zu pumpen.

„Was redest Du für einen Scheiß daher?"

Montserrat versucht, rasch die Wogen zu glätten.

„Ich erinnere die Herren daran, die Äbtissin ist, beziehungsweise war unser letztes Hindernis auf dem Weg zum Erfolg. Darunter haben

Sie doch am meisten gelitten, Exzellenz. Sonja Möllemanns Vertrag wurde erfolgreich alterniert. Die jüngere Nonne hat sich bereits aus dem Staub gemacht, sie hat sich dem weltlichen Leben verschrieben und wird demnächst mit Spott und Schande aus der Kongregation entlassen. Bleibt bloß noch die Oberin, die sich doch immer nur in den Weg gestellt hat. Sie ist kerngesund und wird bestimmt einhundertundfünf Jahre alt."

Montserrat hebt sein Glas.

„Und so lange will doch keiner hier warten. Allein unsere Bauzeit ist auf vier Jahre geplant.

„Komm endlich zur Sache", brüllt Rinaldo mehr als ungeduldig. Montserrat nützt die Spannung des Moments genussvoll aus.

„Und deshalb habe ich jemanden beauftragt, Apolonia heute Abend zu exekutieren. Einen Scharfschützen von erster Qualität."

Apolonia steht oben in der Dunkelheit und erstarrt vor Schock. Unbemerkt von der Gruppe blickt sie runter in die Bodega auf die gespenstische Szene. Sie kann nicht glauben, was sie sieht und hört.

Leon hat weiter vorne eine Nische gefunden, die einen direkten Blick durch ein kleines Fenster auf die Szene erlaubt. Die Akustik des Raumes ist überwältigend. Man versteht jedes Wort laut und deutlich.

„Hola, ging nicht schneller", flüstert Pepe plötzlich in sein Ohr und legt vorsichtig die Hand auf Leons Schulter. Er hat sich lautlos hereingeschlichen und überblickt ebenfalls die Sachlage.

„Hijo de puta, Hurensohn", ist alles, was Rinaldo dazu einfällt.

Er kämpft heftig gegen seine Kilos an, als er sich auf Montserrat zu bewegt, um ihn plattzudrücken.

„Was hast Du elendes Schwein gemacht? Das verstößt klar gegen die Regeln, Apolonia ist außen vor, das war so abgemacht."

Ein klassisches Drama nähert sich mit rasender Geschwindigkeit dem Höhepunkt.

„Was haben Sie und ich denn nicht schon so alles gemacht?"

Montserrat lacht schrill.

„Ich bin es einfach leid, noch bis in alle Ewigkeit zu warten, Du solltest mir dankbar sein, Rinaldo."

Wie so oft wechselt der Spanier vom Sie auf das Du, kommt immer auf seine Position an. Und Montserrat betrachtet sich selbst gerade ganz obenauf. Er checkt seine Rolex GMT Master und grinst psychopathisch.

„Um Punkt neun, mit dem neunten Glockenschlag der Kirche von San Miguel wird der ehrwürdigen Apolonia aus sicherer Distanz das heilige Leben ausgehaucht. Ihre Eingeweide werden sich auf den weißgedeckten Tischen der Plaça d'Espanya verteilen. Niemand wird wissen, wieso und woher."

Montserrat hat sich in den letzten Momenten von Grund auf verändert, er ist komplett irre geworden. Seinen flackernden Blick gegen die Decke gerichtet, Arme hochgereckt, seine Haltung theatralisch, seine Stimme sich überschlagend. Puig versucht ihn wie eine Krake mit seinen Riesenarmen einzufangen, Montserrat entwischt ihm. Es hat den Anschein, als würden zwei zu große Kinder Fangen spielen. Montserrat lacht immer noch schallend dazu und hänselt Rinaldo.

„Ich sagte doch, Du bist zu langsam, Puig. Es ist vorbei, Wir werden alle zusammen noch reicher und noch glücklicher."

Leon und Pepe sind auf das Äußerste gespannt. Auch Apolonia hält den Atem an.

„*Wumm!*"

Der erste Glockenschlag dröhnt durch das Kellergewölbe. Die beiden Kampfhähne erstarren. Über Ramons Stirn rinnen Angstperlen ohne Ende. Rinaldo hat sich hingesetzt, die Bewegungen waren zu anstrengend für ihn. So warten sie ab. Ihre verdammte Situation ist ausweglos, Montserrat hält die Zügel fest in der Hand. Alle zählen mit.

„*Wumm!*", „*Wumm!*," „*Wumm!*"

„Schon fast halb durch", lächelt Montserrat.

Er beginnt mit einem improvisierten Rumpelstilzchen-Tanz. Das heimelige Knacken des Olivenholzfeuers passt da sehr gut dazu.

Apolonia atmet noch einmal tief durch, glättet ihre Kutte und klopft dann mit harter Faust auf die halb offenstehende Tür. Die Männergruppe zuckt vollkommen überrascht zusammen und starrt nach oben.

„*Wumm!*"

Montserrat hört augenblicklich mit seinem Veitstanz auf. Puig, ein Bündel des Zornes, gefriert mitten in einer Bewegung, Ramon sucht Deckung unter dem Tisch.

„*Wumm!*"

"Interessant" sagt Apolonia.

„Wirklich hoch interessant", wiederholt sie.

In der Dunkelheit des oberen Eingangs kann man sie nicht gleich erkennen, ihre Stimme allerdings kennen alle. Sie schreitet jetzt die Freitreppe hinab wie eine Diva und wirkt dabei gespenstisch in ihrem reinweißen Festtags-Habit. Die restlichen Glockenschläge zählt keiner mehr mit, geschweige denn den fehlenden Schuss.

„Guten Abend die Herren, noch habe ich das Vergnügen unter Ihnen zu weilen, wie sie unschwer sehen können. Dr. Montserrat irrt sich gerade, fürchte ich. Meine Eingeweide liegen noch nicht verstreut auf dem Marktplatz herum, ich habe sie vorsichtshalber mitgebracht."

Montserrat quellen die Augen über.

„Sie hätte ich am allerwenigsten erwartet, liebe Schwester Oberin", stößt er hervor.

„Äbtissin, für Dich immer noch Äbtissin, soviel Zeit muss sein."

Rinaldo ist außer sich von dem Hin und Her und vergisst die Etikette. Er springt von seinem Stuhl hoch.

„Mutter, Mama, hat man Dir etwas angetan? Ich meine Schwester Oberin, Äbtissin, geht es Ihnen gut?"

Ein stechender Schmerz fährt gleichzeitig in seine Brust, er hält sich den linken Arm, von dem ein starkes Brennen ausgeht und lässt sich zurück in den Stuhl fallen. Unsicher schaut er in die Runde, ob irgendjemand etwas mitbekommen hat. Montserrat zieht eine Waffe und richtet sie auf Apolonia.

„Mutter, Mama? Höre ich recht?"

Er fragt sich gerade, ob das ein schlechter Scherz von Puig war. Apolonia geht sofort zum Angriff über.

„Stecken Sie das blöde Ding da weg, es wird Ihnen nicht mehr viel helfen. Sie können es auch ganz offiziell von mir persönlich hören."

Apolonia genießt diesen wunderbaren Augenblick.

„Ja, Rinaldo Franziskus ist mein leiblicher Sohn, nachzulesen in der Geburtsurkunde des Ajuntaments von Palma."

„Das verändert die Sachlage natürlich, juristisch, meine ich", stottert Montserrat und senkt die Waffe. Nun will er sie nicht mehr zur Feindin haben. Apolonia spielt ihr letztes Ass aus.

„Und ich habe soeben grünes Licht vom Bischof bekommen. Sobald ich die einzige Nonne auf Santa Magdalena bin – und das ist nur noch eine reine Formsache - kann die Posesiòn auf meinen einzigen Nachkommen Rinaldo Franziskus Puig überschrieben werden und er wird dann den ersten Spatenstich unseres Projektes in den Boden treiben."

Leon erkennt genau, dass Montserrat nicht mehr in Schießlaune ist. Zu aufregend ist diese Wendung auch für ihn, Montserrat selbst. Plötzlich braucht er Apolonia wieder für den ganz großen Deal. So gut kann er noch denken.

Traue niemals einem Psycho. Die beiden Polizisten blicken sich an und ziehen synchron ihre Waffen. Apolonia ist auch noch nicht am Ende ihrer Ausführungen.

„Und noch etwas, Dr. Montserrat."

Jetzt lächelt sie fast sympathisch, genießt jede einzelne Sekunde bevor sie mit Genuss sagt,

„Du bist gefeuert."

Montserrat ist nun in einer ausweglosen Situation. Es ist gut möglich, dass er abermals Verstand und Nerven verliert. Und tatsächlich richtet er sofort wieder die Waffe auf die Oberin.

„Ich habe für Scheinheilige wie Dich noch nie etwas übriggehabt. Los knie Dich hin, das kannst Du ja aus alter Gewohnheit gut."

Apolonia hat Nerven aus Stahl.

„Du kannst mich mal."

Die beiden Polizisten haben lange genug gewartet und stürmen die Treppe runter.

„Waffe weg", brüllt Leon.

Montserrat wirbelt herum, zielt auf Leon und schießt. Blitzschnell lässt sich der zu Boden fallen und kommt nach einer gekonnten Rolle am Ende der Treppe wieder zum Stehen. Mit einem High Kick fetzt er nun Montserrat die Sig Sauer aus der Hand. Diese landet in einem verborgenen Winkel der Bodega. Montserrats Parabellumgeschoss hat Leon zwar nur knapp verfehlt, aber ein 100 Liter Weinfass durchschlagen. Ein dicker Strahl ergießt sich daraus und färbt Apolonias Kutte blutrot. Hysterisch springt sie zur Seite.

„Oh mein Gott, Rotwein auf meiner Kutte", schreit sie.

Montserrat zieht das Pata Negra Messer aus dem Schwein. Fett spritzt auf, als er es durch die Luft wirbelt. Er geht ohne Rücksicht auf Verluste auf Leon los. Das bedeutet Gefahr pur. Das Messer kommt immer näher und berührt schon fast Leons Gesicht, das Fiepen der Klinge wird deutlich lauter. Pepe sucht tänzelnd freie Sicht auf Montserrat, sinnlos. Ramon taucht von unter dem Tisch auf. Er hat einen schweren Holzprügel aus dem Brennholzhaufen gefischt und zieht damit Montserrat kräftig über den Schädel. Montserrat geht halb ohnmächtig zu Boden. Ein unvorhergesehener Moment der Ruhe kehrt ein.

Leon wendet sich jetzt mit Bedacht an die verbliebene, kaputte Gruppe.

„Jetzt setzen Sie sich bitte alle erst einmal friedlich hin und lassen Sie uns in aller Ruhe miteinander reden", versucht er es auf die sanfte Tour.

Pepe spricht abgewandt in sein Handy.

„Wir brauchen noch ein paar Jungs hier, bringt mal ordentlich Handschellen mit und einen Notarzt."

Montserrat stöhnt jämmerlich, als er langsam wieder zu sich kommt. Rinaldo, der sich als einziger nicht gesetzt hat, fixiert ihn schon die ganze Zeit. Er geht im langsamen Tempo einer Straßenwalze schwer atmend auf Montserrat zu. Der hat noch nicht genug Kraft, um sich zu bewegen.

„Bleiben sie sofort stehen, Rinaldo", brüllt Leon.

In Montserrats Gesicht ist die blanke Todesangst zu erkennen.

„Darauf habe ich nur gewartet, Du Schwein, dass Du wieder aufwachst und mich ansiehst", murmelt Rinaldo kaum verständlich.

Die Mündung von Leons Pistole folgt ihm unentwegt.

„Rinaldo Puig, congelar inmediamente."

Puig schert das einen Dreck. Er ist nicht mehr zu stoppen.

„Du wolltest also meine Mutter umbringen, stimmt das?"

„Vergib mir", stammelt Montserrat.

„Ja ich vergebe Dir, aber auf meine Art."

Alles geht jetzt blitzschnell, Leon versucht die beiden in Schach zu halten, aber da ist zu viel Bewegung von zu vielen Seiten. Keine klare Schusslinie, obwohl beide Polizisten absolut schussbereit sind. Risikovermeidung geht vor.

„Bleiben Sie stehen, Rinaldo, stehenbleiben!" befiehlt Leon abermals.

Rinaldo aber denkt nicht einmal daran. Leon hat keine andere Wahl und gibt einen gezielten Schuss ab, direkt in Rinaldos rechten Oberarm. Sofort quillt Blut in Strömen aus dem weißen Hemd. Das hält Rinaldo jedoch nicht von seinem Vorhaben ab. Er zieht Montserrat hoch und nimmt ihn in eine Art Schwitzkasten. Mit einer blitzschnellen, ruckartigen Drehbewegung quetscht er ihm in einer Millisekunde die Halsschlagader ab und bricht ihm gleichzeitig das Genick. Leon feuert fast gleichzeitig einen zweiten Schuss in Rinaldos rechtes Knie. Bevor er zu Boden geht, spuckt Rinaldo Montserrat noch in die weit offenstehenden, bewegungslosen Augen. Apolonias Gesichtszüge gefrieren in Zeitlupe zu einer wächsernen Maske. Für Montserrat kommt jede Hilfe zu spät.

Zurück auf die Eins

D er Parkplatz des Gefängnisses von Palma ist in gleißendes Flutlicht getaucht. Im Schritttempo rollt der grüne, zerbeulte Pick-Up vor das riesige Stahltor. Die Nachtklingel leuchtet in einem unwirklichen Türkis. Dimitri bleibt einen Moment im Wagen sitzen und prüft seine Frisur im Rückspiegel.

„Das war's dann wohl", resümiert er.

Er lässt den Schlüssel im Zündschloss stecken. Mit todernstem Gesicht geht er an die Ladefläche zur Golftasche. Mit dem Zeigefinger streicht er nochmals über den Lauf der Urban Sniper mit Laserzieleinrichtung.

„Viel Glück, Du schönes Stück."

Dann macht er kehrt, geht zielstrebig an die Klingel und drückt. Eine Stahltür springt sogleich auf und gibt den Blick auf einen Wachbeamten frei, der Dimitri durch eine kugelsichere Scheibe fragend ansieht.

„Buenas tardes, necesita ayuda, brauchen Sie Hilfe?"

„Ich möchte mich gerne selbst einchecken", sagt Dimitri.

„Haben Sie einen Ausweis dabei?"

„Nein, den haben die da drinnen in der Verwaltung. Ich bin Dimitri Karaschenkow."

Das Tor schiebt sich hinter ihm langsam zu. Er ist ein wenig stolz drauf, dass er wenigstens hier als Prominenter eingestuft wird.

Blutrot

Llucmajors Innenstadt tobt. Groß und klein, alt und jung, alle feiern und tanzen, essen und trinken. Das Fest ist in vollem Gange, der Bischof tanzt mit einer drallen brünetten Mittdreißigerin zu einer fünfziger Jahre Rock n' Roll-Nummer und fühlt sich selbst wie zwanzig. Der Polizeipräsident Rafel und Sonja twisten. Rafel versucht Sonja etwas zu fragen.

„Wo ist denn Dein Kumpel abgeblieben?"

Die Mucke ist so laut, dass sie nur den Kopf schüttelt. Er brüllt ihr die Frage ins Ohr.

„Wo, Dein Kumpel?"

„Ist nicht mein Kumpel, er ist mein Freund. Keine Ahnung, wahrscheinlich bei der Arbeit", lacht sie.

Zwei Guardia Civil-Beamte kämpfen sich durch die Menge. Sie gehen auf Rafel zu und bitten ihn, sie zu begleiten. Sonja muss da unbedingt auch mit. Omar tanzt immer noch mit Maria und ihrer Mutter, alles OK, sie kann kurz weg.

„Sonja, bleib bitte hier", sagt Rafel besorgt und versucht sie zu stoppen. Sie hat es schon geahnt. Leon ist wegen eines Jobs hier.

Sie folgt den Männern trotzdem durch die kaum beleuchteten Häuserschluchten.

Apolonia hat eiligst Teile ihrer Kluft in Streifen gerissen und damit Rinaldos Wunden behelfsmäßig abgebunden.

„Das wird Dich teuer zu stehen kommen, Du weißt noch nicht genau, wer ich eigentlich bin, aber Du wirst es bald genug erfahren", flucht sie in Richtung Leon, während sie verzweifelt nach einer Sitzgelegenheit für Rinaldo sucht.

Leon weiß, dass seine Streifschüsse harmlos sind, präzise gezielt eben. Er hält die Waffe immer noch im Anschlag und lässt dabei niemanden aus den Augen. Ramon, der depressiv auf einem bastgeflochtenen Stuhl sitzt, Apolonia, die ihren Sohn ohne Unterlass am Kopf streichelt, Rinaldo, dem ein kalter Schweiß das Hemd durchnässt und – man weiß ja nie, den toten Montserrat.

„Wo bleibt denn jetzt der Notarzt? Ja, und ein Leichenwagen wäre auch schön", schreit Pepe ins Handy, er wird langsam ungeduldig.

„Ich weiß, dass hier Fiesta ist, ja und ich weiß auch, dass es kein Durchkommen gibt. Von Palma? Na, das geht ja schon gar nicht."

Leon hingegen bleibt die Geduld in Person.

„Lassen Sie uns der Reihe nach beginnen, por favor."

Seine Exzellenz Rinaldo Puig dampft aus allen Löchern, atmet aber wieder gleichmäßig. Ramon würde am liebsten in Panama sein und Apolonia denkt an den Spezial-Deal mit dem Bischof. Ihr geht es also verhältnismäßig noch am besten. Der Tod Montserrats ist ihr mehr als gleichgültig, ja es freut sie sogar. Da beruft sie sich gerne auf die Bibelstelle Auge um Auge und Rache sei heilig. Ihr Sohn Rinaldo wird mit Hilfe eines guten Anwalts wegen Notwehr oder Ähnlichem glimpflich davonkommen. Dass sie sich als seine Mutter geoutet hat, verbessert sogar ihre Situation. Die Kinderheime sind doch voll von Findelkindern klösterlichen Ursprungs. Sie ist nicht die einzige Nonne, die einst einen Fehltritt begangen hat. Man kann ihr nichts vorwerfen, also was macht sie eigentlich noch hier? Sie will jetzt ein Hotel bauen, gemeinsam mit ihrem Sohn, sobald er wieder frei ist. Sein Hotel.

Leon dreht sich einen alten Holzstuhl zurecht und nimmt darauf cowboymäßig platz, fixiert die Verdächtigen.

„Señor Rinaldo Franziskus Puig, ich hoffe, ich spreche den Namen richtig aus oder ist es vielleicht doch eher Putsch?"

Rinaldo wird nervös, was weiß der Bulle denn sonst noch alles.

„Sie haben eine funktionierende Homepage, die mit Darknet und Deepnet verlinkt ist. Sie bieten über diese Netzwerke illegale Waren wie Sprengstoff, Schnellfeuerwaffen oder Kriegsmaterial an, Sie betreiben Handel mit menschlichen Organen und sie stellen Verbindungen zu Dschihadisten und deren Ausbildungscamps her. Wir haben Ihre Festplatten beschlagnahmt und genauestens untersucht, während Sie auf Santa Magdalena waren. Wir klagen Sie einerseits wegen Drogenhandels, Kindesmissbrauchs, Bandenkriminalität, Bestechung, Erpressung, Bedrohung, Nötigung, Steuerhinterziehung und Betrugs an. Und andererseits haben Sie den Anwalt Dr. Montserrat mit einem speziellen Kampfgriff, wie ihn nur ausgebildete Nahkämpfer zu benutzen wissen, getötet. Sie sind deshalb vorläufig wegen Mordes festgenommen. Sie haben das Recht zu schweigen. Alles, was Sie sagen kann und wird vor Gericht gegen Sie verwendet werden."

„Ich habe nichts mehr zu sagen außer...", Rinaldo sucht die Augen von Apolonia, doch diese würdigt ihn keines Blickes mehr.

„Mutter, ich liebe Dich und ich werde Dich immer lieben. Verzeihe mir."

Apolonia wusste nie, wodurch ihr Sohn eigentlich sein Leben bestreitet. Die Erkenntnis von eben löst bei ihr fürchterliches Entsetzen aus.

„Rino, sag mir bitte, dass es nicht wahr ist. Du bist ein guter Mensch. Was der Comisario eben sagte ist nicht wahr, oder?"

Rinaldo starrt ausschließlich den Boden vor sich an, während ihm Pepe Handschellen anzulegen versucht. Die Arme sind aber zu dick und Pepe lässt sie deswegen offen.

Rafel kommt mit dem Staatsanwalt die Treppe runter. Leon sieht die beiden und bereitet sich auf seinen großen Triumph vor. Dazu steht er von seinem Stuhl auf und pflanzt sich vor Apolonia auf. Sein Körpergewicht ruht gleichmäßig auf seinen beiden Füssen. Er holt zum großen Schlag aus. Apolonia ahnt noch nicht, was auf sie zukommt und lächelt den Staatsanwalt siegessicher an.

Sonja erscheint oben auf der Treppe und beobachtet zum ersten Mal in ihrem Leben Leon bei der Ausübung seines Jobs. Eine Mischung aus Angst und Bewunderung mixt sich in ihrem Kopf zu einem Cocktail.

„Oberin Apolonia. Ihre Liste ist ebenfalls lang, aber das Wichtigste zuerst. Beim Begräbnis von Schwester Kasimira, welches Sie sehr liebevoll ausgerichtet haben, ist es uns gelungen, Ihre Fingerabdrücke zu sichern."

„Das habe ich nicht genehmigt", schießt sie etwas zu schnell zurück. Vorwurfsvoll sucht sie erneut den Blickkontakt zum Staatsanwalt. Leon fährt unbeeindruckt fort.

„Nun, wir haben im Rahmen unserer Ermittlungen die Fingerabdrücke auf dem Weihwassersprengel, mit dem Sie die Verstorbene einsegneten, analysiert."

Apolonia wird nervös wie ein gefangener Fisch in der Reuse.

„Und, was bedeutet das? Nichts, gar nichts!"

Angriff ist die beste Verteidigung, denkt sie.

Zwei Leichenbestatter betreten die Bodega und bugsieren mit großem Gedöns einen grauen Kunststoffsarg die Treppe herunter. Rafel bestraft sie mit einem bösen Blick.

„Leichenbestatter, Llucmajor", sagt der Erste.

„Bitte warten Sie doch noch einen Moment, können Sie nicht sehen, wir sind mitten in einem Verhör", schaltet sich Pepe dazwischen.

„Dringend hat es geheißen."

Leon ärgert sich über diese unnütze Unterbrechung, aber die Bestatter packen Montserrat trotzdem an den Schultern und Beinen und legen ihn behutsam in den Sarg. Alle Augen folgen ihnen, wie sie die Last mühevoll und unter Schweißausbrüchen nach oben ins Freie bringen. Ein Schritt vorwärts, zwei zurück. Drei Schritt vorwärts, einen zurück. Minuten vergehen, die sich wie eine Ewigkeit anfühlen. Es ist keine leichte Aufgabe. Zwei Polizisten helfen ihnen auf den letzten Metern.

Leon ist sofort wieder voll im Thema.

„Dabei wurde festgestellt, dass die Papillarlinien hundertprozentig mit denen auf der Tatwaffe, dem Fleischmesser mit dem Schwester Isolde ermordet wurde, übereinstimmen."

Der Staatsanwalt nimmt erstaunt seine Brille ab, sie hat sich aufgrund der hohen Luftfeuchtigkeit beschlagen. Das Klima ist unerträglich geworden. Pepe steht mit stolz geschwellter Brust da, immerhin haben er und Luzdivina einen großen Teil dazu beigetragen.

„Äbtissin und Oberin Apolonia des Villas, ich verhafte Sie wegen des Mordes an Schwester Isolde und wegen des Mordversuchs an Inspektor Pepe Diaz von der spanischen Guardia Civil. Pepe, bitte lege Frau Apolonia de Villas Handschellen an."

Pepe hat aber keine mehr. Da hilft der Polizeipräsident Rafel gerne persönlich aus. Er zelebriert die Übergabe seiner Handschellen an Pepe und der wiederum lässt sich richtig Zeit, sie Apolonia ganz eng anzulegen.

„Con mucho gusto, mit dem größten Vergnügen", kann sich Pepe dabei nicht verkneifen.

Apolonia hat sich den Verlauf des Abends sichtlich anders vorgestellt. Sie protestiert vehement, schreit Leon hysterisch an.

„Was fällt Ihnen überhaupt ein, anscheinend wissen Sie wirklich nicht, wer ich bin und was ich auf Mallorca für Beziehungen und

Verbindungen habe. Ich kann Ihnen schon jetzt sagen, das kostet Sie Ihren Job, sie entsetzlicher Wichtigtuer. Der hier anwesende Staatsanwalt wird das bestätigen."

„Ganz bestimmt nicht", raunt der Staatsanwalt Rafel zu und der nickt zufrieden.

Leon ist noch nicht fertig. Ramon kauert in einer Ecke und wartet ängstlich darauf, was auf ihn zukommt.

„Eine Sache habe ich fast vergessen, Ramon Miralles, Du hast mir das Leben gerettet, danke. Gracias."

Leon blickt jetzt zu Rafel, seinem Chef.

„Alle anderen Delikte, die Dich betreffen, fallen nicht in meine Zuständigkeit."

Er schüttelt ihm kräftig die Hand, Ramon umarmt Leon.

Sonja steht noch immer oben und kann diese Wendung nicht ganz fassen. Jemand zupft an ihrem Rock, Omar.

„Sonja, wer ist denn der da unten, der Leon gerade umarmt?"

Sonja denkt lange und genau über die Antwort nach.

„Niemand mein Schatz, das ist niemand", antwortet sie. Doch dann beherrscht sie sich.

„Omar, es tut mir leid. Das stimmt nicht ganz."

Sie weiß, dass sich Omar nicht mit dieser Antwort zufriedengeben wird.

„Das ist mein Ehemann von früher, aus einem ganz anderen Leben."

Rafel geht zu seinem Sohn Ramon und hält ihm die Hand hin.

„Ramon, gut gemacht!"

„Papa, das war doch claro."

Apolonia wirkt unruhig, als würde sie etwas Außergewöhnliches spüren, etwas wie einen verzweifelten Ruf, der aus ihrem tiefen Inneren kommt. Der Ruf schmerzt sie so sehr, dass sie sich die Haare raufen will, sich das Gesicht zerkratzen möchte, wenn nicht diese verdammten Handschellen sie daran hinderten.

„Nein!" brüllt sie auf einmal.

Fast gleichzeitig tönt ein schriller Pfiff durch die Bodega. Er kommt von einem Guardia Civil-Beamten, der an der Treppe zum Hinterausgang steht und aufgeregt mit den Armen winkt. Leon merkt sofort, dass etwas nicht stimmen kann. Eine Person ist verschwunden, in der Aufregung wurde er komplett vergessen. Rinaldo. Sein leerer Stuhl mit den abgestreiften Handschellen, eine deutliche Blutspur, die zum Hinterausgang führt. Leon sprintet als erster hoch und steht in einem Vorhof der Bodega. Der Springbrunnen in dem marokkanisch angehauchten Garten wird durch changierende Beleuchtung in unterschiedliche Farbstimmungen getaucht. Aus der Mitte des Zentralbogens, in meterdickes Mares-Gestein eingelassen, ragt ein schwerer Doppelhaken. Der wurde einst zum Hochziehen schwerer Lasten verwendet. Ein mächtiger Schatten verdunkelt die Blutlache am Boden. Es ist der Schatten von Rinaldos leblosem Körper. Die Schlinge eines Stahlseils schneidet sich tief in seinen Nacken ein. Er hängt in drei Metern Höhe neben einer umgefallenen Leiter.

„Ich liebe dich Mutter!"

steht in großen roten Lettern auf der weißen Wand des Patios - mit Blut geschrieben. Rinaldos eigenem Blut.

Der Tatort wird gesichert.

Apolonia wird abseits des Geschehens abgeführt. Es ist der schlimmste Tag ihres Lebens. Die Gruppe im Keller ist starr vor Entsetzen. Das Schicksal hat sich seinen Weg gebahnt.

Ein neuer Tag

In der Sierra Tramuntana graut der nächste Morgen. Ein Eichelhäher stößt einen schrillen Warnruf aus, um die restliche Vogelwelt vor angreifenden Raben zu schützen.

Vor dem Kloster parkt ein Guardia Civil-Wagen. Der Fahrer hört sich das Spiel FC Barcelona gegen Real Madrid an, eine Wiederholung von gestern Abend.

Apolonia packt in ihrer Kemenate ein kleines Täschchen. Zahnpaste, Zahnbürste, und von Luzdivina handgemachte Seife. Sie betrachtet das Schwarz-Weiß-Foto eines dicklichen, lächelnden Babys - die Gesichtszüge Rinaldos sind darauf eindeutig erkennbar. Auf dem Bügel hängt ihr Habit, ihr Leben, einzelne Fetzen herausgerissen, blutverschmiert. Sie streicht noch ein letztes Mal darüber und öffnet die

Tür. Eine Polizeibeamtin nimmt sie draußen in Empfang und geleitet sie durch die kalten Gänge. Nach einigen Schritten bleibt Apolonia stehen.

„Ich möchte noch einmal in die Kapelle."

Die Beamtin nuschelt etwas in ihr Sprechfunkgerät. Apolonia geht den Wandelgang entlang wie eine Büßerin. An der Stelle, wo sie irrtümlich in der Dunkelheit Pepe angestochen hat, bekreuzigt sie sich. An der Stelle, wo sie Schwester Isolde erstochen hat, kniet sie nieder. Die Polizistin schaut nervös auf die Uhr.

„Vergib mir Herr. Deine Strafe ist gerecht. In Ewigkeit. Amen."

Auf einem uralten Steintisch etwas unterhalb des Klosters bereitet Leon mit Sonja und Luzdivina ein schmackhaftes Picknick vor. Luzdivina hat aus der Klosterbäckerei die tollsten Leckereien herangeschafft.

„Noch Kaffee?" fragt sie.

Leon hält ihr den Becher hin und schaut sie fragend an. Sie zuckt nur mit den Schultern. Leon checkt abermals die Uhr.

„Da waren die Augen wohl größer als Appetit", sagt Sonja wie eine Oberlehrerin mit Blick auf den bereits überfüllten Tisch.

„Wer soll denn das alles essen? Wir sind nur zu viert."

„Na, warte es erstmal ab." Leon ist zuversichtlich, als er entfernte Schritte hört. Es ist Pepe, der keuchend den Wald hochkommt, seinen schweren Rucksack auf den Boden wirft und völlig erschöpft die Hand in Richtung Leon nach einem Bier ausstreckt.

„Ich weiß, ich bin spät dran. Buenas compañeros. Wo ist die Grillkohle?"

„Unterm Grill, da wo sie hingehört."

Leon wirkt beunruhigt und nervös. Sonja merkt, dass etwas nicht stimmt. Omar stürzt sich auf den Rucksack und packt ihn aus.

Zehn Steaks, zwanzig Buletten, sieben Hühnerbrüste, dreißig Grillwürstel, ein Kilo Pimientos de Patron, Sobrasada, Jamon Iberico und so weiter.

„Wow." So viel Essen hat er noch nicht gesehen.

Aus dem Tal tönt auf einmal ausgelassenes Geschnatter herauf, vereinzelt schallen Juchzer durch den Wald. Luzdivina schmunzelt Leon erleichtert an. Sie ist offensichtlich eingeweiht in die geheimen Pläne.

Pepe hat das Bier ausgetrunken und schnappt immer noch nach Luft. Omar lauscht in den Wald.

Zunächst verdeckt durch Bäume und Gestrüpp nähert sich eine Gruppe von Wanderern, die beschwingt den Berg hochsteigt.

„This land is my land this land is your land …", singen sie.

„Na endlich", sagt Leon.

„Wer? Was?", meint Sonja.

„Das sind meine Brieffreundinnen", lacht Leon.

Eine Gruppe junger Nonnen aller Hautfarben und Nationen kommt den Berg hoch. Ihre Tracht ist identisch mit der von Luzdivina. Es sind junge - Franziskanerinnen. Luzdivina läuft ihnen spontan entgegen und umarmt jede einzelne von ihnen herzlichst.

„C'est Saint Magdalena?" fragt die Französin mit Blick auf das Klostergemäuer.

„Oui, bien sûr", ruft Omar erfreut darüber, wieder in seiner Landessprache sprechen zu können.

„Wo kommt Ihr denn her?"

Sonja ist mehr als erstaunt. Eine nach der anderen antwortet, jede in ihrem eigenen Kauderwelsch.

„Moi je suis de Belgique", sagt eine,

„Ich komm aus der Schwyz", die andere,

„I come from Denver Colorado",

„Kerala - South India",

„Und mia zwa kumman aus Wien."

Leon muss grinsen, seine Aktion hat offensichtlich geklappt.

„Bienvenido a su monasterio, willkommen in eurem Kloster", sagt eine strahlende Luzdivina.

Leon reicht einer jeden die Hand.

„Luzdivina wird euch alles zeigen, und danach gibt es noch etwas zu essen", fügt er hinzu.

„Oh yeah, Essen, Lunch, phantastic."

„Und wieso kommt ihr gerade hierher, nach Mallorca?", fragt Sonja.

„Wir hab'n einfach gezwitschert", sagt die Schweizerin.

„Getwittert heißt des", bessert sie die Österreicherin aus.

„We are all friends on facebook and wanted to see the world."

„Und dann haben wir die Anzeige gefunden", sagt die Schöne aus Indien.

„Dass man hier auf Lebzeiten ein Kloster übernehmen könnte, weil es keinen Nachwuchs mehr gibt."

Sonja lässt ihren Blick zwischen den Nonnen und Leon hin und her schweifen.

„Und wer hat die Anzeige aufgegeben?" fragt sie mehr in Richtung Leon. Der schmunzelt, aber er sagt nichts.

„That we don't know", sagt die amerikanische Franziskanerin.

Die indische Schönheit erklärt,

„Das Internet ist da sehr anonym, es ist ganz schwer herauszufinden, von wem der Aufruf kommt, aber er war sehr sympathisch verfasst und deswegen sind wir auf gut Glück losgefahren."

Das Portal zum Kloster öffnet sich und Apolonia in Zivilkleidung wird von der Beamtin in das Guardia Civil-Auto gehievt. Apolonia blickt ziemlich irritiert auf die Gruppe hinunter - junge Franziskanerinnen, soweit ihr Auge reicht. Die Beamtin schützt Apolonias Kopf beim Einsteigen.

„Alle Achtung, das hast Du sehr gut gemacht," sagt Sonja bewundernd zu Leon.

„Ich, wieso ich?"

„Ach Leon, Du bist so schlecht im Lügen."

Sie macht eine ausgiebige Pause, Omar beobachtet aus der Entfernung alles sehr genau.

„Aber Du bist ein ganz wunderbarer Mann."

Die ersten Novizinnen gehen rein, angeführt von Luzdivina. Leon schaut ihnen zufrieden nach.

„Die haben noch einen langen Weg vor sich."

„Ja genau wie wir", antwortet Sonja nachdenklich. Dann nimmt sie all ihren Mut zusammen.

„Wie lange bleibst Du eigentlich noch auf Mallorca? Ich meine nicht dienstlich, sondern ..."

Der Moment musste ja kommen, angekündigt hatte er sich bereits mehrmals. Leon unterbricht sie, bevor sie das Wort noch sagen kann.

„Tja, das habe ich mich auch schon gefragt."

Diese Antwort geht aber bei Sonja gar nicht. Sie fixiert Leon für einen Moment mit strengem Blick und signalisiert ihm, dass sie es wissen will. Und zwar jetzt und sofort. Leon zieht sie sanft zu sich und küsst sie zärtlicher und länger als je zuvor. Omar hält sich schüchtern die Hände vors Gesicht, beobachtet sie aber trotzdem zwischen den gespreizten Fingern hindurch. Wie aufregend ist das denn?

„Ich dachte für immer. Ich dachte, ich bleibe für immer hier, oder was denkst du?"

Sonja holt tief Luft, bevor sie vor Freude beinahe platzt.

„Für immer fände ich gut, sehr gut sogar."

„Ich muss nur noch kurz nach Deutschland und alles abwickeln."

Jetzt nur schön cool bleiben, denkt Sonja, doch sie kann ihr Glück gar nicht fassen.

„Yeehaa, how great, look at that", hallt ein Freudenschrei aus dem Inneren des Klosters.

„Des is jo alles so leiwand", ruft die Wienerin, um noch eins draufzusetzen, „da steh ich ja voll drauf"

Offensichtlich finden die jungen Nonnen Gefallen an ihrem zukünftigen Besitz.

Leon atmet tief durch. Das Timing hätte perfekter nicht sein können. Dieser Fall scheint gelöst, sein Leben hat sich geändert.

„Und Du musst auch nie wieder Angst um deine Posesiòn haben, Dein ganzes Leben lang nicht. Die Nonnen sind alle erst um die fünfundzwanzig Jahre alt."

Sonja lacht auf und schmiedet sofort neue Pläne.

„Das wäre ja genial, hör mal, ich könnte für das Gelände eine Umwidmung in eine „Finca publico" beantragen und den großen Weitwanderweg integrieren und anlegen lassen, genau wie damals der Salvator", schwärmt sie.

Leon kennt diesen neuen Freund von Sonja nicht.

„Muss ich den kennen, den Salvator?"

„Ne, musst du nicht, Salvator, Erzherzog von Österreich, erster grüner Habsburger auf der Insel rund um 1900, ist leider auch schon tot."

Damit reißt sie Leon an sich und drückt und küsst ihn ganz fest.

So stehen sie eine gefühlte Ewigkeit da. Einsam zu zweit in dieser felsigen Waldgegend. Den Tumult rundum haben sie vollkommen ausgeblendet, wäre da nicht Omar, der angelaufen kommt und Sonja am T-Shirt zieht.

„Sonja, schau mal, da ist der , ...der Niemand."

Sonja ist mit einem Mal zurück in der Realität, als Ramon aus dem Nichts auftaucht und sich auf einen Stein setzt.

„Hola", sagt Ramon endlich.

Die Gruppe schweigt sich eine ganze Zeit lang an. Endlich fasst Ramon all seinen Mut zusammen.

„Sonja", er holt nochmals tief Luft.

„Sonja, verzeih mir bitte." So kennt sie ihn nicht. Er zieht einen Briefumschlag hervor.

„Gib diesen Vertrag zurück in Deinen Tresor, dort ist er besser aufgehoben." Ramon nimmt ein loses Stück Papier aus dem Rucksack.

„Und das hier ist ein von Montserrat gefälschter Vertrag über Dein Vorkaufsrecht." Er zerreißt es in kleine Stücke.

„Das mit dem Finanzamt habe ich auch geklärt, mein Papa übernimmt die Schulden und ich werde es ihm in kleinen Scheibchen zurückgeben, poco a poco."

Damit dreht sich Ramon um und verschwindet, so wie er gekommen ist. Leon, Sonja und Omar stehen sprachlos da.

„Ist heute Weihnachten, oder was?" fragt Sonja fassungslos.

„Nein, aber es fühlt sich an wie Weihnachten."

Leon gießt ihr leeres Weißweinglas nach.

Luzdivina kommt aus dem Kloster. Sie hält kurz an, um diese trutzige Pforte noch einmal zu betrachten. Diese Pforte, welche so viel für sie bedeutet hat. Angst, Schrecken, Hoffnung, Freundschaft, Spannung und den nahen Tod, für sie oder für ihre große Liebe, Pepe - die Pforte, an der in diesem Augenblick ihr neues Leben beginnen wird. Sie trägt ein sehr einfaches Kleid von Sonja, gerade geschnittene, leicht flatternde rosa Seide, frisch wie ein Sommertag. Pepe kommt mit einem kleinen Seesack hinterher und nimmt sie an der Hand. Feierlich steigen die beiden die Treppe herab und nehmen an dem gedeckten Tisch Platz.

„Vale", sagt Pepe.

„Vale", antwortet Leon und sie prosten sich zu.

Nach und nach kommen hungrige Franziskanerinnen aus dem Kloster und stürzen sich auf die Leckereien

Chico

Wunderschön, aber sehr verletzlich liegt die Bucht von Palma in der Morgensonne. Leon tritt aus dem Haus seiner Dienstwohnung in das gleißende Morgenlicht.

Sonja und Omar werden ihn am Nachmittag am Airport abliefern. Pepe wird das Gepäck und das Fahrrad bringen. Sonja hat die Pflegschaft beantragt und Omar wird bei ihr bleiben, das haben die drei so beschlossen.

Zum letzten Mal wahrscheinlich schiebt Leon Dienst in Es Arenal, den Strand, den die einen so lieben und die anderen so hassen. Gestern wurde er von Rafel noch mit dem Ehrenband in Gold ausgezeichnet und daher trägt er die Uniform heute mit besonderem Stolz.

Leon atmet die salzige Seeluft nochmals tief ein. Jeder Abschied ist schwer. Der Abschied von Mallorca ist doppelt schwer, auch wenn es für ihn vielleicht nur für kurze Zeit sein wird.

„Ich glaube, hier ließe es sich gut leben", sagt Leon zu sich selbst.

Stella, seine Nachbarin steht vorne am Straßenrand und guckt ängstlich von links nach rechts und dann wieder von rechts nach links. Sie trägt ihr weißes Strandkleid über dem Badeanzug, hält eine Strandtasche in der einen Hand und in der anderen einen kleinen Sonnenschirm.

Leon sieht sie aus einiger Entfernung nachdenklich an. Was für ein Leben. Sie hat hier mit Sicherheit alles gesehen. Vom einsamen Mittelmeerstrand mit den weit verstreuten Wochenendvillen der betuchten Mallorquiner bis zum heutigen Massentourismus-Wahnsinn.

„Buenas Señora Stella, cómo estás?" fragt er.

Der Verkehr, eine Mischung aus Fahrrad, Rollschuh, Skateboard, Elektroroller und sonstigen Spaß-Vehikeln ist trotz der frühen Stunde schon ziemlich heftig. Die alte Dame sieht ihn überrascht an.

„Buenas Señor Leon, molts be, gracias. Bei diesem schönen Wetter fehlt es einem an nichts".

Was für eine sympathische Person.

„Darf ich Ihnen über die Straße helfen?"

Er reicht ihr seinen Arm und sie hakt sich glücklich und dankbar unter. So kommen sie in sehr kleinen Schritten sicher auf der anderen Seite an.

„Sonderbehandlung für alte Damen, oder? Na ja, man wird nicht jünger aber jeden Tag schwimmen, das ist das Schönste für mich."

Verschmitzt lacht sie ihn an. Eine durch und durch glückliche Frau.

Der Strand ist noch menschenleer. Die meisten Touristen schlafen noch in den Hotelburgen. Nur vereinzelte Nachteulen schnarchen erschöpft in den Strandliegen, Bierdosen neben sich gestapelt oder geleerte Trinkeimer halb voll mit Sand. Verschwitzte T-Shirts liegen rum, Überbleibsel der letzten Nacht. Leon überlegt, wie es zu dieser kulturellen Verwahrlosung hat kommen können. Billigflieger, miserables Schul-system, verantwortungsloses Elternhaus, oder Hartz IV in der zweiten Generation? Eine Gruppe hirnloser Besserwisser, meistens auf Krawall gebürstet, verbringt hier den Urlaub – in ihrem selbsternannten Freigehege für Rüpelhaftigkeit. Sie nutzen den an sich wunderschönen Strand als Ventil, ihre Aggressionen abzubauen. Frust, den sie das ganze Jahr über angesammelt haben. Man muss sie unbedingt zurück in die Zivilisation leiten, um der Insel wieder einen feinen Anstrich zu geben, bevor es endgültig zu spät ist.

„Woran denken Sie gerade, Caballero?" fragt Stella.

„Ich, ach ich freue mich für Sie, dass Sie es hier so mögen."

„Ist doch meine Heimat", lacht sie ihn an.

„Und wissen Sie, wir Mallorquiner haben schon so vieles überstanden, wir werden auch das hier überstehen."

Mit ihren dünnen Ärmchen deutet sie auf das Panorama von Bierkneipen deren Rollläden mit Graffiti beschmiert sind und vor denen sich der Müll der vergangenen Nacht stapelt.

„Lebensqualität praktizieren, das ist unsere Aufgabe."

Wie recht sie hat. Leon sieht jetzt gelassener auf das Meer, denn er weiß, dass sich das Bewusstsein der Mallorquiner gerade verändert in Richtung Nachhaltigkeit und Qualität. Kultur statt Saufgelage, Bücher statt Bier, Hängematten unter Palmen statt Kotzen in Kübel. Es wird besser, das hofft er, das weiß er und das spürt er. Und sie – Stella weiß es auch.

„Ach bitte, Sie sind so nett zu mir, würde es Ihnen etwas ausmachen, mich bis runter ans Wasser zu begleiten? Im Sand geht es sich so unsicher."

Er lächelt. Die kleinen Gesten müssen wieder in Mode kommen und geschätzt werden.

„Mit dem größten Vergnügen, Señora Stella."

In kleinen Schritten trippeln die beiden durch den Sand. Kleine Schritte, wie sie auf Mallorca stetig gemacht werden müssen, um wieder da hinzugelangen, wo es einst so schön und romantisch war - und größtenteils immer noch ist. Ein paar Jogger kreuzen ihren Weg. Es sind die Typen aus Berlin, die Leon anfangs auf seine spezielle Art behandelt hat.

„Alles klar, Herr Kommissar? Schönen Tag noch." Sie deuten eine kleine Verbeugung zum Gruß an.

Die Bucht liegt still vor ihnen, nur ein Delphin macht am Horizont einen übermütigen Luftsprung. Stella zeigt in seine Richtung.

„Sehen Sie den da? Das ist Chico, ich nenne ihn einfach Chico. Er kommt jeden Tag um diese Zeit vorbei und macht für mich einen großen Sprung."

Stella steckt den Schirm in den Sand, faltet ihr Strandkleid ordentlich zusammen, legt den Sonnenhut ab und wendet sich noch einmal um.

„Und heute springt er besonders schön hoch, zu meinem Geburtstag. Ich bin nämlich 91 geworden."

Damit gleitet sie behutsam hinein in das kristallklare Wasser und schwimmt ganz weit hinaus in das türkisfarbene Meer.

„Und vergessen sie nicht Señor Comisario, Mallorca ist auf Fels gebaut, wir gehen nicht unter."

Leon lächelt ihr zu.

„Herzlichen Glückwunsch, Señora Stella, feliz cumpleaños"

Das Leben ist schön.

Ende